Claudius Pläging

Not am Mann

atb aufbau taschenbuch

Claudius Pläging, geboren 1975, arbeitete nach dem Studium der Politikwissenschaft zunächst als Redakteur beim ZDF und zog dann nach Köln, wo er seitdem Autor verschiedener Comedy- und Unterhaltungsshows ist – allen voran »TV total«. Ähnlichkeiten mit seinem Anti-Helden Sebastian sind nicht von der Hand zu weisen, sagt jedenfalls seine Frau. Trotzdem sind sie glücklich verheiratet und haben zwei Söhne.

Sebastian ist ein netter Kerl – zu nett. Alle Bemühungen, vor seiner Freundin Miriam den starken Mann zu spielen, scheitern kläglich. Selbst ihre Rettung aus den Flammen eines Wohnungsbrandes vermasselt er, sodass sie schwer genervt im Krankenhaus landet. Als Sebastian alles wiedergutmachen will, kommt er kurzzeitig hinter Gitter, zu den wirklich schweren Jungs – und wird unfreiwillig selbst zum Gangster. Auch damit kann er bei Miriam nicht punkten – im Gegenteil: Jetzt fangen die Probleme erst richtig an.

CLAUDIUS **PLÄGING**

Not am Mann

ROMAN

atb aufbau taschenbuch

MIX
Papier aus verantwortungsvollen Quellen
FSC
www.fsc.org
FSC® C083411

ISBN 978-3-7466-2978-0

Aufbau Taschenbuch ist eine Marke
der Aufbau Verlag GmbH & Co. KG

1. Auflage 2013

Umschlaggestaltung Mediabureau Di Stefano, Berlin
unter Verwendung eines Motivs von tierhaus-schuhe.net
und Sergey Mironov/iStockphoto
Satz LVD GmbH, Berlin
Druck und Binden CPI – Clausen & Bosse, Leck
Printed in Germany

www.aufbau-verlag.de

Kapitel 1,

in dem es keinen Sex gibt, auch wenn es zuerst danach aussieht.

»Kann es sein, dass du nicht ganz bei der Sache bist?!« Dafür, dass sie gerade auf dem besten Wege waren, gleich miteinander zu schlafen, klang Miriams Stimme ganz schön streng.

»Sorry«, murmelte Sebastian und versuchte sich wieder zu konzentrieren. Er war noch nie multitaskingfähig gewesen – und wenn der Fernseher lief und sich gleichzeitig seine Freundin vor ihm auszog, war das einfach ein Blickfang zu viel. Noch während er über seine beschränkte Auffassungsgabe nachdachte, schielten seine Augen wieder Richtung Glotze. Als Miriam ihn dabei ertappte, tat er so, als schaue er träumerisch in die Ferne, aber er konnte ihr nichts vormachen.

»Echt jetzt!«, schimpfte Miriam. Diesmal boxte sie ihn in die Seite.

»Aua!«

Anstatt sich weiter an seinem Hemd zu schaffen zu machen, stieg sie von ihm runter. »Was läuft denn da so Interessantes?«

»Och, nichts Besonderes.« Vorhin beim Zappen war er an einer Dokumentation über einen schwäbischen Unternehmer hängengeblieben, der als junger Mann den Dübel erfunden hatte und damit noch heute unglaublich viel Geld verdiente.

»Machen dich diese Dübel etwa an?«

»Wie meinst du das?«

»Na, sexuell. Kann ja sein, dass dich das auf Touren bringt.«

»Quatsch!«

»Warum glotzt du dann die ganze Zeit dahin statt auf mich, obwohl ich halbnackt auf dir sitze?!«

»Sorry.« Vielleicht lag es daran, dass er Miriam nun schon seit vier Jahren kannte, während er den Erfinder des Dübels noch nie zuvor gesehen hatte. Einem Instinkt folgend, behielt er diesen Gedanken aber für sich. Stattdessen griff er zur Fernbedienung und schaltete den Fernseher aus. Dann machte er sich über Miriam her, die bei Lichte betrachtet doch deutlich mehr Vorzüge hatte als der Dübelmann.

»Was hältst du davon, wenn wir das Ganze im Schlafzimmer fortsetzen?«, hauchte sie gespielt lasziv und schlang ihre Arme um seinen Hals. Kurz stand er auf dem Schlauch, dann wurde ihm klar: Er sollte sie tragen.

»Ui!«, entfuhr es ihm. Er sagte oft »Ui!«, es war das Erste, was ihm durch den Kopf schoss, wenn irgendwas Überraschendes passierte oder jemand etwas Unerwartetes sagte. Er hatte Miriam schon lange nicht mehr hochgehoben. Beim letzten Mal war er wenigstens noch im Fitnessstudio angemeldet gewesen, mittlerweile nicht mal mehr das. Zögernd legte er seinen rechten Arm unter ihre Kniekehlen, umfasste mit dem linken ihren Oberkörper und atmete noch mal tief durch.

»Ich bin keine 150-Kilo-Hantel«, sagte Miriam.

»Lass mich mal machen, Baby«, antwortete er bestimmt und versuchte seiner Stimme dabei einen markanten Klang zu geben. Es hörte sich ein bisschen so an, als hätte er sich übel an Reis verschluckt – das wusste er zufällig ganz genau, denn er hatte sich kürzlich ziemlich übel an Reis verschluckt. Trotzdem schien es Miriam zu gefallen. Sie seufzte und drückte sich an ihn.

Jetzt gab es kein Zurück mehr, er stand auf und hob sie hoch.

»Ui!«

Obwohl Miriam eher schlank war, zog es ihm bis in den Rücken. Er schwankte und musste zwei kleine Ausfallschritte machen, um nicht das Gleichgewicht zu verlieren.

»Bin ich dir zu schwer?«

Ihm war sofort klar, dass das eine Fangfrage war. »Nö, geht schon«, ächzte er. Inzwischen stand er sicher. Anders als beim Gewichtheben war die Übung damit aber nicht zu Ende, im Gegenteil: Er musste es jetzt auch noch irgendwie schaffen, Miriam ins Schlafzimmer zu befördern, möglichst ohne dass sie sich dabei den Kopf am Türrahmen stieß. Schließlich war das hier kein Slapstick-Sketch, sondern das echte Leben. Mit wackligen Schritten steuerte er auf die Wohnzimmertür zu. Wie das am Hals zog! Das würde bestimmt blaue Flecken geben.

»Ich kann auch laufen«, erklärte Miriam genervt. Ihre romantische Stimmung war mittlerweile offenbar einer gewissen Ernüchterung gewichen.

Statt zu antworten – so viel Luft hatte er momentan gar nicht –, ging er weiter. Sie kamen gut durch die Tür und betraten den Flur. Dann rutschte ihm die Schlafanzughose runter, die er wie üblich zum abendlichen Fernsehen angezogen hatte. Als er nach dem ausgeleierten Gummizug griff, um ihn festzuhalten, schwankte Miriam gefährlich in seinem Arm und streifte mit dem Kopf die Jacken, die an der Garderobe hingen. Mit einem Schritt zur Seite versuchte er sie aufzufangen, doch dort stand die Kommode. Sein kleiner Zeh stieß an einen der eckigen Metallfüße.

»Auaaa!«

Halb entglitt Miriam ihm, halb sprang sie selbst. Beide gingen zu Boden, Miriam landete in den Schuhen, er daneben.

»Auaaa!«, wiederholte er.

»Tut's sehr weh?«, fragte Miriam.

Er nickte nur mit schmerzverzerrtem Gesicht und hielt sich den Fuß.

»Mir geht's gut, danke der Nachfrage!«, sagte Miriam.

»Sorry, aber ich habe echt Schmerzen!«

»Vielleicht solltest du ab und zu doch mal ein bisschen Sport machen.«

»Was soll das denn jetzt heißen?! Ich habe mir den Zeh gestoßen. Das hätte jedem passieren können.«

»Also Daniel Craig könnte mich locker spazieren tragen, da bin ich mir relativ sicher. Ich kann mir nicht vorstellen, dass der am Ende auf dem Boden sitzt und sich heulend den Fuß hält.«

»Ich heule doch gar nicht. Und seit wann stehst du überhaupt auf Daniel Craig?!«

»Tue ich ja gar nicht. Aber der ist halt ein echter Mann.«

»Und ich nicht, oder was?« Sebastian inspizierte seinen verunglückten Zeh. Der würde bestimmt anschwellen. Vielleicht half es, wenn er pustete. Zu spät bemerkte er, dass Miriam ihn beobachtete. Schweigend zog sie die Augenbrauen hoch. Okay, vielleicht hatte sie recht. Ihm war schon klar, dass er nicht das Paradebeispiel für ein athletisches Alpha-Tier war. Aber bisher hatte er gedacht, dass Miriam das nicht stört. Andererseits, als sich neulich bei einem Konzert zwei Typen direkt vor sie gestellt hatten, machte Miriam ihm bittere Vorwürfe. Er hätte die beiden verscheuchen müssen – stattdessen habe er nur den Kopf geschüttelt, und das auch noch im Rhythmus der Musik. Sie flippte auch jedes Mal aus, wenn er sich wieder ein Probe-Abo oder eine Kundenkarte hatte aufschwatzen lassen, weil er einfach nicht Nein sagen konnte. Möglicherweise hatte sie also doch ein Problem damit, dass er kein Alpha-Tier war, sondern eher ein verweichlichtes Beta-Tier.

»Es ist aber auch irgendwie unfair, mich mit einem Actionheld zu vergleichen, findest du nicht?«

»Basti, mir ist schon klar, dass ich nicht mit James Bond zusammen bin. Keiner verlangt von dir, dass du die Welt rettest.«

»Genau das ist ja das Problem. James Bond kommt ständig in Situationen, wo er den Larry raushängen lassen und die Menschheit vor dem Untergang bewahren kann. Das lässt ihn natürlich leicht in gutem Licht dastehen. Ich wette, wenn der einfach nur zu Hause bei seiner Frau ist, schaltet er auch einen Gang runter.«

»Und schafft es nicht mal, sie ins Schlafzimmer zu tragen?«

»Wer weiß? Der dreht auch nur auf, wenn er muss. Hauptsache, man steht seinen Mann, wenn es drauf ankommt.«

»Verstehe. Das heißt, du bist einfach unterfordert.

Aber wenn sich irgendwann mal die Gelegenheit ergibt, mutierst du zum Helden.«

»Ganz genau. Gelegenheit macht Helden.«

Mitleidig lächelte sie ihn an. Dann rappelte sie sich vom Boden auf und hielt ihm die Hand hin, um ihn hochzuziehen.

»Danke.«

»Schon gut«, sagte sie und tätschelte ihm die Wange. »Ich gehe schon mal ins Bett. Wenn du jemals wieder laufen kannst, komm doch einfach nach. Oder soll ich dich tragen?«

»Sehr witzig.«

Das mit dem Sex hatte sich für heute wohl erledigt. Frustriert holte er sich eine Tüte Chips aus der Küche und humpelte zum Fernseher. Wie sich herausstellte, hatte der Dübel-Erfinder noch einiges anderes erfunden. Und ich sitze hier auf dem Sofa rum und jammere über meinen Zeh, dachte Sebastian. Kein Wunder, dass Miriam ihn für einen Loser hielt. Nicht nur, dass er nicht mit einem athletischen Körper aufwarten konnte. Auch in seinem Job als Programmierer lief er seit Jahren irgendwie so mit, während Miriam inzwischen Projektleiterin bei einer Marketingagentur war und deutlich mehr verdiente als er. Er sprach zwar immer davon, eines Tages eine brillante Software zu entwickeln, die sich millionenfach verkaufte, aber mittlerweile war daraus ein Running Gag geworden. Irgendwie hatte er immer gedacht, dass das nichts war, was ihre Beziehung ernsthaft belastete. Aber vielleicht schraubte Miriam ihre Ansprüche mit der Zeit höher – vor allem, da jetzt langsam die Frage aufkam, ob sie zusammen eine Familie gründen würden. Da war eben kein Schluffi mehr gefragt, der nichts auf die Reihe bekam, sondern ein sorgender Familienvater, der die Dinge im Griff hatte. Wahrscheinlich war es nur eine Frage der Zeit, bis sich Miriam nach jemand anderem umsah. Nach einem, bei dem sie sich fallen lassen konnte, anstatt dass er sie fallen ließ.

Es musste sich was ändern! Bei nächster Gelegenheit musste er ihr irgendwie beweisen, dass man sich auf ihn verlassen konnte, wenn es darauf ankam. Aber jetzt musste er erst mal aufs Klo.

Kapitel 2,

in dem eine leere Rolle Klopapier erst das größte und dann das geringste Problem ist.

»Scheiße, nicht schon wieder!«, fluchte Sebastian. Er feuerte die leere Klopapierrolle quer durchs Badezimmer. Sie riss den Zahnputzbecher um, und seine Zahnbürste fiel in einen Haufen schmutziger Unterwäsche, die neben dem Waschbecken auf dem Boden lag. Unter leisem Ächzen und ohne ganz von der Toilette aufzustehen, beugte sich Sebastian so weit wie möglich nach vorne. Während er sich mit der linken Hand auf dem Badezimmerteppich abstützte, versuchte er mit der rechten, an den Schubladenknauf des Schranks zu kommen.

»Och nö!« Die Schublade war leer.

Eigentlich sollten dort immer mehrere jungfräuliche Klopapierrollen bereitliegen, in freudiger Erwartung, eines Tages – zum Beispiel heute – ihre Bestimmung zu erfüllen und mit Kacke beschmiert zu werden. Resigniert richtete er sich wieder auf und stellte fest, dass seine Hand vom Teppich ein paar Schamhaare und nicht näher definierbare weiße Krümel mitgebracht hatte.

Immer er! Wie oft hatte er Miriam gebeten, auch mal das Klopapier nachzufüllen, wenn es zur Neige ging? Schließlich war sie diejenige, die das meiste davon verbrauchte. Er hatte das mal im Internet recherchiert: Dass Frauen bis zu dreimal so viel Klopapier benutzten wie Männer, war offenbar ganz normal – zumindest, wenn man den Forenbeiträgen der User *FrauenkennerGera*, *Pi-*

piLangstrumpf und *WC-Ente43* Glauben schenken durfte. Ebenso normal sollte es dann aber auch sein, dass sie für Nachschub sorgten, fand Sebastian. Stattdessen schlief Miriam seelenruhig, während er überlegen musste, wie er seinen Hintern sauber kriegen sollte, ohne sich anschließend eine Hand amputieren zu wollen.

Wenn es einen Gott gibt, muss er mich hassen, dachte er und pustete sich Schamhaare und Krümel von der Hand. Und das war seine Strafe. Vielleicht hielt Gott für die verschiedensten Arten von Sünden ein Arsenal passender Sanktionen bereit, das von Kacke am Arsch über einen Wasserrohrbruch im Keller bis hin zum Tod durch autoerotische Strangulation reichte. Möglicherweise hatte Gott ein ganzes Team kreativer Leute um sich, das den lieben langen Tag nichts anderes machte, als sich für jedes Vergehen einen adäquaten Denkzettel zu überlegen. Sebastian gefiel dieser Gedanke. Allerdings nur in der Theorie. In der Praxis hätte er lieber Klopapier gehabt, und wenn es nur so billiges aus Altpapier gewesen wäre, dünn, grau und rau, wie das, was es früher immer auf der Schultoilette gegeben hatte. Auf Schultoiletten konnte man seinen Frust wenigstens mit einem Edding an der Wand zum Ausdruck bringen. Er hätte jetzt gerne »Fickt euch alle!« an die Badezimmerkacheln geschrieben, die ohnehin hässlich waren und vermutlich schon hier gehangen hatten, als jemand während der Halbzeitpause vom Wunder von Bern pinkeln ging. Aber hier gab es genauso viele Eddings wie volle Klopapierrollen.

Okay, es gab sicher ein paar Milliarden Menschen auf der Welt, denen es noch schlechter ging als ihm. Aber jeder litt in seiner Liga. Und bei Sebastian bedeutete »Klopapier alle« eben Alarmstufe Rot und stand ungefähr auf einer Ebene mit »Fernseher funktioniert nicht«, »Backenzahnplombe rausgefallen« und »Morgen ist Muttertag«.

Vielleicht bildete er sich das auch nur ein, aber es kam ihm so vor, als ob sein Leben in letzter Zeit voll solcher kleiner Demütigungen war. Beim Autofahren drängelte sich jemand vor ihm in die Spur, und Sebastian war der Erste, der es nicht mehr über die nächste Ampel schaffte. Sebastian grüßte einen Kollegen, aber der guckte weg. Beim nächsten Mal guckte Sebastian weg, doch dann grüßte der andere. Sein geliebtes Duschgel *Soul Harmony* wurde vom Supermarkt aus dem Sortiment genommen – während alle anderen im Regal standen, als wäre es das Selbstverständlichste von der Welt. Eines Tages würde er sich wehren. Wenn ihn ein anderer Autofahrer dreist schnitt, würde er einfach bei Rot über die Ampel fahren, den anderen einholen und rammen. Er würde niemanden mehr als Erster grüßen. Wenn der andere dann grüßte, würde er ein halblautes »Lo!« hervorstoßen. Das klang wie das Ende von »Hallo!« und erweckte den Eindruck, er habe schon früher mit dem Grüßen angefangen und nicht erst, nachdem der andere gegrüßt hatte. Und er würde von jedem Duschgel eins kaufen, sodass sämtliche Supermärkte ihr komplettes Sortiment unterschiedlich stinkender Waschsoßen austauschen und einen Milliardenverlust machen mussten, wenn sie ihn ins Leere laufen lassen wollten. Ja, verdammt noch mal: Eines Tages würde er seinen Mann stehen und sich wehren!

Doch erst mal saß er hier und wusste nicht, wie er seinen Hintern sauber kriegen sollte.

Plötzlich bemerkte er, dass es ziemlich warm geworden war. Und dann noch dieser beißende Geruch. Was war das? Etwa Rauch? Scheiße, es brannte! Dichter, schwarzer Qualm kroch unter der Tür durch ins Badezimmer. Dann hörte er Sirenen, und vor dem Milchglasfenster flackerte Blaulicht. Sebastian sprang auf und zog die Hose seines ausgeleierten Schlafanzugs hoch, die sofort wieder runterrutschte, als er sie losließ, um nach der Türklinke zu greifen.

»Aaah!«, brüllte er und riss seine Hand zurück – die Klinke war glühend heiß. Mit der Schlafanzughose auf den Knöcheln stolperte er zum Fenster und zerrte es hektisch auf. Dabei räumte er eine Reihe von Parfumpröbchen ab, die Miriam auf der Fensterbank sammelte, als sei sie Jean-Baptiste Grenouille persönlich. Was sollte dieses Pröbchengesammele? Er hatte noch nie gesehen, dass Miriam sie benutzte. Geschweige denn gerochen. Gingen die Dinger überhaupt auf?! Zumindest gingen sie kaputt, wenn sie auf den Boden fielen. Der ganze Mist lief aus. Sebastians Schlafanzughose schleifte durch die mit Splittern übersäte Pfütze und sog verschiedenste Gratis-Düfte auf. Aber wahrscheinlich war das im Moment sein geringstes Problem.

Er lehnte sich aus dem Fenster. Draußen standen drei Löschzüge der Feuerwehr und zwei Polizeistreifen. Ein Krankenwagen kam gerade um die Ecke. Dazwischen wuselten Einsatzkräfte herum, rollten Schläuche aus und zeigten auf das Haus, in dem Sebastian wohnte.

Genau genommen: Sie zeigten auf ihn!

Ich muss mir doch noch den Arsch abwischen, schoss es ihm durch den Kopf. Kurz spielte er mit dem Gedanken, das aus dem Fenster zu rufen. Ein bisschen kam er sich vor wie der Papst, als er da am Fenster stand und überlegte, was er der Menge mitteilen sollte. Ich denke zu viel, ich sollte handeln, dachte er. Und dann dachte er, dass er schon wieder dachte und nicht handelte. Ein Teufelskreis.

Plötzlich tauchte ein Feuerwehrmann im Rettungskorb vor ihm auf.

»Keine Panik, wir holen Sie da raus!«

Wegen solcher Sätze ging man wohl zur Feuerwehr. Darauf war der Typ jetzt bestimmt stolz, dass er einen auf cool machen und ihm so etwas zurufen konnte. Sebastian fragte sich, wie viele Menschen das schon gehört hatten und dann doch verbrannt waren. Andererseits konnten Feuerwehrleute ja schlecht rufen: »Wir versuchen Sie zu retten, kann aber auch sein, dass Sie bei lebendigem Leib verbrennen! Ihre Chancen stehen etwa fifty-fifty!«

Der Feuerwehrmann war nur noch ein paar Meter entfernt, als Sebastian spürte, wie es an seinen Beinen heiß wurde. Sehr, sehr heiß. Er trat einen Schritt vom Fenster zurück und schaute nach unten. Seine Hose brannte. Die Parfümpfütze hatte sich ausgebreitet und dem Feuer unter der Tür durchgeholfen. »Danke, lieber Gott!«, rief er nach oben. Sicherheitshalber fügte er noch hinzu: »Das war ironisch gemeint!«

Panisch trippelte er auf der Stelle. Dabei trat er auf die Splitter der zerbrochenen Flakons. Mit schmerzverzerrtem Gesicht sprang er auf die Fensterbank und strampelte wie vom Pitbull angefallen, um seine lodernde Hose loszuwerden, die noch an seinen Füßen hing. Irgendwie schaffte er es, sie in Richtung Waschbecken zu schleudern, wo sie prompt den Haufen Schmutzwäsche in Brand setzte. Jetzt wäre ein passender Zeitpunkt, diese Party zu verlassen, dachte er. Im selben Moment packte ihn der Feuerwehrmann von hinten und zog ihn zu sich in den Korb.

»Hier drinnen brennt's!«, rief Sebastian aufgeregt. Nach einem Moment der Einsicht fuhr er fort: »Aber das wussten Sie vermutlich schon. Deshalb sind Sie ja hier.« Wenn er weiter so dummes Zeug laberte, würde ihn der Mann gleich zurück ins Haus werfen. Er wollte irgendetwas Intelligentes sagen, um zu zeigen, dass er nicht komplett irre war. »Ich habe keine Hose an.« Mehr fiel ihm gerade nicht ein.

»Befinden sich noch andere Personen in der Wohnung?«, wollte der Feuerwehrmann wissen. Sehr gut, ein Profi.

»Nein«, antwortete Sebastian reflexartig. Er genoss die beruhigende Wirkung, die diese Antwort auf ihn und den Kollegen von der Feuerwehr ausübte. Nur um sicherzugehen, schob er noch hinterher: »Meine Freundin ist doch schon draußen, oder?«

»Wir haben niemanden rausgeholt, Sie sind der Einzige bis jetzt.« Sofort gab der Feuerwehrmann per Funk durch, dass sich »mutmaßlich noch eine weibliche Person mittleren Alters« im Gebäude befand.

O Mann, was war er nur für ein verdammter Idiot! Vor ein paar Minuten hatte er noch darüber nachgedacht, dass er nur die richtige Gelegenheit brauchte, um zum Helden zu mutieren. Dann kam diese Gelegenheit – und statt Miriam zu retten, war er voll und ganz mit sich selbst beschäftigt. Man konnte es ihr kaum verübeln, wenn sie nicht mit ihm alt werden wollte. »Aber es heißt doch immer, Frauen und Kinder zuerst!«, echauffierte er sich, während sie im Rettungskorb weiter abwärtsfuhren.

»Ein weitverbreiteter Irrtum. Wir retten, wen wir retten können«, belehrte ihn der Feuerwehrmann. »Aber jetzt sagen Sie nicht, da sind auch noch Kinder drin!«

»Nein, um Gottes willen!«

Zum Glück war Familie Lautenschläger aus der Wohnung drunter gerade ins Warme gereist, nach Fuerteventura. Wobei, da war es momentan bestimmt nicht so warm wie gerade in deren Wohnung. Die Ehrlichs, das Rentnerehepaar aus dem Erdgeschoss, standen schon vor dem Haus und beobachteten mit unverblümter Schaulust Sebastian, wie er langsam herabgesenkt wurde.

Kaum unten angekommen, wurde er von einem Sanitäter in Empfang genommen.

»Sind Sie verletzt?«

»Nur ein bisschen an den Füßen, glaube ich.« Wen interessierte das schon, seine Freundin war noch da oben!

»Soll ich mir das mal ansehen?«

»Nee, geht schon.«

»Ist Ihnen übel, oder schmerzen Ihre Lungen?«

»Nein. Haben Sie hier Funk? Gibt es Nachricht von meiner Freundin?«

»Nee, da müssen Sie die Feuerwehr fragen.«

Der Sanitäter reichte ihm ungefragt eine schmuddlige Decke. Sebastian legte sie sich um die Hüften – nicht zuletzt, damit Frau Ehrlich ihm nicht länger auf die Unterhose starren konnte.

Er humpelte ein paar Schritte weg und atmete tief durch. Dann drehte er sich um, guckte nach oben und sah, wie die Flammen aus den Fenstern schlugen, als wollten sie selbst fliehen. Sie hatten das ganze Dach erfasst.

Miriam.

James Bond hätte sie da rausgeholt.

Die Decke rutschte runter. Sollte Frau Ehrlich doch glotzen.

Kapitel 3,

in dem sich eine Banane krummlacht und fast alle Pullover kariert sind.

Sebastian brauchte einen Moment, um sich zu orientieren. Als er seinen einäugigen Stoffseehund auf dem Regal in der Zimmerecke sah, wusste er wieder, wo er war: zu Hause bei Mama und Papa. Und bei Ulf – so hieß der Seehund. Den hatte er zur Einschulung bekommen. Er lag in der Schultüte zusammen mit Gummibärchen und Karamellbonbons, von denen sich eins in seinem Fell verklebt hatte und nur durch eine Teilrasur zu entfernen war. Eins seiner Augen hatte sich über die Jahre hinweg immer mehr abgelöst, und irgendwann war es verschwunden. Wahrscheinlich auf den Boden gefallen und von seiner Mutter weggesaugt worden. Bestimmt machte es dabei Klickerdiklackerdisipp, und sie dachte, es sei ein gewöhnlicher Lego-Einer, bei dem sie sich längst die Mühe sparte, ihn zwischen Haaren, zerrissenen Spinnen und komprimiertem Staub aus dem Staubsaugerbeutel zu bergen.

In seinem Kinderzimmer war alles genau wie früher. An der Wand hing sogar noch sein Stéphanie-von-Monaco-Poster. In die war er unsterblich verliebt gewesen, als sie mit dünner Stimme *Irresistible* sang und ihr Gesicht noch nicht aussah wie eine alte Ledertasche. Daneben prangte die Fotocollage von der Klassenfahrt nach Paris, wo er sich einen Filmriss ersoffen und mitten in der Nacht einen dünnflüssigen Brei aus Rotwein, Flammkuchen, Bier und Pastis auf die Klassenschönste Julia Theiß erbrochen hatte, weil er statt in die Jugendherbergstoilette in den danebenliegenden Mädchenschlafraum gewankt war. Beinahe hätte ihn seine Klassenlehrerin Frau Dr. Koch vorzeitig nach Hause geschickt. Sie ließ sich aber erweichen, ihm stattdessen zur Strafe ein Referat über Victor Hugos *Glöckner von Notre-Dame* aufs Auge zu drücken. Als er dann während des Vortrags den Namen Hugo konsequent deutsch aussprach – also nicht »Ügoh«, sondern »Hugo« –, war er bei Frau Dr. Koch endgültig unten durch. Zumal sie nach der Fahrt riesigen Ärger von Julias Eltern bekam, er Kieferchirurg, sie selbsternannte Innenarchitektin, und sich beim Schuldirektor für die Milde gegenüber Sebastian rechtfertigen musste.

Er lag also in seinem alten Bett, das wie fast alle seine Kinderzimmermöbel aus Kiefernholz und mit Aufklebern übersät war. Das Kopfteil zierte die fast vollständige Hanuta-Serie *Freche Früchtchen*. Die Bilder zeigten Obst und Gemüse, dem vermeintlich kesse Sprüche in den streng genommen gar nicht vorhandenen Mund gelegt worden waren. Eine Banane sagte »Ich lach mich krumm!«, eine Kartoffel warnte »Bleib mir von der Pelle!«, und eine Himbeere säuselte »Ich find dich beerenstark!«. Dazwischen klebten noch Klassiker wie »Ich bin Energiesparer!«, »Ein Herz für Kinder« und Sammelbildchen von langhaarigen Fußballern, die mittlerweile längst irgendwo Sportdirektor, Jugendtrainer und/oder Alkoholiker waren. Während er in diesem Bett mit Anke Schreiber aus dem Tanzkurs für Anfänger seinen ersten Sex probierte, verlor er beim Anblick von Rudi Völler seine ohnehin schon instabile Erektion. Ein Alptraum, an den er seitdem immer erinnert wurde, wenn er Rudi Völler irgendwo sah. Anke Schreiber hatte ihm danach keine zweite Chance gegeben – das würde er Rudi Völler niemals verzeihen. Schon damals hatte er also nicht seinen Mann gestanden – und dass er jetzt wieder in seinem alten Kinderzimmer gelandet war, gab seinem Selbstbewusstsein den Rest.

Mitten im Raum stand ein Bügelbrett – ausnahmsweise kein Relikt seiner Jugend. Seit er ausgezogen war, nutzte seine Mutter das Zimmer als Bügelstube. Dabei hatte er es noch besser erwischt als seine Schwester Carola, in deren Zimmer sein Vater mit verstörendem Ernst eine immer weiter auswuchernde Spielzeugeisenbahn betrieb. Sebastian hegte den Verdacht, dass er sich, wenn er allein war, heimlich eine Lokführermütze aufsetzte und bei jeder Abfahrt eines Zuges in eine Trillerpfeife blies. Die Eisenbahn nahm Carolas gesamtes Zimmer in Beschlag. Sie konnte gerade noch so das Bett in der Ecke erreichen, indem sie auf Zehenspitzen über den Bahnhofsparkplatz auf den Badesee stieg und ihren Fuß dann mit einem großen Schritt mitten ins Fußballstadion setzte. Von dort aus hüpfte sie aus dem Stand ins Bett. Einmal hatte sie dabei einen Porsche-Oldtimer zertreten, den ihr Vater in eine bisher freie Parkbucht vor dem Bahnhof platziert hatte. Ein Totalschaden.

Normalerweise räumte seine Mutter das Bügelbrett weg, wenn er kam, aber letzte Nacht hatte sie natürlich nicht mit ihm gerechnet.

Die Feuerwehr hatte Miriam ein paar Minuten nach ihm aus dem Haus geholt. Sebastian konnte nur einen Blick auf ihre Füße erhaschen, am Kopf waren gleich mehrere Sanitäter zugange. Sie verfrachteten Miriam direkt in den Krankenwagen. Auf seine Frage, ob er mitfahren könne, bekam Sebastian nur zu hören: »Wir sind ein Krankenwagen und kein Taxi!« Und komisch, auch seine Erwiderung, das sei gut, denn er habe auch gar kein Geld dabei, bewegte den Sanitäter nicht zum Umdenken. Jedenfalls fuhr der Krankenwagen ohne Sebastian ab. Zum Glück erbarmte sich ein Polizist, ihn in der Streife hinterherzufahren. Als sie im Krankenhaus ankamen, war Miriam allerdings schon sonst wo. Sebastian blieb nichts anderes übrig, als zu warten.

Er nutzte die Zeit, um sich von einer Assistenzärztin Splitter aus den Füßen ziehen und einen Verband anlegen zu lassen. Bei der Gelegenheit ließ er auch noch den kleinen Zeh untersuchen. Gott sei Dank war er nicht gebrochen. Sicherheitshalber impfte ihn die Ärztin noch gegen Tetanus, weil Sebastian keine Ahnung hatte, wann das zum letzten Mal gemacht worden war – wenn überhaupt. Ob es wohl irgendjemanden gab, der über seinen aktuellen Impfstatus Bescheid wusste? Sebastian jedenfalls nicht. Außerdem gab man ihm eine dünne weiße Hose aus der Personalgarderobe des Krankenhauses und OP-grüne Clogs. »Können Sie dann einfach irgendwann wiederbringen«, sagte die Assistenzärztin. Sein Anblick musste ziemlich mitleiderregend sein.

Ihm fiel ein, dass er ja noch etwas zu erledigen hatte. Auf der Kliniktoilette gab es zum Glück reichlich Klopapier, und ebenso reichlich machte er Gebrauch davon.

Dann kehrte Sebastian zur Anmeldung der Notaufnahme zurück, wo er die Nachtschwester alle fünf Minuten fragte, ob sie nicht mal reingehen und sich nach dem

Stand der Dinge erkundigen könne. Sie blickte jedes Mal aufs Neue genervt von ihrem Groschenroman auf und erklärte, der Arzt komme schon heraus, wenn es etwas zu berichten gebe.

Zu allem Überfluss irrte inzwischen auch noch Miriams Mutter durch die Gänge. Seit er vor zwei Jahren im Spaß gesagt hatte, ihr frisch frisierter Pudel Romeo sehe ein bisschen schwul aus, hatte er bei ihr verschissen. Romeo war ihr heilig, und Witze über ihn kamen ungefähr so gut an wie die Titanic in New York. Dabei war »ein bisschen schwul« gar kein Ausdruck. Sebastian glaubte sogar, eine zarte Rosafärbung des weißen Fells zu erkennen, was Miriams Mutter allerdings vehement bestritt. Seitdem sprachen sie nur noch das Nötigste miteinander. Anstatt ihn nach Miriams Befinden zu fragen, wendete sie sich direkt an die maulfaule Groschenroman-Schwester.

Irgendwann kam endlich der diensthabende Arzt zu ihnen. »Sind Sie die Angehörigen von Miriam Ahlmann?«

Sie nickten.

»Dr. Heinze mein Name.«

Scheiße, jetzt kommt's, dachte er. Sein Puls raste, und ihm war auf einmal kotzübel. So mussten sich die Kandidaten bei DSDS fühlen, wenn das Voting-Ergebnis verkündet wurde. Was würde der Arzt sagen?

›*Sie hat gekämpft. Sie hat es allen gezeigt. Aber hat es gereicht? Hat sie genug gegeben, um eine Runde weiterzukommen? Die Feuerwehr sagt, diesmal könnte es knapp werden. Ihre Familie drückt ihr ganz fest die Daumen: Mama, Papa, Bruder, Oma und ihre Ur-Oma, die sie tragi-*

scherweise nie persönlich kennengelernt hat. Doch wo immer sie uns zuschaut, sie wünscht sich bestimmt nichts sehnlicher, als dass Miriam noch eine Chance bekommt. Jetzt ist der Moment der Entscheidung gekommen, auf den alle so lange gewartet haben. Ist Miriam tot? Sie ist es … vielleicht.‹

»Die Patientin ist stabil und wird intensivmedizinisch betreut. Sie hat eine schwere Rauchvergiftung und Verbrennungen erlitten, deren Grad wir momentan noch nicht definitiv abschätzen können.«

»Ui!«, sagte er, als hätte Dr. Heinze erzählt, dass es in der Krankenhaus-Cafeteria heute zwei Stück Kuchen zum Preis von einem gab.

Der Arzt sprach mit gedämpfter Stimme, aber sehr akzentuiert. So ließen sich bestimmt selbst schlimmste Nachrichten rüberbringen, dass sie beruhigend klangen.

›*Sie haben Krebs im Endstadium, Frau Schlotzenbach.*‹

›*Ach, dann ist ja gut, Herr Doktor. Ich dachte schon, es ist was Ernstes.*‹

»Kann ich zu ihr?«, fragte Miriams Mutter.

Mist, das hätte ich fragen sollen, dachte Sebastian.

»Kurz«, antwortete der Arzt. »Aber wir haben ihr ein starkes Sedativum verabreicht, sie schläft.«

Miriams Mutter eilte sofort Richtung Tür.

»Und ich?«, fragte Sebastian.

»Sie sind …?«

»Der Lebensgefährte.«

»Bedaure, auf der Intensivstation haben nur Angehörige ein Besuchsrecht. An Ihrer Stelle würde ich erst mal nach Hause fahren, mich frischmachen und ausschlafen. Morgen sieht die Welt schon ganz anders aus.«

›Und an Ihrer Stelle würde ich nicht so eine Scheiße labern.‹

Sein Zuhause war eine verkohlte Ruine, in der vermutlich einen halben Meter hoch das Löschwasser stand. Und er wollte gar nicht, dass die Welt morgen anders aussah. Sie sollte verdammt noch mal so aussehen wie immer.

Sebastian wartete noch eine Zeitlang und ärgerte sich, dass er den Arzt nicht einfach über den Haufen gerannt hatte. Was war er nur für ein Waschlappen, dass er sich von so einem Arsch in Weiß Vorschriften machen ließ?! Verdammt noch mal, seine Freundin lag da drin! Ein Mann mit Eiern hätte sich nicht abwimmeln lassen. Oder er hätte sich zum Schein abwimmeln lassen und wäre dann über die Krankenhausfassade in Miriams Zimmer geklettert.

Als Miriams Mutter nach einer halben Stunde noch nicht wieder herausgekommen war, bestellte er bei der genervten Nachtschwester ein Taxi, das ihn zu seinen Eltern bringen sollte.

»Üble Nacht gehabt?«, versuchte der Taxifahrer ein Gespräch. Das hatte ihm gerade noch gefehlt.

»Nö, alles bestens«, antwortete Sebastian. Der Taxifahrer verstand und drehte das Radio lauter, wo ein Schlagersänger gerade *Unsere Liebe brennt wie Feuer* schmachtete.

Wenig später übergab ihn der Taxifahrer seiner schlafzerzausten Mutter, die den Fahrpreis wie einen Finderlohn zahlte.

»Um Himmels willen, was ist denn passiert?«

Wenig später stand auch Sebastians Vater im Flur.

»Was ist passiert?«, fragte er. Er war mit Worten schon immer sparsamer umgegangen als seine Frau.

»Nun komm erst mal rein, mein Junge«, sagte seine Mutter.

»Komm rein«, bestätigte sein Vater.

In der Küche schilderte Sebastian die dramatischen Ereignisse der vergangenen Nacht, unterbrochen von wahllos eingestreuten Ausrufen seiner Eltern: »Herrjemine!«, »Grundgütiger!«, »Ach, du ahnst es nicht!«.

»Mein armer Basti!«, sagte seine Mutter schließlich und streichelte ihm über den Kopf. »Das wird schon wieder.« Irgendwie tat das gut. Mütter hatten einen Instinkt für die richtigen Sätze zur richtigen Zeit. Vielleicht war das aber auch gar nicht so schwierig. Wer sagte in dieser Situation schon: »Junge, jetzt bist du am Arsch! Dein Leben ist ruiniert, und du kriegst es ganz sicher nie wieder auf die Reihe.« Wobei das wahrscheinlich eher der Wahrheit entsprach.

Ein Blick auf die Digitalanzeige seines alten Radioweckers in Holzoptik verriet ihm, dass er gerade mal drei Stunden geschlafen hatte. Im Traum hatte er in seiner Wohnung alles Mögliche mit Dübeln befestigt – erst Regale und Bilder, dann auch das Sofa, Teppiche, Bücher, und am Ende sogar Miriam und sich selbst. Was das wohl zu bedeuten hatte? Das Telefon klingelte, genauer gesagt: es dudelte den Anfang von *Für Elise*. Seine Mutter nahm ab und sprach mit gedämpfter Stimme. Nachricht von Miriam? Sosehr er sich bemühte, er konnte nichts verstehen.

Hoffentlich waren ihre Verletzungen nicht so schlimm, und diese ganze Geschichte mit dem Brand wurde schon bald zu nichts weiter als einer unschönen Erinnerung.

Vielleicht war Miriam jetzt aber auch entstellt, und die Ärzte hatten ihr notgedrungen Haut vom Hintern ins Gesicht verpflanzt, um ihr wenigstens ein annähernd menschliches Antlitz zu verleihen. Und er war verdammt, die Rolle ihres treusorgenden Lebensgefährten zu spielen, der keinesfalls so herzlos sein konnte, sie nach diesem schweren Schicksalsschlag alleinzulassen. Der fortan betonen musste, im Inneren sei sie ja immer noch der Mensch, in den er sich verliebt habe, und das Äußere kümmere ihn nicht. Miriam würde ihm nicht glauben, und um alle Zweifel auszuräumen, müsste er sie heiraten. Ach du Scheiße. Er war sich nicht sicher, ob er das bringen würde. Klar, er liebte Miriam. Doch deshalb den Rest seines Lebens an der Seite eines Monsters verbringen?! Er liebte ja das Gesamtpaket – und dazu gehörte irgendwie auch das Gesicht. Verlassen konnte er sie natürlich auch nicht, dann würden ihn alle für das größte Arschloch der Welt halten – und zwar vollkommen zu Recht.

Seine Mutter öffnete vorsichtig die Zimmertür und streckte den Kopf herein.

»Ah, du bist wach. Guten Morgen.«

»Morgen.« Gut war was anderes.

Sie setzte sich auf die Bettkante und nahm seine Hand.

»Das war Miriams Mutter. Miriams Zustand ist unverändert, aber du kannst heute zu ihr. Frau Ahlmann hat das geregelt. Das ist doch nett von ihr, nicht?«

»Ja.« Hätte er ihr gar nicht zugetraut. Zum ersten Mal hatte er wegen der Sache mit dem schwulen Pudel ein schlechtes Gewissen. Das hatte er nun davon, dass er nicht selbst in der Lage gewesen war, sich einen Weg zu Miriam zu bahnen.

»Das wird schon alles wieder«, tröstete ihn seine Mutter. Sie klatschte mit den Händen auf ihre Oberschenkel, sprang auf und sagte fröhlich: »Aber jetzt musst du erst mal was essen, damit du zu Kräften kommst. Ich habe Bienenstich gebacken.«

»Ui!« Ausnahmsweise passte es: Bienenstich war sein Lieblingskuchen.

»Ach, und ein paar Anziehsachen von Papa habe ich dir rausgelegt. Sind wahrscheinlich etwas zu weit, aber fürs Erste müsste es gehen.«

»Bitte keinen von seinen karierten Pullovern.«

»Papa hat nur karierte Pullover.«

»Er wird doch wohl einen einfarbigen haben.«

»Stimmt, wo du's sagst. Der ist lila. Den hat er sich mal selbst gekauft, als er gewartet hat, während ich beim Arzt war. Bei Dr. Esser, du weißt schon – der HNO-Arzt in der Fußgängerzone, gegenüber von *Peek & Cloppenburg*. Dessen Tochter mal bei *Jugend musiziert* gewonnen hat. Die spielt doch so gut Cello. Oder war es Kontrabass?«

»Mama«, sagte er genervt, »ich wollte doch nur wissen, ob Papa einen einfarbigen Pullover hat.«

Das war schon immer so: Seine Mutter verlor sich beim Erzählen in unbedeutenden Details. Es konnte vorkommen, dass sie minutenlang über den Namen der Katze einer ehemaligen Nachbarin grübelte, obwohl sie ursprünglich bloß hatte sagen wollen, dass sie eine Busreise nach Tirol gebucht hatte.

»Habe ich doch gesagt: Ja, der ist lila«, gab seine Mutter etwas beleidigt zurück.

»Dann nehme ich halt einen karierten.«

Schlagartig wurde ihm klar, dass er außer dem Schlafanzughemd und der Unterhose, die er trug, nichts mehr besaß. Alles andere war ein Haufen verkohlter Müll: Klamotten, Fernseher, Computer, Handy, Bücher, Möbel, Bilder, Fotos, Dokumente – Sofa! Ach du Scheiße.

Um ein paar Möbel war es nicht schade. So richtig passten seine und Miriams Einrichtung ohnehin nicht zusammen. Sie waren erst vor einem halben Jahr zusammengezogen. Während Miriam überwiegend ausgefallene, detailreiche Einzelstücke besaß, die sie auf ihren zahllosen Streifzügen durch die Flohmärkte dieser Welt erstanden hatte, waren seine Möbel schlicht und funktional, oder anders gesagt: von Ikea. Unter anderem hatte sie einen furchtbaren grellroten Plüschsessel neben sein Klippan-Sofa gestellt. Sein Herz machte einen schuldbewussten Freudenhüpfer bei dem Gedanken, dass der Sessel nicht mehr rot und plüschig, sondern schwarz und verkohlt war. Dummerweise traf das auch auf den Rest der Einrichtung zu.

Sebastian rief bei der Arbeit an und nahm sich für den Rest der Woche frei.

»Was haben Sie denn?«, wollte Jan Schneider wissen, sein Chef. »Erkältet klingen Sie nicht. Magen-Darm?«

»Ich hatte ein Feuer bei mir zu Hause, da ist alles abgebrannt. Jetzt muss ich erst mal einiges regeln«, erklärte Sebastian.

»Wie, ›abgebrannt‹? Burnout, oder was?«

»Nein, so richtig abgebrannt! Die Wohnung, alles.«

»Hören Sie, verarschen Sie mich nicht. Psychische Probleme sind doch heutzutage nichts mehr, wofür man sich schämen muss. Ich habe auch manchmal Depressionen, dann bin ich richtig mies drauf. Also, raus mit der Sprache!« Jan Schneider war einer dieser Menschen, die sich immer freundlich und verständnisvoll gaben, um dann später alles gegen einen zu verwenden. Sebastian hatte noch keine Handhabe gegen diese miese Masche gefunden – außer, die Gespräche mit ihm so kurz wie möglich zu halten.

»Okay, ich habe Burnout.«

»Alles klar, wusste ich's doch. War mir schon länger aufgefallen, dass Sie komisch drauf sind. Ich habe neulich zu meiner Frau gesagt: Der Niehoff ist eine tickende Zeitbombe.«

»Arschloch«, sagte Sebastian. Allerdings erst, nachdem er aufgelegt hatte. Eigentlich hätte er gar nicht Bescheid sagen müssen, denn bei *Schneider Software Solutions* war jeder selbst für seinen Output verantwortlich. Um diesen Output zu messen, hatte die Firma eine *Software Solution* namens *FlexiWork* entwickelt, die »Arbeitsläufe optimieren« und »individuelle Freiräume fördern« sollte. So war jedenfalls mal der hippe Alibi-Plan. Tatsächlich war *FlexiWork* nur ein genialer Kniff, die Angestellten engmaschig zu überwachen.

Seine Mutter kam in die Küche und erklärte ihm ungefragt den Weg zum Krankenhaus, als würde er nicht selbst seit 35 Jahren in dieser Stadt leben. Sebastians Einwand, er sei doch gestern mit dem Taxi schon die Strecke gefahren, ließ sie nicht gelten.

»Die fahren doch immer Umwege. Hinter der Aral-Tankstelle fährst du rechts. Ist doch Aral, Herbert, oder?«

»Ja.« Sein Vater bastelte gerade an einem kaputten Staubsauger herum, sein zweites Hobby neben der Eisenbahn. Nach seiner Pensionierung hatte er sich im Abstellraum neben der Küche eine kleine Werkstatt eingerichtet, in der er Haushaltsgeräte reparierte. Mittlerweile brachte die halbe Nachbarschaft ihre kaputten Apparate zu ihm. Manche Leute ließen ihr Radio 34-mal für insgesamt 800 Euro reparieren, bevor sie sich für 14,99 Euro ein neues kauften.

»Also, hinter Aral rechts, und dann geht's erst mal immer geradeaus. Am Aldi vorbei, Lidl, immer weiter. Dann kommt auf der rechten Seite ein Gebrauchtwagenhändler. Wie heißt der noch, Herbert?«

»Ludwig.«

»Genau, *Auto Ludwig*. Da hat Papa den Ford gekauft, weißt du noch? Den grünen. Eigentlich ein ganz schönes Auto. Was war das noch für einer? Rekord?«

»Escort. Rekord ist Opel«, sagte sein Vater.

»Ist doch auch egal«, warf Sebastian ein. Aber das schien niemand zu hören.

»Stimmt, Escort. Hatten wir nicht auch mal einen Rekord?«

»Nein. Das war ein Kadett.«

»Ach ja. Mit dem wir damals auch am Gardasee waren! Also, direkt hinter *Auto Ludwig* fährst du rechts rein. Das heißt, da ist neuerdings ein Kreisel. Überall diese blöden Kreisel jetzt.«

Da hatte seine Mutter allerdings recht. Kreisel mochten aus verkehrsplanerischer Sicht total sinnvoll sein, trotzdem nervten sie wie eine Wespe auf dem Quarkteilchen. Vor allem brachten Kreisel mit sich, dass das Navi irgendwas von »an der zweiten Ausfahrt abfahren« faselte, obwohl es einfach nur geradeaus ging.

Gedankenversunken hatte er prompt einen Teil der

Ausführungen seiner Mutter verpasst. Bloß nicht nachfragen, sonst erzählte sie alles noch mal.

»Dann siehst du die Klinik schon. Links rein ist der Besucherparkplatz. Ich war da ja erst neulich, Heide besuchen, meine alte Arbeitskollegin. Die mussten sie doch am Darm operieren.«

»Ich weiß, Mama. Aber jetzt geht's ihr wieder besser, und sie hat sogar jemanden kennengelernt. Beim Canasta.«

»Rommé.«

Allzu barsch konnte er sie nicht abwürgen, schließlich war er auf ihr Auto angewiesen, wenn man einen roten Škoda Fabia als solches bezeichnen konnte. Sein geliebter dunkelblauer Golf III stand noch vor der ausgebrannten Wohnung. Und da er keinen Schlüssel mehr dafür hatte, würde er dort wohl noch ein bisschen stehen bleiben. Gab es einen Schlüsseldienst für Autos? Aber wie sollte er denen beweisen, dass das sein Auto war? Fahrzeugbrief und Fahrzeugschein waren auch verbrannt. Die konnten wohl kaum einfach ein Auto knacken, nur weil er behauptete, es wäre seins.

›*Ach, und dieser Mercedes gehört mir auch. Und dahinten der Porsche.*‹

Tausend beschissene Fragen, mit denen er auf einmal konfrontiert war. Das Leben war ein Arschloch.

Kapitel 4,

in dem es regelmäßig piept und kein Porno anfängt.

Schon aus Prinzip nahm er eine andere Route zum Krankenhaus, als seine Mutter ihm gesagt hatte. Über den Ring, hinter Shell links ab, vorbei am Albert-Einstein-Gymnasium, wo er Abi gemacht hatte und sein Schulfreund Martin jetzt als Lehrer arbeitete. Prompt verfuhr er sich.

Nach einem riesigen Umweg fand er endlich Aldi, Lidl und *Auto Ludwig*, der ihm vorher noch nie aufgefallen war. Ein Gebrauchtwagenhändler der übelsten Sorte. Nur ein großer Parkplatz, umzäunt von kleinen bunten Fähnchen und Girlanden, in der Mitte eine kleine Hütte, in der wahrscheinlich Herr Ludwig persönlich lauerte. Wie hatte sein Vater hier nur ein Auto kaufen können? Soweit Sebastian sich erinnerte, hielt der Ford Escort auch nicht lange. Egal. Hinter *Auto Ludwig* rechts rein und links auf den Besucherparkplatz. Danke, Mama.

Da drin liegt also Miriam, dachte er beim Anblick des in die Jahre gekommenen Krankenhauses. Je näher er dem Gebäude kam, desto weicher wurden seine Knie.

Am Eingang der Intensivstation musste er sich über eine Gegensprechanlage anmelden.

»Sebastian Niehoff, ich bin der … Lebensgefährte von Miriam Ahlmann.« Er hätte lieber Freund gesagt, aber Lebensgefährte klang amtlicher. »Soweit ich weiß, hat die Mutter von Frau Ahlmann das mit dem Besuchsrecht …« Da ertönte auch schon der Summer.

»Sie befindet sich nach wie vor in einem Dämmerschlaf«, erklärte ihm die Krankenschwester auf dem Weg zum Zimmer mit gedämpfter Stimme. Umso besser, dachte Sebastian. Wie er zurzeit herumlief, würde sie sich mehr Sorgen um ihn machen als er um sie. Vor der Tür bat ihn die Schwester, einen Kittel überzuziehen. Er fragte sich, ob sie das aus hygienischen Gründen tat oder nur, damit man diesen grauenhaften karierten Pullover nicht mehr sah. Wäre Miriam wider Erwarten aufgewacht und hätte dieses grün-gelbe Muster gesehen, wäre sie bestimmt sofort wieder weggedämmert. Oder sie hätte angefangen zu beben, zu zucken und zu krampfen, bis Ärzte herbeieilten und riefen: »Wir müssen intubieren!«

Die Schwester öffnete ihm die Tür und schloss sie leise, nachdem er eingetreten war.

Plötzlich stand er vor Miriam.

Bisher war alles so unwirklich gewesen, ähnlich einem Fiebertraum. Doch mit einem Schlag war Miriam auf der Intensivstation keine düstere Vorstellung mehr, sondern die Wirklichkeit. Eingewickelt wie eine Mumie und mit verschiedensten Schläuchen versehen lag sie zwischen Monitoren und Messgeräten. Von ihrem Gesicht war nicht viel zu sehen, kein Hinweis darauf, wie sehr es verletzt war. Sebastian hätte die Krankenschwester fragen können, vielleicht wusste sie etwas. Aber das hätte er nicht mit der nötigen Beiläufigkeit hingekriegt.

›Ach, eine Frage: Das Gesicht meiner Lebensgefährtin … ist das eigentlich, also ist das … noch vorhanden? Nur rein interessehalber. Weil ich ihr zum Geburtstag einen Lippenstift schenken wollte. Und wenn sie jetzt gar keine Lippen mehr hat, müsste ich mir halt was anderes überlegen.‹

Er trat ans Bett.

»Hallo Miri, ich bin's, Sebastian«, sagte er so leise, dass sie es vermutlich nicht mal im Wachzustand gehört hätte.

Keine Reaktion.

Tatsächlich überhörten ihn Leute oft, weil er nicht laut genug redete. Es war ihm ein Rätsel, wie andere Menschen den größten Quatsch oder stumpfsinnige Banalitäten im Brustton der Überzeugung herausposaunen konnten. Selbst intelligente Äußerungen kamen ihm nicht annähernd so laut über die Lippen. Er konnte auch nicht richtig laut lachen, selbst wenn er etwas lustig fand. Deshalb überstülpte er sein echtes, leises Lachen immer mit einem lauten, künstlichen, damit andere es hörten und ihn nicht für einen Miesepeter hielten. Frauen standen eher auf laute Männer. Solche, die jeden Scheiß an die große Glocke hängten und sich bei jedem noch so lauen Witz vor Lachen nicht mehr einkriegten. Hätte er Miriam auf einer Party ansprechen müssen, wären sie nie zusammengekommen. Aber zum Glück hatte er sie bei einem Autounfall kennengelernt. Streng genommen war es eher ein Attentat als ein Unfall. Sebastian war im Auto unterwegs und stand gerade an einer roten Ampel, als er gelangweilt in den Rückspiegel sah. Es war schon dunkel, deshalb trat er auf die Bremse, um im roten Schein des Bremslichts ein bisschen seinen Hintermann oder seine Hinterfrau beobachten zu können – seine Lieblingsbeschäftigung an Ampeln. Da sah er sie: dunkle Haare, große Augen, Stupsnase, breiter Mund, alternativer Look. Kurz: genau sein Typ. Zwar entsprachen immer mehr Frauen genau seinem Typ, je länger er Single war – anfangs wollte er dunkle Haare und braune Augen, irgendwann war ihm jede Frau recht, wenn sie überhaupt Haare und Augen hatte. Aber Miriam war sozusagen sein Prototyp. Das Idealbild, dem eine Frau nach seinem Geschmack so nahe wie möglich kommen musste. Vorausgesetzt natürlich, sie hatte halbwegs was in der Birne. Aber wer so aussah wie die Frau am Steuer hinter ihm, musste schon extrem doof sein, um noch durchs Raster zu fallen. Schnell handeln war geboten, denn sobald die Ampel auf Grün sprang, würden sie bald getrennter Wege fahren. Und da es im Leben – vor allem in seinem – anders lief als im Film, wo man die große Liebe nach der ersten verpassten Chance drei Tage später zufällig in einem Café wiedertraf, hätte er sie niemals wiedergesehen. Den Rest seiner Tage wäre er auf der verzweifelten Suche nach diesem Phantom gewesen, keine noch so tolle Frau hätte jemals diesem Vergleich standhalten können. Wenn er also nicht sofort etwas unternommen hätte, um irgendeinen Kontakt zu dieser Frau im Wagen hinter ihm herzustellen, hätte sein Dasein in einer Tragödie geendet. Kurz entschlossen legte er den Rückwärtsgang ein und gab Gas. Nicht zu viel, er wollte seinen Golf ja nicht zu Schrott fahren. Nur so, dass die Stoßstangen spürbar aneinanderstießen. Ein Auffahrunfall mal andersrum. Ein paar Minuten später hatte er Miriams Adresse und Telefonnummer – für die Versicherung und so weiter. Das Und-so-weiter dauerte jetzt schon vier Jahre.

Nun lag sie auf der Intensivstation, gewissermaßen eine Spätfolge des Unfalls, denn hätte sie ihn nie kennengelernt, wäre das alles nicht passiert. Aber das war damals wirklich nicht absehbar gewesen.

Es kam ihm unanständig vor, sie einfach anzufassen,

ein bisschen, als würde man sich an einer Schnapsleiche vergreifen. Aber er war immerhin ihr Freund, ihr Lebensgefährte sogar, da durfte er bestimmt ihre Hand streicheln, auch wenn sie sich nicht dagegen wehren konnte. In der einen Hand steckte ein Schlauch, so eine Art Universalanschluss, über den man wahrscheinlich je nach Bedarf alle möglichen Substanzen in den Körper pumpen konnte. Kochsalzlösung, Nährstoffe, Morphium. Er nahm die andere Hand und streichelte sie ein bisschen. Sie war ganz kalt. Er sagte noch mal etwas lauter: »Hallo Miriam, ich bin's, Sebastian!«

Keine Reaktion.

»Hörst du mich?«

Keine Reaktion.

»Gib mir mal ein Zeichen, wenn du mich hörst.«

Keine Reaktion.

»Es reicht, wenn du mit den Augenlidern zuckst.«

Keine Reaktion.

»Okay, gib mir kein Zeichen, wenn du mich hörst. Haha, reingelegt!«

Keine Reaktion.

Zum Glück zeigten die Apparaturen neben dem Bett, dass Miriam noch lebte, sonst wären ihm langsam Zweifel gekommen. In kurzen Abständen ertönte das Piepen eines Pulsmessers, und in beruhigender Regelmäßigkeit waren vorbildliche Amplituden zu sehen. Sebastian war darauf gefasst, dass das Piepen in einen durchgehenden Ton überging und die Amplituden sich zu einer geraden Linie verflachten. Im Fernsehen war es immer so, man war regelrecht darauf konditioniert.

Eine Krankenschwester kam ins Zimmer, um nach

dem Rechten zu sehen. Es war eine andere als die, die ihn vorhin zum Zimmer geführt hatte. Diese sah ziemlich gut aus. Sie grüßte ihn knapp, kontrollierte den Füllstand einiger Beutel und ob die Schläuche noch richtig saßen. Auch das war ein Zeichen dafür, dass Miriam noch lebte, denn das hätte sie bei einer Leiche sicher nicht getan.

Das könnte der Anfang eines Pornos sein, schoss es ihm in den Kopf. Vielleicht sagte die sexy Schwester gleich »Ihren Schlauch muss ich auch noch überprüfen« und begann, an seiner Hose herumzunesteln. Wenn sie eine Weile bei der Sache waren, würde Miriam aufwachen, strippend ihren Verband ablegen und mitmachen. Aber die Krankenschwester machte keinerlei Anstalten und hielt sich für einen Porno ungewöhnlich lange mit medizinischer Routinearbeit auf.

»Kann sie mich überhaupt hören, wenn ich was zu ihr sage?«, fragte Sebastian. Ein bisschen Pseudo-Dialog vorweg konnte nicht schaden. Die Krankenschwester reagierte nicht sofort, sondern notierte etwas mit Kuli in die Krankenakte am Bett. Dafür brauchte sie wohl ihre volle Konzentration.

»Auf jeden Fall kann es nicht schaden«, antwortete sie schließlich. Mit seinen seltsamen Klamotten hielt sie ihn wahrscheinlich für einen Vollhonk. Aber sie ließ sich nichts anmerken. »Sie liegt ja nicht im Koma, sie ist nur narkotisiert.«

Er redete ein bisschen auf Miriam ein, was ihm gerade so in den Sinn kam. Es sollte ja auch verblüffende Effekte haben, wenn man mit Zimmerpflanzen sprach. Das hatte er zumindest irgendwann einmal gelesen und daraufhin mehrere Minuten auf seine Yuccapalme eingeredet. So ähnlich fühlte er sich auch jetzt, als er mit der vor sich hin dämmernden Miriam sprach: nämlich reichlich blöd. Hoffentlich geschah mit Miriam nicht das Gleiche wie mit der Palme. Die war eingegangen. Was aber vielleicht auch daran lag, dass er vergessen hatte, sie zu gießen.

Wäre Miriam bei Bewusstsein gewesen, hätte sie auch keinen Bock auf dummes Gelaber gehabt. Daher wollte er ihr Unterbewusstsein auch nicht übermäßig damit belasten. Er wartete noch ein bisschen, damit die Krankenschwestern seinen Besuch nicht als ungewöhnlich kurz registrierten und ihn für einen schlechten Lebensgefährten hielten, dann brach er auf. »Ich komme bald wieder, gute Besserung!«

Keine Reaktion.

Wenn das so blieb, würde ihre Beziehung recht eintönig werden.

Hatte er gerade »Gute Besserung!« gesagt? Als hätte sie Schnupfen. Zum Glück konnte sie ihn nicht hören.

Kapitel 5,

in dem sich alles dreht und Sebastian Besuch bekommt.

Sebastian füllte eine Verlustanzeige für seinen Personalausweis aus, die er in vierfacher Ausfertigung bei der Meldebehörde abgeben musste. Die hatten wohl keinen Kopierer. In einem Feld sollte man die Ausweisnummer eintragen. Er fragte sich, wie man die herausfinden sollte, wenn man nicht auf dem Ausweis nachgucken konnte.

Im Hintergrund lief das Radio, der Lieblingssender seiner Mutter, auf dem viel gequatscht wurde und zwischendurch altbackene Musik lief. In der Sendung *Tagesgespräch* waren die Zuhörer aufgefordert, ihre ganz persönliche »Fahrstuhl-Geschichte« zum Besten zu geben, weil genau heute vor soundso viel Jahren der erste öffentliche Fahrstuhl in Betrieb genommen worden war.

»Fahren Sie oft mit dem Fahrstuhl? Hatten Sie dort ungewöhnliche Begegnungen? Oder sind Sie sogar schon mal steckengeblieben?«, säuselte die Moderatorin, als würde sie das wirklich interessieren. Bestimmt machte sie obszöne Gesten, wenn irgendwelche tattrigen Omas anriefen und langweiligen Müll zum Besten gaben.

Die erste Anruferin berichtete, dass sie im fünften Stock wohne und immer den Fahrstuhl nehme, um schwere Einkäufe nach oben zu transportieren. Das musste man erst mal bringen, mit so einer Geschichte beim Radio anzurufen. Vielleicht kam ja mal das Thema »Schuhe« dran, dann konnte sie anrufen und das Kuriosum berichten, dass sie sich ihre Schuhe immer anzog, weil man sonst – gerade im Winter – draußen kalte Füße bekam.

Es klingelte an der Haustür. Ein junger Typ, der sich als Kriminalkommissar Patrick Pressler vorstellte, wollte Sebastian ein paar Fragen zum Brand stellen. Wie in einer billig produzierten Vorabendserie zeigte er kurz eine Dienstmarke, die er genauso gut selbst gebastelt haben konnte.

Sebastians Mutter kochte ihnen Kaffee, und es dauerte, bis alle Fragen nach Milch, Zucker und Gebäck beantwortet waren und Herr Pressler zu den Fragen übergehen konnte, deretwegen er eigentlich gekommen war.

»Herr Niehoff, wo waren Sie, als Sie das Feuer bemerkt haben?«

»Na, in der Wohnung.«

»Wo genau?«, hakte Pressler nach, während er mit unnötig lautem Geklimper seinen Kaffee umrührte, dass in der Nachbarschaft wahrscheinlich Kinder auf die Straße rannten, weil sie dachten, in der Gegend bimmele ein Eisverkäufer.

»Ich war auf der Toilette«, antwortete Sebastian brav.

»Auf der Toilette«, wiederholte der Kommissar. Er ließ den Löffel los, zog einen Kugelschreiber aus der Tasche hervor, schob akkurat per Knöpfchendruck die Mine raus und notierte sich etwas in einem Block. Nachdem er fertiggeschrieben hatte, ließ er die Mine durch abermaligen Knöpfchendruck wieder verschwinden, als würde sie heute ganz sicher nicht mehr gebraucht. »Gut, Herr Niehoff. Und was haben Sie auf der Toilette gemacht?«, fragte er, während er abermals mit dem Löffel klimperte. Wollte er jetzt etwa wissen, ob groß oder klein? Und wieso »Gut, Herr Niehoff«? Sebastian fand es unangenehm, wenn man ihn in Gesprächen übermäßig oft mit dem Nachnamen ansprach. Auf Wochenendseminaren bekamen Versicherungs- und sonstige Fritzen eingebläut, dass sie das machen sollten, um eine persönliche Verbindlichkeit herzustellen: »Schönen guten Tag, Herr Niehoff!«, »Eine berechtigte Frage, Herr Niehoff«, »Mehr als 11,73 Euro Dispo sind leider nicht drin, Herr Niehoff«. Aber was bezweckte dieser Schmalspur-Columbo damit?

»Na, Herr Pressler, was man auf einer Toilette eben so macht«, antwortete er.

Wieder ließ der Kommissar seinen Kugelschreiber klicken und schrieb in seinen Block. Sebastian fragte sich, was. Oder schrieb er gar nicht, und das war nur Teil seiner ausgeklügelten Verhörmethode? Damit der Verhörte spürte, wie unwiderruflich seine Aussage war? Ein gerissener Hund.

»Herr Niehoff, haben Sie eine Ahnung, was das Feuer verursacht oder seine Ausbreitung beschleunigt haben könnte?«

Sebastian dachte nach. »Nein, keine Ahnung, Herr Pressler.«

»Keine Ahnung«, echote der Kommissar und sah ihn länger an. Klicken, schreiben, klicken.

Sebastian wurde das Gefühl nicht los, dass Herr Pressler ihm nicht glaubte. Aber was hatte er für eine Antwort erwartet? Dass Sebastian die Wohnung mit Benzin feucht durchgewischt und anschließend Schweißerarbeiten an einer Strohpuppe vorgenommen hatte? Hatte er aber nicht, daran würde er sich sicher erinnern. Pressler stellte noch dreimal die gleiche Frage, nur anders formuliert, bis er es aufgab und sich freundlich verabschiedete. Nicht ohne vorher seine Tasse auszutrinken und lobende Worte für den Kaffee zu finden.

Sebastian verkroch sich schlechtgelaunt in sein Zimmer. Das Bügelbrett war inzwischen dezent verschwunden. Er zog seinen abgewetzten Drehstuhl unterm Schreibtisch hervor, setzte sich drauf und stieß sich mit den Füßen so am Boden ab, dass er sich um die eigene Achse drehte. Immer und immer wieder – bis ihm schwindlig wurde. Schon als Jugendlicher hatte er das gemacht, wenn ihm das Leben auf den Sack ging. Das hatte ein bisschen was von Schwerelosigkeit.

Damals waren seine größten Probleme allerdings, dass er die Chemie-Hausaufgaben nicht hinbekam, einen riesigen Pickel am Kinn hatte oder wie alle Jungs in seiner Klasse unsterblich in Julia Theiß verliebt war, die sich mit Gleichaltrigen aber nur abgab, wenn sie von ihnen die Chemie-Hausaufgaben abschreiben konnte. Kürzlich hatte er Julia Theiß gegoogelt – anders, als er hoffte, war sie nicht dick und arbeitslos, sondern betrieb, schön wie eh und je, eine Praxis für Kieferorthopädie. In einem Anfall von Nostalgie spielte er sogar kurz mit dem Gedanken, sie anzurufen.

›Hallo Julia, Sebastian Niehoff hier. Ich weiß nicht, ob du dich noch an mich erinnerst – ich bin der Typ, der dich in Paris vollgekotzt hat. Was meinst du, wollen wir uns mal treffen und die guten alten Zeiten aufleben lassen?‹

Auch wenn ihm Chemie, Pickel und pubertärer Liebeskummer heute lächerlich vorkamen – früher schienen diese Probleme existentiell zu sein. Und in dem Moment, als er merkte, dass die Jugend die sorgloseste Zeit des Lebens war, war sie schon vorbei. Er wurde älter, auf einmal war er älter als seine Eltern bei seiner Geburt. Dabei kamen die einem damals immer so alt vor, wie aus einer anderen Epoche. Plötzlich wuchs die Einsicht: Man war nicht grundsätzlich besser und stärker als die Generation vor einem, man war einfach nur jünger, folgte auf derselben Bahn in einem gewissen, aber gar nicht allzu großen Abstand. Und die Probleme der vorangegangenen Generationen waren in der eigenen Generation mitnichten allesamt gelöst. Warum sollte das auch nach über hunderttausend Jahren Menschheitsgeschichte plötzlich passieren? Alles wiederholte sich. In ein paar Jahren war man selbst ein alter Sack, der von den Jüngeren missachtet wurde, die sich ihrerseits nicht nur für jünger, sondern für grundsätzlich besser hielten. Erst war man jung, irgendwann zu alt, um jung zu sterben, dann war man alt – und irgendwann war man alt genug, um alt zu sterben. Bei der Gelegenheit fiel ihm ein, dass seine Eltern bald 60 wurden, erst seine Mutter, zwei Wochen später sein Vater. Es dauerte nicht mehr lange, und er wäre auch 60.

Vielleicht konnte er das alles hinauszögern, indem er sich so lange wie möglich auf diesem Stuhl drehte. Einfach nicht mehr aufhören. Irgendwann würden die Leute nach ihm fragen.

›*Was macht eigentlich Sebastian Niehoff?*‹

›*Weißt du das nicht?! Der dreht sich seit sieben Jahren auf seinem Schreibtischstuhl. Hört einfach nicht mehr auf.*‹

Er schloss die Augen, um jegliche Orientierung zu verlieren. Es fühlte sich an, als würde sich sein Gehirn im

Kopf drehen. Wahrscheinlich starben in diesem Moment Milliarden Gehirnzellen ab. Sollten sie doch.

Ein Schrei riss ihn aus den Gedanken, gefolgt von einem dumpfen Aufschlag und einem weiteren Schrei.

Sebastian öffnete die Augen, sein Zimmer rauschte an ihm vorbei. Zum Bremsen ließ er die Füße schleifen. Er hatte Mühe, klar zu sehen, nahm aber ein Rascheln im Baum vor dem Fenster wahr. Er versuchte aufzustehen, doch der Drehwurm zwang ihn, sich wieder hinzusetzen und zu warten. Nach einer Weile stand er erneut auf und ging, so kontrolliert wie möglich, zum Fenster.

Draußen rappelte sich gerade sein Freund Olli mit schmerzverzerrtem Gesicht vom Boden auf. Martin stand unbeholfen daneben.

Das Ganze wirkte wie ein Stummfilm-Sketch. Vielleicht drehten sie im Garten seiner Eltern gerade ein Remake von *Pat und Patachon*. Dann begriff Sebastian, was passiert war: Olli wollte den alten Apfelbaum hochklettern. So waren sie früher immer heimlich in sein Zimmer gekommen, oft nachts, wenn alle Eltern längst schliefen und ihre Söhne friedlich schlummernd im Kinderzimmer glaubten. Seitdem hatte Olli jedoch sein Gewicht mindestens verdoppelt. Das war einfach zu viel für den Apfelbaum.

Als Schüler waren Olli, Martin und er unzertrennlich gewesen, auch eine Zeitlang nach dem Abi hingen sie noch fast täglich zusammen rum. Mittlerweile trafen sie sich nur noch alle paar Wochen, um sich zu vergewissern, dass auch im Leben der anderen nichts von Bedeutung passiert war.

Während es viele aus ihrem Jahrgang sonst wohin verschlagen hatte, wohnten alle drei noch in der Gegend. Oder, wie man bei Olli sagen musste: Er hauste. Vor sechs Jahren waren seine Eltern beim Nordic Walking im Schwarzwald von einem umstürzenden Baum erschlagen worden. Beide von dem gleichen, worin Olli seltsamerweise einen gewissen Trost fand. Es war eine Fichte gewesen. Fichten waren die am häufigsten vorkommende Baumart in Deutschland, es gab bestimmt Millionen. Und eine davon war genau in dem Moment umgekippt, als Ollis Eltern mit ihren albernen Stöcken vorbeistiefelten, um ein bisschen was für ihre Gesundheit zu tun. Immer, wenn die Sprache auf den Unfall kam, referierte Olli, dass seine Eltern die einzigen Todesopfer waren, die der Nordic-Walking-Sport jemals gefordert hatte. Dafür gab es allerdings weder einen Eintrag ins *Guinness-Buch der Rekorde* – er hatte sich bei der Redaktion erkundigt – noch eine Entschädigung vom Hersteller der Nordic-Walking-Stöcke. Die hatten nur in einem freundlichen Schreiben ihr Bedauern ausgedrückt, aber jeglichen Zusammenhang zwischen ihren Stöcken und dem tragischen Unfall zurückgewiesen. Auch ohne die Entschädigung stellte der Unfall für Olli zumindest in materieller Hinsicht einen Glücksfall dar: Er erbte nicht nur das Haus seiner Eltern, sondern auch einen ordentlichen Batzen Geld, den sein Vater im Laufe seines Lebens als Orthopäde an Bandscheibenvorfällen, Meniskusschäden und Gicht in ihren verschiedensten Ausprägungen verdient hatte und nicht mehr – wie ursprünglich geplant – als Rentner verjubeln konnte.

Sebastian öffnete das Fenster.

»Kommt doch einfach zur Tür rein«, rief er den beiden

zu, die ihn erst jetzt bemerkten und sein Angebot sofort etwas beschämt, aber erleichtert annahmen.

Martin streckte ihm zur Begrüßung die Hand entgegen.

»Seid ihr schwul, oder was?«, raunzte Olli. Er umarmte Sebastian kumpelhaft, für seinen Geschmack etwas zu lange, als wolle Olli ihn trösten. Zum Abschluss schlug er ihm mehrfach lautstark von hinten auf die Schulter, so ein »Das wird schon wieder«-Klopfer.

»Wir haben das mit dem Feuer gehört«, erklärte Olli und sah dabei aus wie ein trauriger Dobermann.

»Woher?« In der Zeitung stand heute noch nichts, seine Mutter hatte extra geguckt.

»Von deiner Schwester, die hat das auf Facebook gepostet. Die postet da immer jeden Scheiß. Also, nicht dass das Scheiß ist, ist ja voll krass«, faselte Olli. »Das heißt, ist schon irgendwie Scheiß, aber anderer Scheiß. Irgendwie.«

»Kommt doch erst mal rein.«

Verschwörerisch gingen sie hoch in sein Zimmer und schlossen die Tür. Sebastian und Olli setzten sich ganz selbstverständlich auf den Boden. Olli plumpste mehr, als dass er sich setzte. Martin guckte sich erst nach einem Stuhl um, nach einem kurzen Moment der Überwindung folgte er den beiden nach unten. Martin war mit der Zeit ein richtiger Spießer geworden. Die Etappen dieser Entwicklung beobachtete Sebastian seit Jahren. Es hatte fast unmerklich begonnen, indem er sich plötzlich glatt rasierte. Irgendwann steckte er sich sein T-Shirt in die Hose, presste beim Rülpsen die Lippen zusammen und hielt als zusätzliche Sicherheit noch die Hand vor den Mund. Außerdem trug er Schuhe, die allenfalls aus orthopädischer

Sicht zu rechtfertigen waren. Jetzt hatte er allen Ernstes einen Wollpullunder an, darunter ein großkariertes Hemd und eine kleinkarierte Krawatte. In passendem Farbton zum Pullunder eine Cordhose und schwarze Schnürschuhe, in denen sich Sebastian nicht mal einäschern lassen würde. An Martins Hinterkopf gingen die Haare aus. Dafür konnte er natürlich nichts. Aber keine Spur mehr von der schwarzen Pracht, wie er sie früher mit rebellischem Stolz getragen hatte, als sei das eine Kriegserklärung an seine Eltern. Martins Eltern waren allerdings schwer in Ordnung und absolut entspannt. Sie wären im Traum nicht auf die Idee gekommen, ihrem Sohn Vorschriften in Sachen Frisur und Mode zu machen. Wahrscheinlich liefen sie selbst als Rentner nicht so spießig herum wie Martin. Zwar gab es Menschen, bei denen Pullunder, kariertes Hemd und Cordhose cool wirkten – Berliner DJs, norwegische Filmregisseure oder Kunststudentinnen. Aber Martin war nun mal Lehrer.

Zusammen mit seiner Frau Britta hatte er sich vor zwei Jahren ein kleines Haus gekauft. Brittas Credo war: »Erst Haus, dann Kind!«, und sie ließ nicht locker, bis sie endlich ein Reihenhaus in einer Neubausiedlung bezogen, das sich von außen nur durch die Hausnummer von seinen Nachbarhäusern unterschied. Einmal hatte Martin mehrere Minuten mit dem Schlüssel im Haustürschloss des Nachbarhauses herumgestochert, bis er merkte, dass er eine Tür weiter wohnte. Damit ihm das nicht noch mal passierte, hängte Britta ein paar Tage später ein getöpfertes Schild neben den Eingang, auf dem in geschwungener Schreibschrift und umrandet von gemalten Blumen stand: »Hier wohnen Martin und Britta Bleidner.« Sebastian erinnerte das an einen Grabstein. Genauso gut hätte darauf stehen können: »Hier ruht Martin Bleidner.« Unter den Namen hatte Britta extra noch ein bisschen Platz gelassen – für den Namen des Kindes. Das ließ allerdings auf sich warten, auch wenn sie es Martins vagen Schilderungen zufolge nach immer akribischer ausgearbeiteten Plänen versuchten.

»Das ist ja eine Überraschung«, sagte Sebastian, um das Eis zu brechen, wenngleich er das Gefühl hatte, dass eigentlich die anderen angesichts dieses Überfallkommandos etwas sagen sollten.

»Na, meinst du, wir lassen dich in so einer Situation hängen?«, prahlte Olli. »Schließlich sind wir Blutsbrüder!«

»Stimmt«, sagte Sebastian, auch wenn das nicht stimmte. Zwar hatten sie sich mal in die Fingerkuppen gepikt, um Blutsbrüderschaft zu schließen, aber Olli musste beim Anblick von Blut immer kotzen, was der Zeremonie ein jähes Ende bereitete. Martin wollte damals eh nicht mitmachen – aus Angst vor Aids.

Irgendwie war Olli geistig in der Jugend hängengeblieben. »Einer für alle, alle für einen!«, erklärte er pathetisch und hielt seine Hand in die Mitte, damit die anderen einschlugen. »Zusammen sind wir stark!« Er bediente sich wahllos dämlicher Parolen und Rituale, ohne die Männerfreundschaften anscheinend nicht auskamen. Sebastian schlug widerwillig ein, Martin tat es ihm nach. Das Brimborium kam ihm reichlich albern vor, trotzdem war er ein bisschen gerührt.

»Das ist nett von euch«, stammelte er, um etwas Pathos rauszunehmen.

Seine Mutter platzte herein – wie früher ohne anzuklopfen, vermutlich von der heimlichen Hoffnung aller Mütter getrieben, ihren Sohn beim Onanieren zu erwischen. Er hatte sich nie erwischen lassen, wie doof musste man sein?! Es musste ein albernes Bild abgeben, wie sie zu dritt im Schneidersitz auf dem Boden saßen. Seine Mutter ließ sich nichts anmerken.

»Oliver, Martin! Ich wusste nicht, dass du Besuch hast, Basti«, rief sie überrascht.

Warum nannte sie ihn ausgerechnet jetzt Basti?

»Hallo Frau Niehoff«, sagten Olli und Martin im Chor.

Seine Mutter tat, als hätte sie eine unglaublich gute Idee. »Wollt ihr Kakao und Kekse?«

Spätestens jetzt kam er sich vor wie in die Vergangenheit zurückkatapultiert. Es fehlte nicht viel, und seine Mutter fragte ihn mahnend, ob er denn schon alle Hausaufgaben gemacht habe. Einen Moment lang überlegte er ernsthaft, was sie für morgen aufhatten. Zum Glück nichts, er hatte seit 16 Jahren Abi, das konnte ihm keiner mehr nehmen. Auch wenn er gelegentlich noch träumte, Frau Dr. Koch frage ihn im mündlichen Abi nach dem wichtigsten Werk Victor Hugos, und statt die Antwort zu sagen, die er ganz sicher wusste, kam nur Kotze aus seinem Mund, woraufhin Frau Dr. Koch immer wieder schrie »Durchgefallen, Sie sind durchgefallen!« und diabolisch lachte, obwohl das so gar nicht ihre Art war.

Kurz darauf saßen sie da, jeder mit einer Tasse Kakao und einem Keks, immer abwechselnd knabbernd und schlürfend. Martin, ganz Spießer, hielt seine linke Hand als Krümelfänger unters Kinn, wenn er sich mit der rechten einen Keks zum Mund führte und zaghaft abbiss. Olli steckte sich die Kekse immer direkt ganz in den Mund, obwohl sie dafür zu groß waren und beiderseitig seine Backen ausbeulten.

»Und wie genau sieht eure Hilfe aus?«, nahm Sebastian den Faden beiläufig wieder auf – kauend, um der Frage den Druck zu nehmen. Dabei fiel ihm ein Krümel aus dem Mund genau in seine Tasse. Er versuchte, ihn mit dem Zeigefinger herauszufischen, aber der Krümel schwamm immer mit etwa einem Millimeter Abstand vor seinem Finger her. Selbst Krümel demütigten ihn.

Mit dieser Frage hatten Olli und Martin offenbar nicht gerechnet. Sie dachten wohl, herkommen und rumsitzen sei Unterstützung genug. Hilfesuchend schauten sie einander an.

»Tja, öhm«, stotterte Olli und schob sich einen weiteren Keks in den Mund. Im ungünstigsten Moment, als sich der Keks zusammen mit Spucke zu einem zähen, den Mund fast komplett einnehmenden Brei vermengt hatte, schien Olli einen Geistesblitz zu haben. »Wie wär's mit Saufen?! Das ist doch zumindest ein Anfang.« Saufen war oft die Antwort, wenn man Olli eine Frage stellte, so war das früher schon gewesen.

»Okay, wenn meine Mutter das nächste Mal reinkommt, fragen wir sie, ob sie was Alkoholisches dahat.« Das war nicht ernst gemeint, aber das schien den anderen zu entgehen. Im Laufe der Jahre verlor man den gemeinsamen Sinn für Humor.

»Nee, nicht hier«, antwortete Olli barsch.

»Vielleicht ins *Blue Eagle*?«, fragte Sebastian.

»Um die Zeit doch noch nicht! Wie wär's mit dem Spielplatz, wie früher?« Auf dem Spielplatz hatten sie damals oft abgehangen. Sie waren nie Halbstarke gewesen, aber wenn sie auf dem Spielplatz Bier tranken, kamen sie dem am nächsten.

Sebastian zuckte mit den Schultern. »Warum nicht.«

»Sind wir dafür mittlerweile nicht ein bisschen zu alt?«, gab Martin zu bedenken.

Doch Olli ließ keinen Widerspruch gelten. »Der Spielplatz ist doch noch viel älter.« Das war typisch Olli: Er sagte etwas, das völlig logisch klang, aber so unsinnig war, dass man nicht wusste, wie man widersprechen sollte. »Also dann, worauf warten?«

Im Gegensatz zu Martin hatte sich Olli seit der Schulzeit kaum verändert: unrasiertes Mondgesicht, fettige Haare, abgetragene Klamotten und zerschlissene Schuhe. Nur dicker war er geworden, aber das passte zu ihm. Sein ganzes Wesen war darauf ausgelegt, in einem dicken Körper zu wohnen, der nahtlos in ein blasses, teigiges Gesicht überging. Seine rot geäderten Augen waren von dunklen Ringen umgeben. Ob er vielleicht doch zu viel kiffte? Sebastian fragte sich oft, was Olli die ganze Zeit so machte – außer, von einer Karriere als Musiker zu träumen. Seitdem er geerbt hatte, musste er sich um seinen Lebensunterhalt nicht mehr kümmern. Und er tat es auch nicht. Er hatte sein ohnehin schleppend verlaufendes Biologie-Studium abgebrochen, das verwaiste Haus bezogen und lebte in den Tag hinein. Oder auch in die Nacht. Ollis Tagesrhythmus war so regelmäßig wie die Handschrift eines Erstklässlers. Gitarre spielen war das Einzige, was er so halbwegs auf die Reihe kriegte. Und Songs schreiben. Nichts Weltbewegendes, aber immerhin solide Melodien und nicht allzu peinliche Texte.

Die nahm er dann auf und postete sie im Internet. Einmal war was von ihm auf der Startseite von YouTube präsentiert worden und bekam über 100 000 Klicks. Seitdem wartete Olli auf den Durchbruch.

»Nehmt's mir nicht übel«, spielte sich Martin auf. »Wie ihr wisst, bin ich Lehrer hier. Ich kann mich nicht einfach auf den Spielplatz setzen und trinken. Was, wenn mich da Schüler sehen?« Den Lehrer-Tonfall hatte er sich im Laufe der Jahre perfekt draufgeschafft.

»Was, wenn mich da Schüler sehen?«, äffte Olli ihn mit weinerlicher Piepsstimme nach. »Alter, früher hast du regelmäßig die Rutsche vollgekotzt!« Das war übertrieben. Sebastian konnte sich nur an ein einziges Mal erinnern. Hinterher kippten sie einfach Sand drauf. Das arme Kind, das anschließend als erstes wieder rutschte. »Was ist aus dir nur für ein spießiger Waschlappen geworden?«, schloss Olli seinen flammenden Appell.

Martins Blick haftete an Olli, einen Moment lang war er wie versteinert. Dann seufzte er und rückte sich die Brille zurecht. Zwanzig Minuten später saßen sie auf dem Klettergerüst und prosteten sich zu. Martin mit dem Rücken zum Eingang des Spielplatzes, darauf hatte er bestanden. Weil Olli keine Ruhe gab und auch Martin seine Neugier kaum verbergen konnte, schilderte Sebastian noch mal die Ereignisse der Brandnacht. Es kam ihm schon gar nicht mehr vor, als sei ihm das alles selbst passiert.

»Wird schon alles wieder«, schloss er, was seine Freunde mit aufmunterndem Nicken quittierten. Sie tranken eine Weile schweigend vor sich hin – bis Olli einen lauten Rülpser ausstieß.

»Ach, bitte!«, herrschte Martin ihn an. »Kannst du dich nicht mal ein bisschen zusammenreißen?!« Er wendete angewidert den Kopf ab.

»Meine Fresse, früher hast du dann einfach versucht, lauter zu rülpsen«, sagte Olli.

»Früher ist lange her.«

»Komm schon, Alter, mach dich mal locker! Du willst mir doch nicht erzählen, dass du nie rülpst.« Plötzlich sprach Olli wie mit einem Kleinkind: »Irgendwo da drin versteckt sich doch ein klitzekleiner Rülpsi, der nach draußen will. Ja, wo isser denn? Ja, wo isser denn?« Er begann, Martin mit ausgestreckten Zeigefingern in den Bauch zu piksen.

»Oliver, bitte.« Martin fuchtelte wild mit den Händen herum, um den Angriff abzuwehren. »Ich weiß nicht, wann ich es je mit einem so unreifen Menschen zu tun gehabt habe. Und das, obwohl ich Fünftklässler unterrichte.«

Olli rülpste erneut. »So, das war mein letztes Wort. Du bist dran.«

Martin schüttelte genervt den Kopf, doch Olli grinste ihn unverhohlen an. Olli konnte in solchen Dingen sehr stur sein. Martin öffnete die Dose und trank einen Schluck. Er verdrehte die Augen und presste einen zwar nicht sehr lauten, aber doch amtlichen Rülpser hervor.

»Geil, Alter!« Übermütig griff Olli Martins Kopf und rubbelte mit den Fingerknöcheln auf seinen Haaren.

Martin ließ es einfach geschehen.

Kapitel 6,

in dem das Leben wie ein Staubsauger ist und Sebastian sich schlecht versteckt.

Sebastian konnte sich nicht erinnern, wie er ins Bett gekommen war. In seinen Haaren hingen kleine Äste und Blätter – ein Indiz dafür, dass er letzte Nacht über den Apfelbaum in sein Zimmer geklettert war. Zwischen seinen Zehen spürte er Sand, vermutlich ein Mitbringsel vom Spielplatz. Er trug noch die Klamotten vom Vortag, allerdings fehlte sein rechter Schuh – besser gesagt: der von dem Paar, das er sich von seinem Vater ausgeliehen hatte.

Im Badezimmer entdeckte er einige Schürfwunden an seinen Armen und Beinen, außerdem eine Schramme quer über der Wange. Das kommt davon, wenn man im Suff einen Baum hochklettert, dachte er, während er unter schmerzhaftem Ziepen die Äste aus seinen Haaren pfriemelte. Er konnte froh sein, dass Olli und Martin körperlich nicht mehr in der Lage waren, über den Apfelbaum in sein Zimmer zu gelangen, sonst wäre er heute Morgen zwischen den beiden aufgewacht und hätte zusehen müssen, wie er sie unbemerkt aus dem Haus bringen konnte. Das war nämlich die Tücke des Apfelbaums: Man kam zwar mit ein bisschen Geschick und nicht zu viel Übergewicht hoch in Sebastians Zimmer, aber zurück kam man nicht – weil sich der große Ast nur unter dem Gewicht eines Kletterers zum Fenster neigte.

»Na, mein Junge«, schnaufte ihm sein Vater zu, als er

frisch geduscht, entsandet und astrein in die Küche kam. Er begutachtete Sebastian von oben bis unten. »Steht dir gut!«

Heute trug er dann doch den lila Pullover, kombiniert mit einer Cordhose, die gut und gerne fünf Zentimeter länger hätte sein können. Er kam sich vor, als gehe er zu einer Bad-Taste-Party, zu der man die hässlichsten Klamotten anziehen sollte, die man nur finden konnte.

»Ja, geht so«, erwiderte er.

»Dein Freund Oliver sitzt draußen unterm Apfelbaum«, sagte sein Vater beiläufig. »Schläft.«

»Ui!«

»Kaffee?«

»Ja, bitte.«

Sein Vater schenkte ihm in nervenaufreibender Langsamkeit einen großen Becher Kaffee ein. Dann saßen sie minutenlang stumm nebeneinander. Sebastian kam es so vor, als ticke die Küchenuhr immer lauter und nicht exakt im Sekundentakt, sondern in einem leicht abweichenden Rhythmus: Tick, Tick, Tack, Tick, Tick, Tack, Tick, Tick, Tack – wobei das Tack immer einen Tick lauter und dunkler klang als das Tick. Bestimmt nur Einbildung.

Bei jedem anderen wäre in ihm nun der Druck gestiegen, irgendetwas zu sagen. Mit seinem Vater war das anders. Zwischen ihnen herrschte ein schweigendes Einvernehmen, dass man nur sprach, wenn es nötig war. Sie hatten ein gutes Verhältnis, was hauptsächlich daran lag, dass sein Vater so ruhig, fast unscheinbar war. Er machte nie etwas Unerwartetes und bezog in Gesprächen nur ganz selten Position. In seiner Jugend hatte Sebastian das zur Weißglut getrieben. Da wollte man sich an seinen Eltern die Hörner abstoßen, ein bisschen Zoff und Drama, um den anderen zu beweisen, dass man eine eigenständige Persönlichkeit hatte. Doch sein Vater zuckte immer nur mit den Schultern, wenn man ihn provozierte. Einmal legte Sebastian streitlustig die Füße auf den Wohnzimmertisch, noch mit Straßenschuhen an. Sein Vater guckte auf die Schuhe, dann zu Sebastian und wieder auf die Schuhe. Doch anstatt zu sagen: »Sag mal, hast du sie nicht alle?!«, zuckte er nur mit den Schultern und machte den Fernseher etwas lauter – eine sinnlose Übersprungshandlung. Keine Minute später nahm Sebastian die Füße vom Tisch und holte seinem Vater ein Bier. Zum Glück hatte er noch seine Mutter, mit der sich etwas besser streiten ließ. Und natürlich seine Schwester Carola, die allerdings sieben Jahre jünger war als er und deshalb Welpenschutz genoss.

»Das Leben spielt einem manchmal übel mit«, sagte sein Vater in die Stille hinein. Was kam denn jetzt? Wollte er ihm eine Lebensweisheit mit auf den Weg geben? Plötzlich hatte sein Vater ein bisschen was von Meister Yoda aus Star Wars. Zum Glück war seine Gesichtsfarbe nicht grün. Und er hatte auch nicht gesagt: »Das Leben einem manchmal übel mitspielt.«

»Aber das ist wie mit Staubsaugern«, setzte sein Vater fort. »Wenn mal etwas kaputtgeht, kann man es wieder reparieren.«

Sebastian wartete einen Moment, ob noch mehr nachkam. Doch sein Vater trank aus seiner Kaffeetasse und schwieg. Ende der Durchsage. Häuptling Schraubender Bulle hatte gesprochen. Um irgendwie zu reagieren, nickte Sebastian nachdenklich, als hätte diese Aussage eine gedankliche Tiefe, die sich einem erst nach und nach erschloss. Das Leben war also nicht wie eine Schachtel Pralinen – Forrest Gump war verdammt noch mal auf dem Holzweg. Das Leben war wie ein Staubsauger. Er sollte bei Gelegenheit mal den Beutel wechseln, so viel Dreck, wie sich da in letzter Zeit angesammelt hatte. Auch wenn der Spruch nicht gerade kalenderreif war, freute er sich, dass sein Vater diesen Aufmunterungsversuch unternommen hatte. Auch der schien mit dem Gespräch zufrieden zu sein und verdrückte sich zu seiner Eisenbahn.

Sebastian rief lustlos bei ein paar Versicherungen an, um zu fragen, ob er dort Kunde sei. Wenn er schon beim Brand auf ganzer Linie versagt hatte, wollte er jetzt wenigstens den Papierkram schnell erledigen, damit Miriam davon verschont blieb. Auch das machte einen zuverlässigen Partner aus. Vor ein paar Jahren hatte er ein ganzes Versicherungspaket abgeschlossen, von denen es in einer Zeitschrift für junge Leute hieß, sie seien unerlässlich, wenn man im Leben auf eigenen Füßen stehe: Hausrat-, Haftpflicht-, Rechtschutz-, Berufsunfähigkeits-, Renten- und Lebensversicherung. Seitdem wurde ihm vierteljährlich viel Geld abgebucht, und er bekam regelmäßig Schreiben, dass die Beiträge leider aus irgendwelchen für ihn nicht nachvollziehbaren Gründen erhöht werden mussten. Das brauche ihn aber nicht weiter zu kümmern, weil die erhöhten Beträge einfach per Lastschrift abgebucht würden, wenn er nicht binnen einer bestimmten Frist Einspruch erhebe. Dieser Einspruch sei allerdings gleichbedeutend mit dem sofortigen Verlust des Versicherungsschutzes. Es müsste eine Versicherung gegen Abzocke geben, dachte er jedes Mal, wenn er einen solchen Brief bekam. Außerdem nervte es ihn, dass diese Briefe maschinell unterschrieben waren – und zwar mit Blau, so dass es auf den ersten Blick wie eine persönliche Unterschrift aussah. Was bezweckten die Versicherungen damit? Dass man dachte: Ah, bei denen bin ich keine kleine Nummer, die nehmen sich meiner ganz persönlich an, um mir das Geld aus der Tasche zu ziehen?

Jedenfalls waren Brandschäden bestimmt von einer dieser Versicherungen abgedeckt. Wäre nicht alles verbrannt, würde er jetzt einfach im Ordner mit den Unterlagen nachgucken. Aber wäre nicht alles verbrannt, müsste er nicht nachgucken. O Mann, nervte das alles. Nicht nur, dass sich im Beutel des Lebens-Staubsaugers viel Dreck angesammelt hatte, zu allem Überfluss verhedderte sich auch noch das Kabel beim Einrollen. Mal ganz abgesehen davon, dass die letzten 20 Zentimeter ohnehin nie im Gerät verschwanden. Warum war das eigentlich so? Es gab doch sicher Menschen, deren einzige Aufgabe es war, eine Staubsauger-Kabelaufrollung zu entwickeln, die nicht hakte und das Kabel restlos einzog. Wieso versagten diese Leute so in ihrem Job? Schämten die sich nicht? Und warum wurden sie nicht gefeuert?!

Er erklärte den Versicherungsmenschen jeweils kurz seine Situation, was allerdings niemanden davon abhielt, stur in der Telefonisten-Routine fortzufahren.

»Wie lautet Ihre VNKN-Nummer?«

»Na, ich habe ja eben erklärt: Ich besitze keinerlei Unterlagen mehr. Deshalb kann ich Ihnen da keine Nummer oder so sagen.«

»Ohne VNKN-Nummer kann ich im System nicht nachgucken.«

»Geht das nicht über meinen Namen?«

»Nein, ich brauche eine VNKN-Nummer. Aus datenschutzrechtlichen Gründen.«

»Wofür steht VNKN denn überhaupt?«

»Versicherungsnehmer-Kennnummer.«

»VNKN-Nummer heißt also Versicherungsnehmer-Kennnummer-Nummer?« Damit führte er das Gespräch nicht gerade auf eine konstruktive Ebene, aber wenigstens verschaffte ihm das kurz ein Gefühl der Überlegenheit.

Sebastian fuhr zur alten Wohnung – beziehungsweise zu dem, was noch davon übrig war. Vielleicht hatte er ja Glück, und der Ordner mit den entscheidenden Unterlagen war von den Flammen verschont worden. Überhaupt wollte er sich mal ein Bild von den Schäden machen. Möglicherweise war ja noch was zu retten.

Aber schon der Anblick von draußen verhieß nichts Gutes: Vom Dach war nur noch das verkohlte Gerippe übrig, an den Fenstern war die Hausfassade verrußt. Das Badezimmerfenster stand immer noch offen. Ebenso das Schlafzimmerfenster, aus dem Miriam gerettet worden war.

Vor dem Haus stand ein Möbelwagen, in dem Möbelpacker gerade die Habseligkeiten von Familie Lautenschläger verstauten. Herr Lautenschläger dirigierte das Ganze. Er war braungebrannt, sah aber dennoch nicht richtig erholt aus. Sebastian wollte unauffällig in den Eingang schlüpfen, doch ein energisches »Herr Niehoff!« pfiff ihn zurück.

»Herr Lautenschläger! Wie war's auf Fuerteventura?«

»Schöne Scheiße hier!«, kam Lautenschläger direkt zur

Sache. »Da ist man mal eine Woche nicht da, und dann das!«

»Ja, schöne Scheiße.«

»Wir haben einen Wasserschaden in der gesamten Wohnung. Können Sie sich das vorstellen? Sämtliche Decken sind nass und müssen zum Austrocknen aufgebohrt werden.«

»Das tut mir leid. Aber wenigstens haben Sie noch Decken.«

Zum Glück entglitt in dem Moment einem der Möbelpacker ein Vitrinenschrank, der daraufhin auf die Straße knallte. In heller Aufregung stürmte Lautenschläger zum Ort des Geschehens, und Sebastian konnte fliehen.

Er ging hinauf zur Wohnung. »Niehoff/Ahlmann« stand auf dem Klingelschild, als wäre nichts passiert. Die Tür war mit einer Axt oder Ähnlichem aufgebrochen worden, vermutlich von der Feuerwehr. Nun war sie polizeilich versiegelt. Verdammt! Allerdings war das Siegel nicht gerade sorgfältig angebracht worden. Es klebte an einem Stück Furnier, das sich vom Rest der Tür schon weitgehend gelöst hatte. Vermutlich war es ein Leichtes, das Stück ganz von der Tür zu lösen. Was sollte die Polizei für ein Problem damit haben, dass er kurz hineinging? Schließlich war das hier seine Wohnung. Das Siegel sollte doch sicher bloß Plünderer oder Schaulustige abhalten und nicht den rechtschaffenen Mieter, dessen verbrannte Existenz sich hinter dieser Tür befand. Wie ein Laienschauspieler bei *Aktenzeichen XY* schaute sich Sebastian um. Vorsichtig pfriemelte er, bis sich das Siegel samt Furnier löste. Er drückte gegen die Tür – sie gab nach. Dafür, dass ich mir keinerlei Vorwürfe zu machen brauche, rast mein Puls aber ganz schön, dachte er. Egal. Das Siegel war gelöst, jetzt konnte er auch hineingehen.

In der Wohnung herrschte ein einziges Chaos. Obwohl es ziemlich genau aussah, wie Sebastian es sich vorgestellt hatte, war er über das Ausmaß der Zerstörung doch erschrocken. Der Boden war von einer rußigen Brühe überschwemmt, aus der hier und da verkohlte Möbel ragten. Sebastian inspizierte nach und nach alle Räume. Gegenüber dem geschmolzenen Fernseher stand ein schwarzer Klumpen, der einmal das Sofa gewesen war. Da konnte selbst der beste Polsterer der Welt nichts mehr machen.

»Adieu, alter Freund!«, sagte Sebastian und fuhr zum Abschied mit der Hand über die triefendnassen Reste der Armlehne. Fast alles war hin. Nur ein gerahmtes Foto an der Wand war wie durch ein Wunder nahezu unbeschädigt geblieben. Es zeigte Sebastian und Miriam am Strand von Andalusien, strahlend übers ganze Gesicht. Er nahm es ab. Miriam sah da so verdammt schön aus.

Der Schrank im Arbeitszimmer war von außen zwar verkohlt, aber der Ordner mit den Versicherungsdokumenten hatte nichts abbekommen. Was bin ich nur für ein Glückspilz, dachte Sebastian.

In diesem Moment hörte er Geräusche. Da war jemand in der Wohnung. Sebastian blieb wie angewurzelt stehen.

»Hallo?«, rief eine männliche Stimme. »Ist da jemand?«

War das Herr Lautenschläger? Nein, die Stimme klang anders. Aber irgendwie kam sie Sebastian bekannt vor.

»Hallo! Befindet sich irgendwer in der Wohnung? Hier ist die Polizei.«

Scheiße! Das war Patrick Pressler. Auf einmal war sich Sebastian gar nicht mehr so sicher, dass die Polizei mit seiner kleinen Wohnungsbesichtigung keine Probleme hatte. Die konnten ja manchmal auch ziemlich pingelig sein. Was sollte er nur tun? In den Flur spazieren und sich ahnungslos geben? Das war wohl das Beste. Was sollte Pressler ihm schon groß vorwerfen? Vermutlich musste er sich ein »Nanana, dass mir das nicht noch mal vorkommt!« anhören, aber damit hätte sich die Sache auch erledigt. Noch besser wäre es natürlich, wenn der Kommissar ihn gar nicht erst zu Gesicht bekam und unverrichteter Dinge wieder abzog. Sebastian krabbelte unter seinen Schreibtisch und zog den verkohlten Drehstuhl so weit wie möglich heran. Hier würde ihn Pressler niemals entdecken.

»Herr Niehoff, was machen Sie da?«

Wie das Kaninchen vor der Schlange blieb Sebastian regungslos hocken. Vielleicht passierte ja etwas völlig Überraschendes, das ihn aus dieser dämlichen Situation rettete. Wobei er keinen Schimmer hatte, was das sein konnte.

»Herr Niehoff, ich sehe Sie! Kommen Sie da raus.«

Sebastian kroch hervor und rappelte sich auf. »Herr Pressler! Schön, Sie zu sehen. Ich wollte mich gerade mal ein bisschen in meiner Wohnung umgucken. Hier, wegen den Unterlagen von der Versicherung.« Zum Beweis hielt er Pressler den Ordner unter die Nase.

»Sie sind nicht befugt, diese Wohnung zu betreten. Das Brechen eines polizeilichen Siegels ist strafbar, Herr Niehoff.« Der Kommissar zückte sein Handy.

»Polizeiliches Siegel? Ach, Sie meinen das Ding da am Eingang? Das war eh schon fast ab.«

»Jens, kommst du mal hoch?«, telefonierte Pressler. Na

toll, jetzt holte der sich auch noch Verstärkung. Das war wohl eher kein gutes Zeichen.

»Ich dachte, ich, der ich hier wohne, werde ja wohl …«

»Falsch gedacht. Gerade Sie dürfen hier nicht rein, gerade Sie!«

»Was soll das heißen: ›gerade Sie‹?«

»Ich hätte mich heute ohnehin noch bei Ihnen gemeldet und Sie zum Verhör aufs Revier gebeten. Wir gehen gegenwärtig von Brandstiftung aus. Und …«

»Brandstiftung? Aber wer sollte denn so etwas tun?«

»Sie, wie es aussieht! Unsere Spurensicherung hat da eine interessante Entdeckung gemacht. Und dass Sie sich hier Zugang verschafft haben, spricht natürlich Bände. Mal eben die Beweise vernichten. Aber dafür sind Sie ein bisschen spät dran, Niehoff.«

»Aber warum sollte ich denn bitte meine eigene Wohnung anzünden?!«

»Na, was weiß ich! Versicherungsbetrug, weil Sie Schulden haben. Oder eine Beziehungstat! Sie wollten's Ihrer Freundin heimzahlen, die Sie mit einem anderen betrogen hat. Hat's alles schon gegeben.«

»Und warum sollte ich es dann bitte so blöd anstellen, dass ich selbst erst in letzter Minute gerettet werde?«

»Zum Beispiel, um genau das zu Ihrer Verteidigung vorbringen zu können. Oder einfach weil Sie so blöd sind. Wir müssen hier auch gar nicht lang diskutieren. Fest steht: Sie haben sich mit der Missachtung des Polizeisiegels strafbar gemacht. Und was die Brandstiftung angeht, sind Sie spätestens jetzt der Hauptverdächtige. Da stellt mir jeder Richter sofort einen Haftbefehl aus.«

Ganz offensichtlich war Pressler wahnsinnig geworden. Und anstatt sich wieder einzukriegen, kam er vom Hölzchen aufs Stöckchen. Langsam wurde Sebastian mulmig zumute. Aber diesmal wollte er nicht klein beigeben.

»Jetzt spielen Sie mal nicht den Sheriff hier«, blökte Sebastian ihn an. »Ist ja schön und gut, dass Sie sich wegen dem Siegeldingsbums aufregen. Meinetwegen zahle ich da auch ein Bußgeld oder so. Aber Haftbefehl? Ist doch lächerlich!«

Sebastian reichte es endgültig. Er marschierte an Pressler vorbei und rief im Weggehen: »Schönen Tag noch!«

Er war ein bisschen stolz auf diesen starken Abgang. Das fühlte sich verdammt gut an.

Kapitel 7,

in dem Sebastian zurückweicht und sein Seehund ein neues Auge bekommt.

Mit einem lauten Rumms fiel die schwere Tür hinter ihm ins Schloss. Wenigstens hatte ihn der Schließer nicht mit einem Arschtritt in die Zelle befördert und gerufen: »Hier wirst du schmoren, bis du schwarz bist, du Bastard!« Aber das hier war ja auch nicht der Knast von Rio Bravo, sondern eine deutsche JVA. Und Sebastian hatte auch keine Postkutsche überfallen, im Saloon um sich geschossen oder die Stadt unsicher gemacht. Sondern gar nichts. O Mann, wenn Miriam das erfuhr. Noch eine Sache, die er nicht auf die Reihe bekommen hatte. Statt den Versicherungskram zu regeln, landete er im Gefängnis – das musste man erst mal schaffen.

»Sebastian, was hat das zu bedeuten?«, hatte seine Mutter entsetzt gerufen, als Pressler mit ihm auf dem Weg zur JVA noch einen Zwischenstopp zu Hause einlegte, damit er ein paar persönliche Sachen einpacken konnte.

»Mach dir keine Sorgen, Mama! Es muss sich um einen Irrtum handeln!«, antwortete er. Ein Satz wie aus dem Tatort, nur dass man hier nicht umschalten und sich von einer hirnlosen Rosamunde-Pilcher-Schnulze beruhigen lassen konnte. Pressler machte ernst. Offenbar hatte Sebastian den Mund ein bisschen zu voll genommen, und das mit dem Haftbefehl ging anscheinend doch erschreckend einfach. »Verdunklungsgefahr«, so lautete der offizielle Grund. Der inoffizielle Grund lautete, dass Pressler ein Arschloch war. Na ja, vielleicht trug Sebastian selbst auch ein klitzekleines bisschen Mitschuld an der Eskalation.

Er spielte kurz mit dem Gedanken, Pressler auszuschalten und spektakulär zu fliehen. Aber erstens war er nicht Jason Bourne, und zweitens hätte das wie ein Schuldeingeständnis wirken können. Außerdem stand auf Totschlag vermutlich eine höhere Strafe als auf das, was er tatsächlich verbrochen hatte – nämlich nichts. Also hielt er sich zurück.

Erst in seinem Zimmer fiel ihm ein, dass er fast keine persönlichen Sachen mehr besaß. War ja alles verbrannt. Um nicht unverrichteter Dinge kehrtzumachen, griff sich Sebastian den einäugigen Seehund Ulf und stopfte ihn in einen Jutebeutel mit der Aufschrift »Öko? Logisch!«. Aus dem Bad holte er noch Zahnbürste und -pasta, Kamm, Deo und Duschgel.

»Wie ist das, werden Handtücher gestellt?«, fragte er Pressler.

»Ja.«

Toll, wie der Staat seine Kriminellen umsorgte. Vorausgesetzt, er kam aus dem Gefängnis wieder raus, konnte er vielleicht was mitgehen lassen. Hotelhandtücher hatte jeder zu Hause, aber aus dem Knast? Am besten noch mit JVA-Monogramm. Angesichts meiner gerade stattfindenden Verhaftung geht mir ganz schön irrelevanter Scheiß durch den Kopf, dachte er. Ob es in der JVA auch Bademantel und Frotteeschlappen gab?

»Das war's«, sagte er zu Pressler, der diese Zusammenstellung persönlicher Sachen nur als weitere Provokation auffassen konnte. Auf dem Weg nach draußen rief er seiner Mutter noch ein aufmunterndes »Das wird sich alles bald aufklären!« zu, damit war sein Vorrat an Krimi-Phrasen erschöpft.

Schon wieder fuhr Sebastian in einem Streifenwagen. Diesmal saß er hinten. Wie oft hatte er sich gefragt, was jemand ausgefressen hatte, der in einem Polizeiauto auf der Rückbank saß. Jetzt war er selbst dieser Jemand. Trotzdem wusste er keine Antwort auf die Frage.

Die Zelle war höchstens zehn Quadratmeter groß und erinnerte an eine heruntergekommene Jugendherberge. Die Einrichtung bestand aus einem Stockbett, zwei Spinden, einem Tisch mit zwei Stühlen und einem Waschtisch in der Ecke. Dahinter hing, das sah man in Jugendherbergen eher selten, eine metallene Toilette, die mit einem lächerlich kleinen Sichtschutz vom Rest des Raumes abgetrennt war. Die Wände wirkten, als seien sie direkt vergilbt gestrichen worden – eine Farbe zwischen Eierschale und altem Pissfleck. Für Abwechslung sorgten nur ein paar Stellen, an denen die Farbe abblätterte und einen undefinierbaren grau-grünen Untergrund zum Vorschein brachte. Durch ein engmaschig vergittertes Fenster war ein deprimierendes bisschen vom bedeckten Himmel zu sehen. Bei der Frage »Parkett oder Laminat?« hatte sich der Innenarchitekt für weder noch entschieden und einen grünen PVC-Boden verlegen lassen, der sich bestimmt gut reinigen ließ. Bisher hatte das allerdings niemand versucht. Aber was regte er sich auf? Schließlich kam man nicht ins Gefängnis, um sich wohlzufühlen.

»Tja, Ulf, hier wohnen wir jetzt«, sagte er. Er nahm den Seehund aus dem Jutebeutel und ließ ihn sich umschauen. »Nicht gerade artgerechte Haltung für einen Seehund, was?« Sebastian ließ Ulf den Kopf traurig zur Seite legen, soweit das bei einem Seehund möglich war, dessen Kopf direkt in den Rumpf überging. »Vielleicht kommt ja Greenpeace und befreit dich.«

Ulf nickte.

Sebastian bemerkte, dass im Halbdunkel des unteren Stockbetts zwei Augen funkelten. Dort lag jemand.

»Ui!«, erschreckte er sich. Ulf richtete sein Auge auf das Bett. Sebastian wurde bewusst, wie merkwürdig er gerade wirken musste. Er ließ Ulf im Beutel verschwinden und ging auf das Bett zu. In sicherem Abstand bückte er sich.

»Äh, hallo? Ich bin Sebastian Niehoff, Ihr neuer Zellengenosse«, sagte er und streckte zögerlich seine Hand aus.

Blitzschnell sprang ein Mann aus dem Dunkel hervor.

»Hua!«, entfuhr es Sebastian. Er wich reflexartig zurück.

Der Mann hatte eine Glatze, trug einen Bart wie Dschingis Khan, und in beide Ohren waren 20-Cent-große Röhren eingelassen, die wie Tunnel durch die Läppchen gingen. Er war nur mit Jogginghose und Unterhemd bekleidet, so kamen seine fast lückenlos tätowierten, muskelbepackten Arme ordentlich zur Geltung. Zusammen mit der Gefängniszelle ergab er sofort ein stimmiges Bild.

»Ich bin der Kiki«, sagte der Mann überraschend sanft.

Sebastian hatte sich von dem Schreck noch nicht ganz erholt. »Kiki. Ist das … Japanisch?«, keuchte er.

»Sieht der Kiki vielleicht aus wie ein verdammter Schlitzi?!«, brauste Kiki auf und machte einen Schritt auf ihn zu.

»Äh … Nein, eigentlich nicht.«

»Siehst du! Kiki ist 'ne Abkürzung.«

»Ach so.« Sebastian fragte sich, ob er besser nicht mehr allzu viel fragen sollte, aber seine Neugier siegte. »Eine Abkürzung wovon?«

»Das geht dich einen verdammten Scheißdreck an!«

Alles klar, das war doch eine Aussage, mit der man arbeiten konnte. »Ah, okay, nee, ist ja auch egal.« Erst jetzt sah er, dass Kiki eine Zahnbürste in der Hand hielt. Seltsam, er wirkte gar nicht, als sei er auf dem Weg zum Zähneputzen.

»Und mit wem hast du da gerade gesprochen, als du reingekommen bist?«, wollte Kiki wissen.

Sebastian schluckte. »Och, das war nicht der Rede wert. Nur so ein blödes Kuscheltier, das ich von zu Hause mitgenommen habe.« O Gott, er war hier im Knast und erzählte einem Stiernacken von seinem Kuscheltier. In wenigen Augenblicken würde sein Kopf Bekanntschaft mit der Kloschüssel machen. Bald mussten die Böden erstmals gereinigt werden, um die von ihm stammende Blutlache zu beseitigen.

»Das war 'n kleiner Seehund, stimmt's?« Plötzlich war Kiki wieder zahm wie King-Kong beim Anblick der weißen Frau.

»Ja«, antwortete Sebastian brav.

»Der Kiki mag Seehunde. Hat der auch einen Namen?«

Sebastian war sich nicht sicher, ob der Typ das ernst meinte, aber er spielte lieber mit. »Ulf.«

»Ulf«, wiederholte Kiki, als sei es der Name einer exotischen Frucht. »Kann der Kiki den kleinen Ulf mal sehen?«

Scheiße, Scheiße, Scheiße, dachte Sebastian. Mit Sicherheit tat Kiki nur so, und gleich würde Sebastian Ulf dort stecken haben, wo ihn nur ein versierter Proktologe entfernen konnte. Es nützte alles nichts – er holte Ulf aus dem Beutel.

»Hallo Ulf, schön, dich kennenzulernen«, flötete Kiki. Er legte die Zahnbürste aus der Hand und schüttelte dem Stofftier mit Daumen und Zeigefinger die rechte Vorderflosse. Sebastian war immer noch auf das Schlimmste gefasst. Aber nichts geschah. Kiki schien von Ulf ernsthaft angetan zu sein.

»Ulf hat ja nur ein Auge«, sagte Kiki und guckte traurig – was er noch unterstrich, indem er seine Unterlippe vorschob.

»Ja, das andere ist irgendwann verlorengegangen.«

»Moment!« Kiki wendete sich ab und ging an seinen Spind. Er kramte ein bisschen herum und holte eine Tüte Lakritz hervor. Er nahm einen kleinen schwarzen Taler heraus, leckte daran, pustete ihn wieder etwas trocken und drückte ihn schließlich fest an die Stelle, wo Ulf das Auge fehlte. »Passt doch, oder?«, freute er sich.

»Ja, super!«, antwortete Sebastian. Seine Begeisterung hielt sich in Grenzen, denn das Lakritz-Auge war etwas zu groß, außerdem war sein Kuscheltier jetzt mit Knasti-Spucke beschmiert. Aber Kiki anzubrüllen: ›*Wie ekelhaft! Und es sieht total beschissen aus! Hast du den Arsch auf?!*‹, schien ihm keine gute Idee zu sein, solange er nicht mindestens so gute Selbstverteidigungstricks draufhatte wie James Bond – Jiu Jitsu oder so was.

Das Ganze hier wirkte absurd. Geradezu unglaublich. Welcher Knastbruder schüttelte bitte schön einem Seehund die Flosse und verpasste ihm ein neues Auge aus Lakritz?! Vielleicht handelt es sich um einen Streich mit versteckter Kamera, dachte Sebastian. Die wollten den Neuankömmling im Knast mal so richtig schön verarschen. Gleich würde ein Moderator zur Zellentür hereinkommen – als Vollzugsbeamter verkleidet, um das Spiel zunächst noch ein bisschen weiter zu treiben – und schließlich unter Lachen und Schulterklopfen auf die Kamera deuten. Kiki würde in die allgemeine Heiterkeit einfallen und sich als Schauspieler zu erkennen geben. Moment! Vielleicht hatte der Streich viel früher begonnen, und auch die Verhaftung war fingiert. Oder noch früher! Schon der Brand gehörte dazu und war Auftakt eines der größten Streiche aller Zeiten! Die Feuerwehr, seine Eltern, Olli und Martin – sie alle spielten mit. Und Miriam! Sie war in Wirklichkeit gar nicht verletzt und mimte das Brandopfer nur. O Mann, da hatten sie ihn ganz schön aufs Korn genommen! Aber eins war klar: Sollte es bald zur Auflösung kommen, durfte er nicht heulend zusammenbrechen oder wild um sich schlagen, sondern er musste mitlachen, was das Zeug hielt. Alles andere war uncool. »Ganz schön humorlos, der Typ«, würden die Leute vor dem Fernseher dann sagen und in der Fernsehzeitung gucken, was sonst noch so lief.

Kiki riss ihn aus seinen Gedanken. »Was haste denn ausgefressen, dass sie dich zum Kiki gesperrt haben? Siehst gar nicht aus wie ein böser Junge.«

»Das sagen wahrscheinlich alle, die hier landen, aber ich habe gar nichts ausgefressen. Nur ein Polizeisiegel missachtet. Und jetzt tun die so, als hätte ich es faustdick hinter den Ohren.« Sebastian schilderte die vergangenen Tage, doch er wurde den Gedanken nicht los, das gerade nicht nur seinem Zellengenossen, sondern auch für die versteckten Kameras zu erzählen. Deshalb sprach er etwas deutlicher, unterstrich das Gesagte mit passender Gestik und Mimik und bemühte sich um eine fröhliche Sicht der Dinge. »Tja, und dann bin ich hier gelandet«, schloss er seine Ausführungen.

»Verstehe«, sagte Kiki. »Dann musst du morgen bestimmt zum Hari.«

»Harry? Welcher Harry?«

»Hari – Haftrichter. Dem erzählst du noch mal, wie unschuldig du bist. Der glaubt dir das natürlich nicht, weil das jeder sagt, der hier landet. Und dann kommst du zurück zum Kiki.«

»Das sind ja tolle Aussichten. Ich bin voll am Arsch«, seufzte Sebastian.

»Kopf hoch, Kleiner. Eines hat der Kiki im Leben gelernt: Wenn du am Arsch bist, musst du reintreten. Merk dir das.«

Sebastian war sich nicht sicher, ob man von einem Gefängnisinsassen Ratschläge für ein gelungenes Leben annehmen sollte. Man ließ sich ja auch nicht von einem Mann mit zwei Fingern eine Kettensäge erklären. Aber es war nett gemeint gewesen. Und irgendwie war an Kikis Spruch was dran. Er hatte das Gefühl, dass jetzt der richtige Moment gekommen war: »Wofür steht Kiki denn nun?«

»Ich sagte doch: Das geht dich einen verdammten Scheißdreck an.«

Okay, er hatte sich geirrt.

»Verstehe«, gab er sich wieder kleinlaut. »Und warum bist du hier? Siehst gar nicht aus wie ein böser Junge.« Sebastian schätzte Kiki mittlerweile als so harmlos ein, dass er sich diese kleine Flapsigkeit erlauben konnte. Außerdem: Sollte es sich tatsächlich um einen Spaß mit versteckter Kamera handeln, wäre das ein riesiger Lacher. »Der ist ja echt locker drauf«, würden die Leute zu Hause vor dem Fernseher sagen.

»Ich bin auch total unschuldig. Keine Ahnung, warum die mich verhaftet haben«, äffte Kiki ihn nach und verzog seinen Mund zu einem breiten Grinsen, das Sebastian Furcht einflößte. Kiki ließ sich auf sein Bett plumpsen. Damit war die Unterhaltung erst mal beendet.

Sebastian legte sich ebenfalls hin und kam ins Grübeln. Wofür Kiki wohl stand? Was fing denn mit Ki an? Ki… ller. Ui. Killer-King! Ach du Scheiße. Die sperrten ihn hier mit einem Typen in die Zelle, der den Spitznamen Killer-King trug. Und wer den Spitznamen Killer-King trug, saß wohl kaum im Knast, weil er jemandem das Portemonnaie geklaut hatte. Er durfte sich keinesfalls anmerken lassen, dass er hinter Kikis düsteres Geheimnis gekommen war – sonst macht der Killer-King seinem Namen alle Ehre.

O Mann, wie war er nur in diesen Schlamassel geraten? Und viel wichtiger noch: Wie sollte er da wieder rauskommen? Brauchte er einen Anwalt? Das kostete Geld. Außerdem würde es auf den Haftrichter womöglich wie ein Schuldeingeständnis wirken, wenn er sich mit einem Anwalt wappnete. Die Wahrheit sprach für sich. Jawoll.

Er guckte sich genau in der Zelle um: Hier gab es keine versteckten Kameras. Wenn ihm gerade ein Streich gespielt wurde, dann nicht vom Fernsehen, sondern vom Leben selbst.

Kapitel 8,

in dem das Krokodil zuschnappt und es beinahe Bonbons gibt.

Am nächsten Morgen ertönte um Punkt sechs eine schrille Klingel, und das Licht ging an. Sebastian schreckte aus dem Tiefschlaf hoch, wusste aber sofort, wo er war – und dass er nicht dorthin gehörte.

Noch bevor die Klingel verstummte, sprang Kiki aus dem Bett und tapste splitternackt in die Waschecke. Wie selbstverständlich pinkelte er ins Waschbecken, drückte dabei einen lauten Furz heraus, der aufgrund von Kikis Nacktheit tarnungslos und barrierefrei seinen Weg in die Freiheit nahm – wenn man hier im Knast überhaupt von Freiheit sprechen konnte. Anschließend putzte sich Kiki die Zähne, wobei sein Pimmel im Rhythmus der Schrubb-Bewegung hin und her baumelte. Sebastian wendete den Blick ab, was nur dazu führte, dass dieser vor seinem geistigen Auge umso heftiger weiterbaumelte.

»Na, was haste geträumt?«, fragte Kiki und kratzte sich ausgiebig am Sack. »Weißt doch: Was man in der ersten Nacht in einem neuen Bett träumt, geht in Erfüllung!« Kiki lachte heiser.

Sebastian kramte in seinem noch schlaftrunkenen Kopf, sah seine Mutter, die entsetzt in der Tür stand und rief: »Sebastian, was hat das zu bedeuten?«, während er in Handschellen von der Polizei abgeführt wurde. Aber das war kein Traum, das war gestern tatsächlich passiert.

»Keine Ahnung«, antwortete er. War auch besser so, dass er nichts zu erzählen hatte, sonst hätte er Kiki noch länger davon abgehalten, sich endlich etwas anzuziehen.

Kurze Zeit später wurde die Zellentür aufgeschlossen und Frühstück ausgegeben.

»Wurst, Käse oder Marmelade?«, fragte ihn ein Mithäftling, der bei der Essensausgabe half.

»Ich habe eine leichte Laktose-Intoleranz«, gab Sebastian zurück. »Kann man das beim Mittagessen ein bisschen berücksichtigen?«

Der andere guckte, als hätte Sebastian ihn nach der zweiten binomischen Formel gefragt. »Also Käse?« Wäre Dummheit strafbar, hätte der auf jeden Fall lebenslänglich.

Sebastian riss sich zusammen. Bloß keine Feinde machen. Als Helfer bei der Essensausgabe genoss der Typ, so doof er war, bestimmt hohes Ansehen hier drinnen. »Nein, Marmelade«, erklärte er freundlich.

Kiki nahm Wurst. Offenbar kannte er den Essensausgeber gut, denn er bekam eine dreifache Portion, die er mit einem Nicken quittierte. »Der Kiki wird respektiert«, prahlte er.

Sebastian fragte sich, ob Kiki noch andere Privilegien genoss oder ob Wurst hier die einzige Währung war, in der man Respekt ausbezahlt bekam.

Beim Frühstück erzählte Kiki von »seiner Süßen« namens Tina, die draußen auf ihn warte. Sie habe einen Arsch, prall wie ein Airbag nach einem Auffahrunfall, und eine Pracht-Möse, so feucht wie ein Eimer Wasser. Sebastian ließ die Beschreibung geduldig über sich ergehen. Da schmeckte das Marmeladenbrot doch gleich noch mal so gut.

»Dürft ihr denn hier drinnen … intim werden?«, erkundigte er sich, damit nicht ausgerechnet zwischen Tinas Beinen eine Gesprächspause entstand.

»Ficken geht alle vier Wochen, es gibt extra ein Zimmer. Das Sofa da drinnen nennen hier alle nur ›die Samenbank‹. Aber meine Süße war lange nicht hier, die hält das einfach nicht aus, mich so zu sehen.« Er formte seine rechte Hand zu einem Schnabel und ließ sie mit hoher Stimme sagen: »Aber ich kümmere mich um Kikis Keule!« Er lachte dreckig. Sebastian lachte mit und hoffte, die Hand und Kikis Keule niemals in Aktion erleben zu müssen.

Kurz nach dem Frühstück kam ein Vollzugsbeamter und informierte ihn, dass er um neun dem Haftrichter vorgeführt werde. Wenn er doch noch einen Anwalt in Anspruch nehmen wolle, müsse er das spätestens jetzt anmelden. Er lehnte dankend ab. Unschuldig ist unschuldig, dachte er, etwas anderes konnte ein Anwalt dem Richter auch nicht erzählen.

»Du musst jetzt ganz stark sein«, sagte Kiki, nachdem der Vollzugsbeamte gegangen war.

»Ja, ich weiß. Beim Haftrichter geht es um meine Zukunft.«

»Nee, das meine ich nicht«, grinste Kiki.

»Was meinst du dann?«

»Der Kiki muss kacken.«

Noch bevor Sebastian reagieren konnte, schlenderte Kiki zur Toilette, ließ die Hose runter und setzte sich mit einem erleichterten Seufzer auf die Schüssel. Wenn er es sich hätte aussuchen können, hätte er jetzt doch eine Interaktion zwischen Kikis Hand und seiner Keule bevorzugt. Wenigstens gab es hier ausreichend Klopapier.

Sebastian war heilfroh, als ihn der Vollzugsbeamte abholte. Die Haftbedingungen hatten sich seit Kikis Toilettengang dramatisch verschlechtert.

»Denk dran: Wenn du am Arsch bist, musst du reintreten!«, rief Kiki ihm noch hinterher.

»Sie können froh sein, dass der sie mag«, sagte der Beamte, nachdem er die Zellentür wieder geschlossen hatte. »Wir haben da schon Männer mit einer Zahnbürste im Arsch rausgeholt.«

Sebastian wurde schummrig bei dem Gedanken, wie knapp er diesem doch eher unangenehmen Schicksal entronnen war. Kiki hatte die Zahnbürste schon in der Hand gehalten, aber Ulf war Sebastians Rettung gewesen.

»Und zu so einem stecken Sie mich in die Zelle?«, entrüstete er sich.

»Wir sind überbelegt«, erklärte der Beamte. Anders als Hotels nahm die JVA anscheinend trotz Überbelegung noch neue Gäste auf.

»Na toll. Was hat er denn überhaupt ausgefressen?«

Der andere musterte ihn. Wahrscheinlich überlegte er, ob er sich auf so ein Gespräch mit einem Insassen überhaupt einlassen sollte. Schließlich siegte aber doch sein Mitteilungsbedürfnis: »Geldtransporter überfallen und dabei rund eineinhalb Millionen Euro erbeutet. Haben Sie vielleicht gelesen.«

Klar hatte er das gelesen. Der Coup beherrschte vor ein paar Monaten alle Schlagzeilen der Lokalzeitungen und schaffte es sogar in die überregionalen Nachrichten. Sebastian hatte gar nicht gewusst, dass es in dem Fall eine Verhaftung gab. »Und die Beute?«

Der Beamte zuckte mit den Schultern. »Ist bis heute verschwunden. Hatte wohl einen Komplizen. Aber die Fahrer haben nur ihn identifiziert. An den komischen Röhren im Ohr. Ich weiß eh nicht, was das soll. Sieht doch total dämlich aus. Hier ist das Richterzimmer.«

Bei der netten Plauderei hatte Sebastian fast vergessen, dass er hier selbst als Krimineller gehandelt wurde. Vermutlich würde der Beamte dem nächsten Häftling erzählen, was Sebastian für ein schwerer Junge war.

›Der hat seine Wohnung abgefackelt. Samt Freundin. Und dann ist er seelenruhig bei seinen Eltern untergetaucht. Er arbeitet mit zwei Komplizen zusammen, mit denen er sich auf Spielplätzen rumtreibt. Ein ganz krankes Schwein.‹

Der Haftrichter putzte gerade ausgiebig seine Brille. Er war älter und schien ein freundlicher Mann zu sein, der genauso gut den lieben Opa in einer Bonbon-Werbung hätte spielen können.

›Herr Niehoff, Sie bleiben zehn Jahre inhaftiert. Möchten Sie eines von diesen zart-schmelzenden Sahne-Bonbons? Die habe ich schon als kleiner Bub geliebt!‹

Trotzdem kam sich Sebastian vor wie bei einer mündlichen Prüfung, auf die er sich dummerweise nicht vorbereitet hatte.

Der Staatsanwalt war auch schon da, ein sympathischer Typ, ungefähr im gleichen Alter wie Sebastian. Unter anderen Umständen hätten sie sich vielleicht nett unterhalten, ein gemeinsames Hobby entdeckt und wären

Freunde fürs Leben geworden. Nun sah es aber nicht danach aus.

Der Richter forderte Sebastian auf, seine Personalien zu nennen. Er schien sie zwar in den Akten vor sich zu haben, aber vermutlich war das wie beim Telefonbanking: zur Autorisierung musste man Namen und Geburtsdatum nennen. Sebastian wäre Telefonbanking jetzt lieber gewesen.

Richter und Staatsanwalt begannen, juristisches Vokabular und Paragrafen herunterzurattern. Sebastian konnte nicht folgen. Er begriff, dass das hier für alle außer ihn Alltag war. Während es um sein Leben ging, spulten die anderen ihre Routinen ab. Dann erteilte der Bonbon-Richter dem Staatsanwalt-Bubi das Wort.

»Herr Niehoff«, sagte der mit gewichtigem Ernst in der Stimme, »Sie werden verdächtigt, in der Nacht vom 26. auf den 27. Mai die von Ihnen gemietete Wohnung im dritten Stock des Wohnhauses Lessingstraße 14 vorsätzlich in Brand gesetzt zu haben, strafbar nach Paragraf 306 StGB. Anschließend haben Sie gegen Paragraf 136 StGB verstoßen und sich Zugang zu der polizeilich versiegelten Wohnung verschafft. Mutmaßlich in der Absicht, die Indizien für Ihre Straftat zu vernichten.«

Mit einem Schlag hatte sich jegliche Sympathie für den Knilch von Staatsanwalt in Luft aufgelöst, und in Sebastians Kopf schrillten alle Alarmglocken: Feind! Feind! Feind! Ein blödes Arschloch, das mit Patrick Pressler unter einer Decke steckte und nur Jura studiert hatte, um anderen ans Bein zu pinkeln. Kaum zu glauben, dass so ein Jungspund heutzutage schon als Staatsanwalt durchging. Der wohnte doch bestimmt noch bei Mami, spielte in seiner Freizeit Playstation und hörte zum Einschlafen

Benjamin Blümchen. In seiner Robe sah er total verkleidet aus. Das hier könnte genauso gut eine Schultheater-Aufführung sein, nur dass es keine stolzen Eltern gab, die im Publikum saßen. Wie soll man jemanden für kompetent halten, der genauso alt war wie man selbst?

Sebastian hatte schon öfter das Gefühl, dass um ihn herum alle jünger wurden. Plötzlich musste man sich von Ärzten behandeln lassen, denen man bis vor kurzem nicht mal einen Führerschein zugetraut hätte. Und in Zeitschriften posierten halbnackte Sexbomben, die erst in den 90ern geboren worden waren. Das wäre alles nicht so schlimm. Aber je älter man wurde, desto größer wurde auch der Druck, dass man in seinem Leben was erreicht haben musste. Sah Sebastian den Lebenslauf eines erfolgreichen Menschen, guckte er immer auf dessen Geburtsjahr und war beruhigt, wenn derjenige älter war. Okay, dann bleiben mir noch soundso viele Jahre, um auch so erfolgreich zu werden. Doch mittlerweile musste er sich immer öfter eingestehen, dass andere ihre Lebenszeit besser genutzt hatten. Und immer öfter waren die erfolgreichen Leute jünger als er. Dann half nur noch, sich einzureden, dass Erfolg zwar schön und gut war, man aber aus irgendeinem Grund auf keinen Fall mit dieser Person tauschen wollen würde. Weil sie verzogene Kinder, eine schiefe Nase oder einen albernen Namen hatte. So auch beim Staatsanwalt: Wer wollte schon zum Beruf haben, andere Menschen hinter Gitter zu bringen? Pfui! Noch dazu, wenn sie unschuldig waren. Nein, mit so jemandem wollte man nicht tauschen.

»Dürfte ich Sie fragen, wie Sie auf das mit der Brandstiftung kommen?«, fragte Sebastian mit zittriger Stimme.

»Sie dürfen. Bei der Vernehmung durch Kriminalkommissar Pressler gaben Sie zu Protokoll, dass Sie sich zum Zeitpunkt der Brandentstehung im Badezimmer aufhielten. Ist das korrekt?«

»Ja.«

»Die Spurensicherung hat ebendort, im Badezimmer, Rückstände eines Molotowcocktails gefunden.« Der Staatsanwalt guckte beängstigend selbstbewusst – fehlte nur noch, dass er rief: »Niehoff, das Spiel ist aus!«

»Könnten Sie das bitte konkretisieren?«, bat der Richter, dessen gutmütiges Lächeln verflogen war. Von dem würde Sebastian bestimmt kein Bonbon mehr bekommen.

»Gerne.«

Arschloch.

»Ein Molotowcocktail besteht aus drei Elementen: einer Flasche, einer leicht entzündlichen Flüssigkeit und einem Stoffknäuel. Das Stoffknäuel wird angezündet und die Flasche zum Zerbersten gebracht, sodass die Flüssigkeit Feuer fängt. Alles drei wurde auf dem Boden des Badezimmers entdeckt: Glasscherben, verbrannter Stoff und Alkoholrückstände.«

Sebastian zermarterte sich das Hirn. Wie um alles in der Welt war ein Molotowcocktail in sein Badezimmer gekommen? Und warum hatte er ihn nicht bemerkt? Glasscherben, Stoff und Alkohol …

Schlagartig wurde ihm klar: Was die Spurensicherung für die Reste eines Molotowcocktails hielt, waren nichts anderes als die zerbrochenen Parfümflakons, in denen seine Schlafanzughose Feuer gefangen hatte! Das war es! Euphorisch sprudelte die Erkenntnis nur so aus ihm heraus. Er schilderte bis ins kleinste Detail seinen turbulenten Aufenthalt im Badezimmer, bis ihn die Feuerwehr rettete. Als er sich selbst reden hörte, merkte er, wie unglaubwürdig seine Ausführungen klangen.

So sah das auch der Staatsanwalt. »Das ist doch an den Haaren herbeigezogen. Eine derartige Verkettung unglücklicher Umstände? Ich bitte Sie!«

»Aber warum sollte ich denn in dem Raum, in dem ich mich befinde, einen Molotowcocktail hochgehen lassen? Das ist doch abwegig!«, setzte Sebastian nach.

»In einem anderen Raum einen Molotowcocktail hochgehen zu lassen, wäre Ihrer Meinung nach also nicht abwegig?«, konterte der Staatsanwalt. Linker Hund.

»Nein. Doch!« Der Staatsanwalt war bei weitem nicht so unbedarft, wie er aussah.

Zum Glück schaltete sich der Richter wieder ein. »Herr Staatsanwalt, wäre denn ein solcher Hergang, wie ihn Herr Niehoff uns glauben machen will, nach dem bisherigen Stand der Ermittlungen grundsätzlich im Bereich des Möglichen?« Die Bonbons rückten wieder näher.

»Wie gesagt, das scheint mir alles sehr weit hergeholt. Aber ich kann ja mal bei Kommissar Pressler und der Spurensicherung nachfragen, ob es entsprechende Anhaltspunkte gibt.«

Die Verhandlung wurde für zehn Minuten unterbrochen. Der Staatsanwalt verließ den Raum, um zu telefonieren. Der Richter kramte ein iPhone aus seiner Tasche und tippte darauf herum. Sebastian hörte eine leise Melodie, unterbrochen von gelegentlichen Swutsch- und Plitsch-Lauten. Der Mann hatte Nerven. Sebastian erkannte die Sounds, das Spiel hieß *Crazy Horse*. Man musste auf einem störrischen Pferd durch den Urwald reiten. Er hatte es selbst ein paar Wochen lang exzessiv gespielt.

»Auf welchem Level sind Sie?«, preschte Sebastian vor.

»Vier. Schon seit Tagen. Ich komme einfach nicht über den Fluss. Langsam verliere ich die Lust.«

»Ach, der Fluss. Ja, der ist etwas knifflig. Oberhalb der dritten Palme liegt in der Flussmitte ein Krokodil, da müssen Sie draufspringen.«

»So weit bin ich auch schon, aber das schnappt mich immer. Ich springe schon extra auf seinen Schwanz, trotzdem: keine Chance.«

»Nicht auf den Schwanz, Sie müssen auf sein Maul springen, dann kriegt es das nicht auf.« Sebastian stand auf und näherte sich zaghaft dem Richter. »Darf ich?«

Der Richter überließ Sebastian sein iPhone. Das Pferd galoppierte auf den Fluss zu. Sebastian tippte auf den Bildschirm. Das Pferd sprang ab und flog Richtung Krokodil. Kurz bevor es dort ankam, tippte er erneut, damit das Pferd auf dem Maul des Krokodils zwischenlandete. Einen Tick zu spät. Das Krokodil schnappte das Pferd und zerfleischte es gnadenlos. Game over. Scheiße. War ihm denn nicht ein Mal ein guter Moment vergönnt?

»Oh! Na ja, aber wenn man das richtig macht, klappt's«, sagte er. Blöde Bemerkung, denn das war mit fast allem im Leben so. Die Herausforderung bestand ja eben darin, es richtig zu machen. Er gab dem Richter das iPhone zurück. »Ich habe das jetzt auch schon länger nicht mehr …«

Der Staatsanwalt kam zur Tür herein und guckte argwöhnisch, als er Sebastian hinter dem Richter stehen sah. Wie ein ertapptes Liebespaar gingen sie sofort auf Abstand. Fehlte nur noch, dass einer sagte: Es ist nicht so, wie es aussieht!

»Nun?«, fragte der Richter, der sofort wieder auf Job geschaltet hatte.

»Mit letzter Gewissheit kann man das noch nicht sagen«, druckste der Staatsanwalt herum, »aber tatsächlich gibt es einige Hinweise, die – bei wohlwollender Betrachtung – die Ausführungen von Herrn Niehoff stützen.«

»Und zwar?«, hakte der Richter nach.

»Auf den Glasscherben stehen Parfümnamen. Und im Bad wurde eine Schlafanzughose sichergestellt, die entsprechende Beschädigungen aufweist. Aber das könnte natürlich auch von langer Hand geplant …«

»Papperlapapp!«, rief der Richter. »Herr Niehoff, dann will ich hier mal nicht das Krokodil spielen und entlasse Sie aus der Untersuchungshaft. Halten Sie sich bis auf weiteres für Rückfragen zur Verfügung. Wegen des Siegelbruchs kommt ein Verfahren auf Sie zu, da müssen Sie mit einer Geldstrafe rechnen.«

Das wohlige Gefühl der Erleichterung durchströmte Sebastian. Er hatte noch mal Glück gehabt. Andererseits: Er war ja auch unschuldig, verdammt noch mal! Da war es eine reine Selbstverständlichkeit, dass er nicht im Knast sitzen musste. Hätte es das Pferd über den Fluss geschafft, hätte er vielleicht nicht mal Auflagen bekommen. Aber egal, eine Weltreise plante er gerade ohnehin nicht.

»Schätze, unsere kleine WG löst sich schon wieder auf.«

Kiki machte gerade Klimmzüge am Stockbett. »Echt jetzt?« Er unterbrach sein Programm und kam schweißüberströmt auf Sebastian zu. »Ihr wollt den Kiki schon wieder verlassen?«

»Sieht ganz so aus. Aber wieso ›ihr‹?«

»Na, du und Ulf!« Kiki schien ernsthaft enttäuscht zu sein. Aber nur, um einen stiernackigen Räuber zu trösten, konnte Sebastian ja nicht den Rest seines Lebens im Knast verbringen. Er nahm seinen Schlafanzug und Ulf und stopfte sie in den Jutebeutel. Sein Blick fiel auf Ulfs Lakritz-Auge. Er hielt kurz inne, schließlich gab er sich einen Ruck. »Weißt du was? Behalt Ulf. Der kann dir hier drinnen doch ein bisschen Gesellschaft leisten.« Er nahm den Seehund aus dem Beutel und hielt ihn Kiki hin.

»Ist das dein Ernst?«

»Klar ist das mein Ernst. Ihr zwei seid ein gutes Team.«

Verschwitzt, wie Kiki war, riss er Sebastian an sich und umarmte ihn. Das hatte er nun davon. Kiki nahm voller Rührung Ulf in die Hand, als wäre es ein lebendiges Tier, das es nun aufzupäppeln gelte. »Junge, du hast was gut beim Kiki!«

»Gut, dann verrate mir doch bitte, wofür ›Kiki‹ steht.« Was diese »Killer-King«-Vermutung anging, wollte er einfach Gewissheit haben.

Kiki grinste. »Okay, weil du es bist. Bleibt aber unter uns, verstanden?«

»Kein Problem, ich halte dicht. Also?«

»Ist 'ne Abkürzung.«

»So viel wusste ich schon. Und wofür?«

»Kilian Kiefer.«

»Kilian Kiefer?!« Sebastian runzelte die Stirn und schmunzelte. Wie, das war's?! Und er hatte sich sonst was ausgemalt.

»Kilian Kiefer. Scheißname, was?«

Da hatte er recht. Trotzdem hielt es Sebastian für besser, Kiki nicht zu beleidigen. »Och, wieso? Aber ich bleibe dann doch lieber bei Kiki.«

»Das will ich dir auch geraten haben«, knurrte Kiki. »Du, kannst du dem Kiki noch einen Gefallen tun?«

»Klar«, sagte Sebastian leichtfertig.

»Guckst du mal nach meiner Süßen, wenn du draußen bist?«

»Ui«, entfuhr es ihm.

»Die sitzt mutterseelenallein zu Hause und wartet darauf, dass der Kiki rauskommt. Bestell ihr ein paar liebe Grüße, ja?«

Das ging ihm jetzt entschieden zu weit. Er hatte nicht vor, außerhalb des Knasts in schlechte Gesellschaft zu geraten. Das Ganze sollte eine Episode in seinem Leben bleiben, und zwar eine ohne Fortsetzung. Sollte er seiner »Süßen« doch schreiben oder ausbrechen oder sonst was!

»Logo«, hörte er sich sagen. Verdammt, er hatte einfach nicht die Eier, Kiki einen Korb zu geben, auch wenn er Kilian Kiefer hieß.

»Aber nicht anfassen, sonst bist du ein toter Mann«, warnte Kiki.

»Logo.« Sebastian glaubte ihm.

Ein Vollzugsbeamter holte Sebastian ab. Er musste die Gefängniskleidung gegen die peinlichen Klamotten seines Vaters zurücktauschen, da kannten die Beamten kein Pardon. Kurz darauf trat Sebastian aus dem Tor der JVA. Er atmete tief ein und gefiel sich einen Moment lang in der Rolle eines Mannes, der nach jahrelangem Knastaufenthalt zum ersten Mal wieder den Duft der Freiheit schnupperte, ohne Plan, wohin er nun gehen und was er tun sollte.

Dumm nur, dass er tatsächlich keinen Plan hatte.

Kapitel 9,

in dem sich Sebastian lieber den großen Zeh ins Ohr stecken würde und plötzlich alles Wurst ist.

Seine Mutter öffnete die Tür, Sebastian lächelte verlegen.

»Da bist du ja wieder. Haben Sie dich freigelassen?«

»Nee, ich habe einen Tunnel gegraben und bin geflohen.«

»Wenn du zu Scherzen aufgelegt bist, kann's ja so schlimm nicht sein.« Sie umarmte ihn ein bisschen länger als sonst.

»Mein Knastbruder!«, rief eine vertraute Stimme aus dem Hintergrund. Carola stürmte durch den Flur und fiel ihm um den Hals. Die hatte ihm gerade noch gefehlt. Nichts gegen seine Schwester, aber sie war immer so anstrengend positiv. Er wollte die Welt gerade hassen, Optimismus konnte er nicht gebrauchen. Carola war sieben Jahre jünger als er und führte ihm immer vor Augen, wie man die Lebensphase perfekt auskosten konnte, die er just leichtfertig hatte verstreichen lassen. Zurzeit nervte sie ihn noch zusätzlich, weil sie immer wieder von den 60. Geburtstagen ihrer Eltern anfing, die demnächst anstanden und mit einem großen Familienfest gefeiert werden sollten. Er müsse sich etwas ausdenken, womit man sie überraschen konnte. In den vergangenen Monaten hatten sie mindestens zehnmal dasselbe Gespräch geführt.

›Basti, hast du schon eine Idee für Mama und Papa?‹

›Nee, bisher nicht so richtig.‹

›Mach dir bitte mal Gedanken, die Zeit läuft uns davon.‹

›Ja, mache ich.‹

›Du willst doch auch, dass es für die beiden schön wird.‹

›Ja.‹

›Versprochen?‹

›Vielleicht was mit Musik.‹

›So weit waren wir schon vor einem halben Jahr. Mach dir doch bitte mal Gedanken.‹

›Ja, mache ich.‹

Bei Kaffee und Bienenstich musste er seinen Eltern und Carola ausführlich von seinen Erlebnissen im Gefängnis berichten. Dabei kam er sich vor wie ein alter Seebär. Die unappetitlichen Einzelheiten ließ er weg – baumelnde Pimmel, rektal verabreichte Zahnbürsten und der kackende Kiki waren nichts, womit er die zarten Gemüter seiner Familie belasten wollte. Viel blieb dann aber auch nicht mehr übrig. Sein Vater beschränkte sich darauf, hin und wieder den Kopf zu schütteln, seine Mutter streute Kommentare ein, die nichts zur Sache taten. »Lakritz sind ja gar nicht gut für den Magen«, fiel ihr zu Ulfs neuem Auge ein. »In der Fußgängerzone macht jetzt ein neuer *Douglas* auf, ich glaube, die haben auch Eröffnungsangebote«, war ihre Anmerkung zu den zersprungenen Parfumpröbchen.

»Dann hoffen wir mal, dass du wirklich so unschuldig bist, wie du tust«, triezte ihn Carola.

»Carola!«, rief ihre Mutter sie zur Räson, die für Ironie keinen Sinn hatte.

»War doch nur Spaß, Mama. Aber allein für seine Klamotten müsste Basti direkt wieder in den Knast wandern.«

»Die sind von Papa«, entrüstete sich ihre Mutter.

»War doch nur Spaß, Mama.«

Carola hatte recht: Diese Klamotten waren kurz vor strafbar. Bevor er Miriam wieder im Krankenhaus besuchte, musste er sich etwas zum Anziehen besorgen, das ihn nicht wie einen Trottel aussehen ließ. Wenn sie wieder aufwachte, wollte er kein desolates Bild abgeben.

Nachdem sich die Kaffeetafel aufgelöst hatte, überredete Carola ihn, zusammen in die Innenstadt zu fahren und ein paar neue Sachen zu kaufen. Sebastian ging nicht gern shoppen. Es gab einfach zu viel Auswahl. Millionen von Pullovern, T-Shirts und Hosen in jeder Farbe, jeder Größe, jeder Form, jedem Stoff – und mit verschiedensten Aufdrucken, oft große Zahlen wie 64 oder 78, wobei es sich aber – wie Sebastian kopfschüttelnd versichert wurde – nicht um eine Größenangabe handelte. Solche nahm er schon gleich gar nicht, damit niemand dachte, 64 oder 78 sei sein Geburtsjahr. Bei der riesigen Auswahl war es unmöglich, sich ein umfassendes Bild zu verschaffen und das zu kaufen, was von allem das Beste war. Zumal man, gerade wenn man allein shoppte, Verkäufern hilflos ausgesetzt war. Die sagten immer: »Das steht Ihnen ausgezeichnet!«, selbst wenn man in pinkfarbener Spitzenunterwäsche mit einem Bärenfell auf dem Kopf, Gummistiefeln an den Füßen und einer Federboa im Schritt aus der Umkleidekabine kam. Und wenn man fragte, ob die Federboa da unten im Schritt nicht etwas zu sehr ausbeule, brachte der Verkäufer das Totschlagargument überhaupt, dem kein Kunde mehr etwas entgegenzusetzen hatte: »Das muss so.«

›Huch, die Ärmel dieses Pullovers gehen mir nur bis knapp über die Ellenbogen.‹

›*Das muss so.*‹

›*Ui, diese Hose ist so weit, da kann ich die Einkaufstasche mit reinnehmen.*‹

›*Das muss so.*‹

›*Das T-Shirt ist extrem eng, wenn ich das anziehen will, muss ich mir vorher die Ohren abschneiden.*‹

›*Das muss so.*‹ Immer muss alles so. Das war erstens dreist gelogen und zweitens egal, denn wenn etwas scheiße aussah, sah es scheiße aus – egal, ob es vorsätzlich scheiße aussah oder aus Versehen.

Mit Carola an der Seite war Shoppen einfacher. Sie war eine modebewusste Frau, fiel aber nicht durch ihre Kleidung auf. Das war die Kunst: gut gekleidet zu sein, ohne dass es so aussah, als hätte man sich viele Gedanken darüber gemacht. Sebastian und sie sahen sich in gewisser Weise ähnlich, was nichts daran änderte, dass Carola eher als hübsch zu bezeichnen war, während Sebastian sich nie als gutaussehend empfand. Sie hatte etwas hellere Haare als er, fast blond, und genau wie er Vaters Augen und Mutters Nase. Und das, was man gemeinhin als »tolle Figur« bezeichnete. Männer gafften ihr grundsätzlich hinterher, was ihn – wenn er es denn mal mitbekam – bei ihr noch mehr störte als bei Miriam. Sebastian fragte sich immer, ob sie später so aussehen würde wie seine Mutter jetzt und wann wohl die Jugend dem Alter wich.

Vorbei am Zerberus einer privaten Security-Firma betraten sie Peek & Cloppenburg. Carola ignorierte alle Abteilungen, in denen es auch nur im Entferntesten hippe Mode gab, und ging zielstrebig in die Herrenabteilung. Sie suchte ihm einige Pullover aus – weder lila noch kariert –, die er nur der Form halber noch mal anprobierte.

Um ein bisschen Engagement vorzutäuschen, nahm er sich eine Jeans aus dem Regal. Hier wusste er wenigstens seine Grunddaten.

»Sieht scheiße aus«, sagte Carola, als er aus der Umkleidekabine kam.

»Genau die hatte ich vorher auch. Die trage ich seit Jahren.«

»Ich weiß, und es sieht seit Jahren scheiße aus. Du brauchst eine Nummer größer. Und am besten einen anderen Schnitt. Da hast du gar keinen Arsch drin.«

»Das muss so.«

»Quatsch.«

Nach zweieinhalb Stunden kreuz und quer durch die Fußgängerzone war er um 450 Euro ärmer und zwei Jeans, zwei Pullover, drei weiße T-Shirts, drei Paar schwarze Socken, ein Paar Schuhe, einen Schlafanzug und fünf Unterhosen reicher. Letztere waren das Einzige, das Carola nicht für ihn ausgesucht hatte. Er nahm immer die gleichen: mausgraue, anliegende Shorts, Größe L, im Fünfer-Pack. Die hielten circa ein Dreivierteljahr, dann rissen sie direkt unterm Sack. Ein paar Monate später wanderten sie in den Müll. Carola streckte ihm das Geld vor. Sie war derzeit äußerst flüssig, weil ihr aktueller Freund wohlhabender Erbe einer Metzgereikette war und so ziemlich alles bezahlte, was das Leben teuer machte.

»Ich habe mir mal über die Geburtstagsfeier von Mama und Papa Gedanken gemacht«, erklärte Carola auf dem Heimweg im Auto. Als er nicht sofort reagierte, fügte sie hinzu: »Du weißt doch, die älteren Herrschaften, bei denen du gerade wohnst.«

»Sehr witzig.«

»Die beiden stehen doch so auf Giacomo Losso. Diesen Schnulzensänger.«

»Echt? Wusste ich gar nicht.« Sebastian tat so, als müsse er konzentriert aus dem Fenster gucken. Natürlich wusste er das. Er hatte sie letztes Jahr sogar auf ein Konzert von dem Typen gefahren, für das sich seine Eltern aufgebrezelt hatten, als gingen sie zur Oscar-Verleihung und würden dort mit dem Preis für ihr Lebenswerk geehrt.

»Hast du sie nicht letztes Jahr sogar auf ein Konzert von dem gefahren?«

»Hm? Keine Ahnung, kann sein.« Erst mal abwarten, was kam.

»Ist ja auch egal. Du spielst doch Klavier.«

Das Gespräch nahm eine Wendung, die ihm ganz und gar nicht gefiel. »Ich habe seit Jahren nicht mehr Klavier gespielt.«

»Aber du kannst es. Grundsätzlich.«

»Grundsätzlich kann ich mir auch den großen Zeh ins Ohr stecken. Trotzdem mache ich es nicht.« Genial pariert, lobte er sich in Gedanken.

»Jaja, blabla. Wir singen ein Lied von Giacomo Losso. Du begleitest uns am Klavier.«

Gut, dass er nicht am Steuer saß, sonst hätte er eine Vollbremsung gemacht. Entgeistert sah er sie an. Kurz überlegte er, wie Colt Seavers aus dem fahrenden Auto zu springen und sich in den Straßengraben abzurollen. Aber bei seinem Glück würde er mit dem Kopf an einem Poller hängenbleiben, der keinerlei Funktion besaß, sondern nur dastand, damit er sich darum wickelte.

»Nun guck doch nicht so! Hast du eine bessere Idee?«

»Wie wär's mit irgendetwas, bei dem wir uns nicht komplett zu Vollidioten machen?«

»Zum Beispiel?«

»Keine Ahnung. Ich könnte mir den großen Zeh ins Ohr stecken.«

Carola sah ihn genervt an und blinzelte übertrieben oft. Vielleicht morste sie ihm mit den Augenlidern »Halt die Fresse!« oder so. Sebastian riss sich zusammen. »Wie wär's mit einem Gutschein für … irgendwas.«

»Nein, das reicht für den 60. nicht. Da muss etwas ganz Besonderes her.« Ohne den Blick von der Straße zu wenden, kramte sie in ihrer Tasche. »Hier, habe ich dir gekauft, als du bei den Unterhosen warst.« Man durfte sie aber auch keinen Moment aus den Augen lassen. Carola hielt ihm eine Giacomo-Losso-CD vor die Nase. »Schenke ich dir! Bin ich nicht nett? Ich weiß sogar schon, welches Lied: ›Rot ist die Liebe‹. Kennst du bestimmt, das ist sein größter Hit.« Carola versuchte zu singen: »Rot, rot, rot ist die …«

»Jaja, hör auf. Kenne ich!«

»Alles klar, abgemacht!«

Biest.

Seine Mutter empfing ihn zu Hause mit der Nachricht, dass ein Herr Schneider angerufen und am Telefon ziemlich unfreundlich geklungen habe.

»Ui«, sagte Sebastian. Er rief seinen Chef sofort zurück.

»Sie haben mich belogen«, begann Schneider ohne Umschweife. »Von wegen ›Burnout‹, Ihre Wohnung abgefackelt haben Sie!«

»Wie kommen Sie denn darauf?«

»Das verrate ich Ihnen gerne, Niehoff! Die Polizei war hier und hat Ihren Arbeitsplatz durchsucht.«

»Nicht im Ernst!«, entfuhr es ihm in einem Ton, den man bei seinem Chef besser nicht anschlagen sollte.

»Meinen Sie, ich mache Witze?! War eine riesige Aufregung. Und dann haben die auch noch alle befragt, ob Sie Schulden haben oder sich verdächtig benommen hätten. Und Sie erzählen mir was von Burnout!«

Sebastian versuchte ihm zu erklären, dass Schneider ihm das Burnout-Syndrom in den Mund gelegt habe und er ja zuerst die Wahrheit gesagt hatte. Und dass, ganz nebenbei, das mit der Brandstiftung nur ein Justizirrtum war, Stichwort: Parfüm und Molotowcocktail und so.

Schneider blieb stur.

»Ich lasse mich nicht gern belügen. Außerdem wirft es kein gutes Licht auf die Firma. Was soll ich den Kunden denn sagen? ›Tut mir leid, Herr Niehoff ist nicht zu sprechen, der muss sich erst mal von seinem Knastaufenthalt erholen.‹ Kommt nicht so gut, oder?«

»Nein, wahrscheinlich nicht, aber …«

»Kein Aber. Um es kurz zu machen: Ich habe Sie geblockt«, erklärte Schneider – und zwar so, dass es an der Endgültigkeit seiner Aussage keinen Zweifel geben konnte. Geblockt – das hieß, dass Sebastian sich im FlexiWork-System nicht mehr einloggen und somit nicht mehr arbeiten konnte. »Aber ich bin kein Unmensch, deshalb beende ich das Arbeitsverhältnis fristgerecht. Die Kündigung ist unterwegs, Sie sind ab sofort beurlaubt.«

Das klang freundlicher, als es war: Da er auf Prämienbasis arbeitete, schrumpfte sein Gehalt auf einen lächerlichen Sockelbetrag, wenn er kein Projekt betreute.

»Arschloch!«, rief Sebastian. Verdammt – wieder erst, nachdem Schneider aufgelegt hatte.

Wie so oft, wenn Sebastian sich in seinem Hass auf die Welt suhlen wollte, nervte ihn Carola mit ihrer lebensfrohen Sicht der Dinge. Sie schlug unverdrossen vor, dass er sich beim Vater ihres Freundes Lars vorstellte, dem Inhaber der Metzgereikette und Großschlachterei Bohnenkämper. Sie sei am Wochenende bei den Bohnenkämpers und würde ein gutes Wort für ihn einlegen. So käme er wenigstens umhin, auf Jobsuche zu gehen oder sogar beim Arbeitsamt antanzen zu müssen. »Ist vielleicht nichts für die Ewigkeit, aber bis du was Besseres gefunden hast.«

Sein ganzes Leben war so: Nichts für die Ewigkeit, aber bis er was Besseres gefunden hatte, musste er sich damit begnügen. Verdammt, Miriam würde in ihm nie den großen Helden sehen. Sebastian verzog sich auf sein Zimmer und legte sich ins Bett. Sein Blick fiel auf einen Aufkleber, eine grinsende Salami, die sagte: »Ist doch Wurst!« Vielleicht hatte die Salami recht: Sein ganzes Leben war Wurst. Insofern war er bei einer Großschlachterei gut aufgehoben. Besser Wurst-Case-Szenario als Worst-Case-Szenario.

Kapitel 10,

in dem Martin etwas zu knabbern hat und keiner Spanisch spricht.

Sebastian sah schon von weitem, wie Olli neben dem Klettergerüst ungeduldig von einem Bein aufs andere hüpfte. In so kurzem Abstand hatten sie sich seit Jahren nicht getroffen. Olli hatte am Telefon geklungen, als wisse er die Lottozahlen vom nächsten Samstag, und ihn zum Spielplatz bestellt. Martin saß auf der Bank am Sandkasten und biss nervös auf seinen Fingern herum. Wahrscheinlich befürchtete er wieder, von einem Schüler gesehen zu werden. Diesmal trug er keinen Pullunder, sondern ein dunkelblaues Strickjäckchen, bis auf den obersten Knopf zugeknöpft, mit einem blassgelben Hemd darunter. Dazu eine hellblaue Jeans, durch die er noch spießiger wirkte. Der sollte mal mit Carola einkaufen gehen, dachte Sebastian.

»Da ist er ja!«, rief Olli wie der Späher auf einem Schiff, der gerade einen neuen Kontinent entdeckt hatte. »Martin, da kommt Basti!«

Martin teilte die Begeisterung nicht, aber immerhin erhob er sich von der Bank.

»Na, wie geht's?«, fragte Olli breit grinsend.

»Hm, lass mich überlegen: Meine Wohnung ist abgebrannt, ich habe die letzte Nacht im Knast verbracht, meine Freundin liegt im Krankenhaus, und ich kann sie nicht sehen, weil sie eine Untersuchung nach der anderen hat – außerdem soll ich ein Lied von Giacomo

Losso einstudieren. Alles in allem würde ich sagen: Geht so.«

Olli hörte nicht zu. Zumindest die Sache mit dem Knast und Miriams Gesundheitszustand wären doch eine interessierte Nachfrage wert gewesen, fand Sebastian. Stattdessen platzte es aus ihm heraus: »Jungs, ich habe nachgedacht! Setzt euch.«

Sebastian und Martin setzten sich auf die Bank, Olli baute sich vor ihnen auf.

»Wir sind alle am Arsch, richtig?«, rief er und sah sie freudestrahlend an.

Sebastian und Martin tauschten einen Blick aus. Olli hatte zwar recht, aber offenbar auch endgültig den Verstand verloren.

»Martin, du hast ein verkacktes Spießerleben«, fuhr Olli fort. »Du bist Lehrer, trägst alberne Klamotten – guck dir mal diese verkackte Strickjacke an! –, und deine Frau geht dir auf den Sack. Das mit dem Kind klappt nicht, wahrscheinlich kriegst du gar keinen mehr hoch. Und wenn es doch irgendwann klappt, ist eh alles vorbei. Dann bist du bekindert. Bekindert, verstehst du? Wie behindert, nur eben mit k – bekindert!« Olli lachte hysterisch. Martin öffnete konsterniert den Mund und rang um eine Antwort. Aber Olli sprudelte schon weiter.

»Sebastian, deine Bude ist abgebrannt, im Job machst du so eine sauöde IT-Kacke, die keinen Schwanz interessiert, und deine Freundin sieht jetzt aus wie die Tochter von Niki Lauda.«

Das ergab keinen Sinn. Die Tochter von Niki Lauda sah mit Sicherheit völlig normal aus – wenn er überhaupt eine hatte. Brandverletzungen waren ja nicht vererblich, oder doch? Und das mit der IT-Kacke hatte sich inzwischen auch erledigt. Aber Olli war im Rausch. Sein anfangs gutgelaunter Vortrag hatte einen zunehmend aggressiven Unterton bekommen. Es war besser, ihm in diesem Zustand nicht zu widersprechen. Sebastian fragte sich, ob Olli Drogen genommen hatte. Ab und zu erzählte er von seinem Dealer Dennis, der eigentlich Friseur war und in einem Laden namens »*Haireinspaziert!*« arbeitete. Der verkaufte Olli gelegentlich Zeug. Aber nichts Hartes. Zwar prahlte Dennis angeblich damit, er könne alles besorgen, aber Olli nahm wohl immer nur stinknormales Dope. Heute schien es allerdings so, als habe er sich was anderes eingeschmissen.

»Und ich bin am arschsten von uns allen«, machte Olli weiter. Er schlug sich mit den Händen so fest auf die Brust, dass es ihm, wäre er bei Verstand gewesen, wehgetan haben musste. »Ich verrotte in dem verkackten Haus meiner scheißtoten Eltern!«, schrie er.

Zwei Frauen kamen mit ihren Kindern auf den Spielplatz. Sie äugten skeptisch zu ihnen herüber und setzten sich ans andere Ende des Sandkastens.

»Sophie, ich setze dir mal ein Mützchen auf. Du weißt doch, dass du wegen deiner Neurodermitis nicht so lange in der Sonne sitzen darfst«, hörte er die eine sagen. Als ob das Mädchen irgendetwas über den Zusammenhang zwischen Sonne und seiner Hautkrankheit wusste. Junge Mütter sprachen oft für die Galerie. Sie richteten sich nur zum Schein an ihre Kinder, der tatsächliche Adressat waren umstehende Mithörer. Manche Leute benutzten für das gleiche Spiel Hunde, was noch absurder wirkte. »Waldi, jetzt komm! Das Frauchen muss doch gleich wegen der kaputten Hüfte zum Doktor!«

Olli ließ sich nicht beirren. Mit wütender Feierlichkeit zog er ein Zwischenfazit: »Also: Wir sind alle am Arsch. Am Arsch hoch drei!« Er schaute Martin und Sebastian an, als würde er Beifall erwarten. War er fertig? Hatte er sie nur hierher bestellt, um ihnen das zu sagen?

»Okay, und weiter?«, fragte Sebastian, so ruhig er konnte. Vielleicht bahnte sich hier gerade ein Amoklauf an, dachte er, und er war der Erste, den es gleich erwischen würde. Er scannte Olli, ob er Waffen bei sich trug. Aber er konnte nichts Auffälliges entdecken. Sebastian guckte zu den Müttern rüber. Vielleicht konnte er ihnen ein Zeichen geben, dass sie besser verschwinden sollten.

»Sehr gut, Herr Niehoff! Wir müssen weiter denken!« Dabei zog Olli das Wort »weiter« in die Länge und unterstrich es mit einer ausladenden Geste. »Weiter, weiter!«

»Oliver«, rief Sebastian ihn zur Räson. Seine Geduld ging langsam zur Neige.

Für einen Moment erwachte Olli aus seinem Rausch. »Ja?«

»Komm doch bitte endlich zum Punkt.«

»Auswandern!«, rief Olli, als hätte er nach jahrelangem Grübeln die überraschend banale, aber völlig plausible Lösung eines kniffligen Rätsels gefunden. Dann wiederholte er ganz langsam: »Aus-wan-dern! Bäm!« Der Wahnsinn blitzte in seinen Augen auf. »Bäm!«, rief er noch mal.

Den beiden Müttern war die Sache hier doch nicht ganz geheuer. Sie schnappten sich ihre Kinder und brachen auf. Sicher gab es ein paar Straßen weiter einen anderen Spielplatz, wo vielleicht ein paar Hakenkreuze an die Rutsche geschmiert waren, aber nicht drei seltsame Männer rumhingen, von denen einer regungslos in die Luft starrte und ein anderer mit dem Wahnsinn tanzte.

»Auswandern«, wiederholte Sebastian.

»Auswandern!«, rief Olli zum dritten Mal und sank erschöpft in sich zusammen. »Habe ich gestern im Fernsehen gesehen: *Scheiß auf Deutschland – Wir wandern aus!*, hieß das. Alle wandern jetzt aus, alle!«

»Und wohin, wenn ich fragen darf?« Sebastian gab sich alle Mühe, seine Stimme eher interessiert als skeptisch klingen zu lassen, um Olli nicht zu provozieren.

»Spanien! Da leben, wo andere Urlaub machen.«

»Spanien. Kannst du denn Spanisch? Ich nicht. Martin, du?«

Martin hatte offenbar immer noch daran zu knabbern, was Olli über sein Spießerleben gesagt hatte, und reagierte nicht. Mit seinem Jäckchen sah er ohnehin traurig aus. Es war nicht zu erkennen, ob er der Unterhaltung noch folgte oder im Geiste gerade mit einem Strick auf den noch nicht ausgebauten Dachboden seines konfektionierten Einfamilienhauses ging.

»Dann eben Thailand! Oder Bangkok!«, sagte Olli.

»Bangkok ist doch Thailand, oder?«

»Siehst du, du kennst dich da sogar aus! Worauf warten wir noch?«

»Aber …« Hier war ein Aber durchaus angebracht, fand Sebastian. Andererseits fehlte ihm die Kraft, diese mit Verve vorgetragene Scheiße rational als solche zu entlarven.

»Aber Rhabarber!«, rief Olli mit irrer Begeisterung.

Sebastian ignorierte diesen Einwand. »Nur mal so interessehalber: Wovon sollen wir leben?«

»Das habe ich mir alles genau überlegt. Ich verkaufe hier das Haus, und zusammen mit meinem Erbe komme ich da unten ewig hin. Da kostet das Leben ja nichts. Mit hundert Euro bist du der King. Der absolute King! Du steckst einem Eingeborenen was zu, und dann baut der dir ein Haus mit allem Drum und Dran. Eine Villa! Und ihr macht eine Surfschule auf.«

Olli schien das, was er gerade erzählte, tatsächlich für einen genialen Plan zu halten. Sebastian atmete tief durch. Zwischen dem ganzen Wahnsinn musste er erst mal einen Griff finden, an dem er Olli zurück auf den Boden der Tatsachen holen konnte. Vielleicht einfach ohrfeigen?

»Ich bin in meinem ganzen Leben noch nicht gesurft«, sagte Martin plötzlich.

Olli nahm den Einwand ernst und erklärte ihm nach kurzer Bedenkzeit, er könne ja ein Restaurant eröffnen.

»Kochen kann ich auch nicht. Ich kann gar nichts.«

»Was ist mit Spanisch?«, wollte Olli wissen.

Martin schüttelte langsam den Kopf. Sein Blick war leer.

»Siehst du, das ist doch gut: Das braucht man in Thailand ja auch gar nicht!«, triumphierte Olli. Wieder so ein Argument, das dermaßen doof war, dass man ihm nicht widersprechen konnte. Er zauberte drei Dosen Bier hervor, drückte Martin und Sebastian jeweils eine in die Hand, bevor er seine gekonnt mit einer Hand öffnete, sie ansetzte und den Kopf tief in den Nacken legte.

Sebastian trank sein Bier in großen Schlucken. Er hatte keine Kraft mehr für weitere Diskussionen mit Olli und beschloss, vorerst gar nichts mehr zu sagen und alles geduldig über sich ergehen zu lassen. Und das ging mit Hilfe von Alkohol viel besser.

Auch Martin hatte einen ordentlichen Zug drauf. Kaum war seine Dose leer, reichte ihm Olli eine neue. Bei ihm hatte Alkohol genau die gegenteilige Wirkung: Er kam in Fahrt und begann ohne Unterlass zu reden. Oder besser: eine Schimpftirade auszuspucken. Und das mit einer Selbstverständlichkeit, als wären sie nur aus diesem Grund hier zusammengekommen.

»Nicht nur, dass man sich in der Schule mit dämlichen Teenies herumschlagen muss! Nein, zu Hause muss man dann auch noch Arbeiten korrigieren. Nichts als Humbug! Bestenfalls nichtssagendes Palaver und wahllose Aneinanderreihungen abgedroschener Phrasen und Plattitüden. Schlimmstenfalls – und meistens ist schlimmstenfalls der Fall – niederschmetternde Einblicke in die geistige Umnachtung pubertierender Idioten.«

»Verstehe«, heuchelte Olli Interesse. »Um was ging es denn in der Arbeit?«

»*Eine kaiserliche Botschaft.*«

Olli guckte ihn verständnislos an.

»Kafka. Eine Parabel von Kafka.«

»Ach, Kafka. Der ist doch immer so … kafkaesk.« Olli schien auf diese Aussage stolz zu sein. »Verstehst du denn da immer alles?«

»Das spielt doch überhaupt keine Rolle! Ein Klavierlehrer muss ja auch nicht virtuos Chopin spielen, wenn seine Schüler schon ›Hänschen klein‹ nicht hinkriegen.«

Olli nickte, wenngleich Sebastian sicher war, dass er den Vergleich nicht verstanden hatte.

»Oder Dürrenmatt. *Der Besuch der alten Dame.* Da, wo plötzlich alle Dorfbewohner mit neuen Schuhen rumlaufen. Ich frage in die Klasse, wofür die Schuhe denn ein Symbol sein könnten. Da meldet sich Lukas drei. Es gibt insgesamt vier Lukasse in der Klasse. Also: Lukas drei meldet sich, und wisst ihr, was er sagt? Er sagt: ›Für Füße.‹ Die Schuhe sind ein Symbol für Füße. Das muss man sich mal vorstellen.«

Plötzlich blutete Martin aus der Nase. Das passierte ihm immer, wenn er sich aufregte. Schon zu Schulzeiten hatte er den Spitznamen »Bluter«. Eilig pulte er ein Stofftaschentuch aus der Hose, presste es auf die Nasenlöcher und legte den Kopf in den Nacken. Das brachte ihn wenigstens zum Schweigen.

Olli legte seinen Arm um Martin. »Kopf hoch, Alter. Du fängst in Thailand einfach ganz von vorne an. Wir alle fangen da unten noch mal ganz von vorne an. Wie dieser Typ aus dem Udo-Jürgens-Song *Ich war noch niemals in New York*. Der geht eines Abends Zigaretten holen …«

»Ich rauche nicht«, lallte Martin. »Nicht mal das.«

»Martin, das ist doch jetzt gar nicht der Punkt. Außerdem ist es nie zu spät, mit dem Rauchen anzufangen. Jedenfalls geht der eines Abends Zigaretten holen und haut einfach ab. Zack. Nach *New York, New York*!« Olli imitierte Frank Sinatra.

Soweit Sebastian wusste, kehrte der Typ in dem Lied unverrichteter Dinge wieder zu seiner Frau zurück, die von einer panischen Angst befallen war, den Anfang einer Quizsendung zu verpassen. Aber das behielt er besser für sich. Er nahm den letzten Schluck aus seiner Dose und sagte: »So langsam muss ich mal wieder.« Ihm reichte es für heute.

»Und, was ist jetzt?«, fragte Olli. »Bist du dabei?«

»Wobei?«

»Na, Thailand!«

»Ist das eine ernstgemeinte Frage?«

»Yesss! Das ist mein Basti! Geil!«

Olli schien ihn irgendwie falsch verstanden zu haben. Aber Sebastian konnte sich nicht überwinden, die Sache richtigzustellen. Dann wäre die Diskussion von vorn losgegangen. Sebastian drückte Olli die leere Dose in die Hand. »Danke für das Bier.«

Kapitel 11,

in dem Sebastian die Luft anhält und unfreiwillig einen Witz macht.

Sebastian hatte keine Ahnung, wie man bei der »Süßen« eines Gefängnisinsassen nach dem Rechten sah. Lieber hätte er seinen One-Night-Stand in der JVA einfach verdrängt, anstatt mit der kriminellen Szene weitere Kontakte zu knüpfen. Schließlich war ein Knastaufenthalt kein Sylt-Urlaub, in dem man die freundlichen Schuberts aus der Ferienwohnung nebenan kennengelernt hatte, mit denen man sich noch Jahre später Weihnachtskarten schrieb, in denen man sich beschwor, unbedingt noch mal einen gemeinsamen Urlaub zu verbringen – vielleicht auf Spiekeroog? – zu dem es aber nie kam, weil man die Schuberts ohne das ganze Drumherum ziemlich doof fand.

Aber er musste Kiki den Gefallen tun, schon aus Angst, dass der eines Tages aus dem Gefängnis kommen würde und es ihm übel aufstieß, wenn Sebastian sein Versprechen nicht gehalten hatte. Er wollte dem Stiernacken keinen Grund geben, auf ihn sauer zu sein. Außerdem hatte er ja Zeit, seitdem er arbeitslos war und der Einstieg ins Wurst-Business nur einen Silberstreif am Horizont darstellte.

Tina Krötz wohnte in einem der Mietshochhäuser im Westend, solche, wie es sie in jeder größeren Stadt gab und bei denen man wohl erst nach Fertigstellung gemerkt hatte, dass sie hässlich waren und einen prima Nährboden für soziale Brennpunkte boten. Wer davon überrascht war, wunderte sich auch, wenn seine Katze ins Katzenklo pinkelte. Wo immer Kikis Anteil an der Beute war, er hatte ihn jedenfalls nicht in die Wohnung seiner Freundin investiert.

Es dauerte eine Weile, bis Sebastian bei den mindestens 40 Klingelschildern das mit der Aufschrift »T. Krötz« fand. Siebter Stock. Die Haustür stand offen. Das kam ihm gelegen, er hätte sein Anliegen ungern über die Gegensprechanlage erklärt. Wider Erwarten funktionierte der Aufzug, auch wenn er den Anschein erweckte, dass es damit jeden Moment vorbei war. Eine kleine bepisste Kabine transportierte ihn nach oben. Sebastian drückte mit dem Zeigefingerknöchel auf die Sieben. Er schaffte es nur bis zum fünften Stock, die Luft anzuhalten. Bis ihn die Aufzugtür freiließ, atmete er flach. Erst im Hausflur holte er wieder tief Luft. Dort stank es allerdings genauso.

Er klingelte und wartete eine halbe Ewigkeit, bis sich ein schlurfendes Geräusch näherte und eine derangierte Frau die Tür öffnete. Zwei Dinge fielen ihm sofort auf. Erstens: Die Frau war hübsch. Zweitens: Die Frau war schwanger. Sebastian kannte sich da nicht aus, aber sie musste mindestens im vierten oder fünften Monat sein, vielleicht auch im dritten, siebten oder sechsten. Oder war sie einfach nur dick? Nein, ganz sicher nicht.

»Sind Sie Tina Krötz?«, fragte er freundlich.

Die Schwangere taxierte ihn. »Wer will das wissen?«

»Na, ich! Sebastian Niehoff mein Name. Ich bin ein Bekannter von Kiki«, erklärte er.

In ihren Augen blitzte Schreck auf. Sie raffte ihren rosa

Bademantel zusammen, so dass er ihren gewölbten Bauch verdeckte.

»Was wollen Sie?« Ein freundlicher Empfang war das nicht gerade.

»Ich war mit Kiki in einer Zelle.« O Gott, wie das klang. »Ich bin unschuldig, aber das ist eine lange Geschichte. Jedenfalls hat Kiki mich gebeten, Ihnen liebe Grüße auszurichten und mal nach dem Rechten zu sehen.«

Sie guckte ihn leer an. »Was wollen Sie?«

Alles klar, Tina Krötz war nicht nur hübsch und schwanger, sondern auch doof. Aber irgendein Manko musste sie ja haben, wenn sie sich mit einem wie Kiki einließ. Sebastian verstand oft nicht, warum sich eine offenbar schöne und intelligente Frau mit einem Typen abgab, der ganz klar unter ihrem Niveau lag. In solchen Fällen beruhigte es ihn, wenn er an der anderen Frau einen Makel feststellte, der sie unattraktiv machte – Dummheit, Orangenhaut oder ein unerträglicher Dialekt. Am besten alles drei zusammen, kombiniert mit schlechten Zähnen.

»Kiki hat mir gar nicht erzählt, dass ihr ein Kind erwartet«, sagte er mit gespielter Freude. »Herzlichen Glückwunsch!«

Jetzt stand Tina Krötz die Panik im Gesicht geschrieben. »Kommen Sie rein!«, flehte sie fast.

Er folgte ihr durch eine unordentliche Wohnung. Sie bat ihn, im Wohnzimmer auf einem Sessel Platz zu nehmen. Die Freundin eines Schwerverbrechers hatte die gleiche Buche-Schrankwand, die gleiche braune Couchgarnitur und die gleiche gelbe Tapete wie die Freundinnen aller anderen und die anderen selbst auch. Sie schaltete den Fernseher aus, wo gerade eine Fake-Doku über Asis lief. Ein seltsames Phänomen: Assis schauten sich im Fernsehen andere Assis an, die dramatisierte Probleme von Assis nachstellten. Eine Abwärtsspirale. Irgendwie war das Fernsehen auf keinem guten Weg.

Im helleren Licht des Wohnzimmers sah Sebastian, dass Tina Krötz zwar hübsch war, aber auch etwas verlebt. Er schätzte sie auf Ende zwanzig, allerdings würde sie später keine Frau sein, von der man sagte, sie habe sich gut gehalten. Ihre blonden Haare hatte sie ungewaschen und strähnig zu einem Pferdeschwanz zusammengebunden. Und ihre unreine Haut stellte sie wohl allmorgendlich vor die Frage, ob sie die unschönen Flecken und Pickelchen überschminken oder der Haut lieber ungeschminkt Zeit zur Regeneration geben sollte. Heute Morgen hatte sie sich für Letzteres entschieden.

»Kiki vermisst Sie sehr«, sagte er, um seinem Anliegen etwas emotionale Tiefe zu verleihen und das Ganze weniger als Kontrollbesuch aussehen zu lassen. Trotzdem klang er gerade wie ein Mafioso, der in zuckersüßem Geschwurbel Morddrohungen verpackte, gesandt vom Paten persönlich. »Er lobt Sie in den höchsten Tönen. Sie ahnen nicht, was er alles von Ihnen erzählt.« Das war auch besser so, Stichwort: Pracht-Möse.

Tina Krötz beäugte ihn skeptisch.

Er schilderte kurz, wie es trotz seiner zweifelsfrei feststehenden Unschuld zu seinem Gefängnisaufenthalt und dem Zusammentreffen mit Kiki gekommen war, wie Ulf ein Lakritzauge bekommen hatte und ihrem Freund nun etwas Gesellschaft leistete. Sie sei hoffentlich nicht eifersüchtig, witzelte er, aber Tina Krötz schien kein großer

Fan launiger Bemerkungen zu sein. Sie hörte ihm aufmerksam, fast angestrengt zu, als gelte es, eine geheime Botschaft zu entschlüsseln.

»Sie dürfen ihm auf keinen Fall sagen, dass ich schwanger bin«, platzte es aus ihr heraus. »Der bringt mich um!«

»Warum? So ein Kind ist doch etwas Schönes! Kiki wird bestimmt ein toller Vater.« Unsinn. Außerdem kam er wahrscheinlich eh nicht aus dem Knast, solange das Kind noch zu Hause wohnte.

»Kiki ist nicht …«

»Ui!«, rief Sebastian. Jetzt war der Groschen gefallen. Das Kind stammte gar nicht von Kiki! Während der im Gefängnis schmorte, vegetierte seine Freundin überhaupt nicht mutterseelenallein vor sich hin, sondern vergnügte sich mit einem anderen. Statt sich einmal im Monat mit Kiki im Verrichtungszimmer zu treffen und dort für neue Spermaflecken zu sorgen, verrichtete Tina Krötz wild in der Gegend herum. Und war so doof gewesen, sich schwängern zu lassen.

»War ein Unfall. Habe es erst vor zwei Wochen gemerkt, da war's zum Wegmachen schon zu spät. Aber wenn es erst mal da ist, wird schon irgendwie alles gut.« Das klang wie ein Mantra, mit dem sie sich selbst beruhigte.

»Nee, klar. Ich will auch keinen Stress machen. Ich bin in die Sache eh nur so reingeschlittert. Wie die Jungfrau zum Kinde«, lachte er über seinen eigenen eher leidlich passenden Vergleich. »Aber gibt es nicht noch andere, die Sie sehen und Kiki alles erzählen könnten?«

Tina Krötz sah ihn hohl an. »Ich verlasse nur noch selten die Wohnung.«

»Von mir erfährt Kiki nichts«, beteuerte er. So tröstlich das klang, er machte sich keine Illusionen: Würde Kiki doch eines Tages von dem Kind erfahren, müsste Sebastian ihm erklären, warum er ihm das verheimlicht hatte. Wahrscheinlich würde sein Hintern dann doch Bekanntschaft mit Kikis Zahnbürste machen. Wenn er Glück hatte. Oder er hatte bald eine weitere Körperöffnung – an der Kehle oder am Hinterkopf. Konnte nicht ein Mal ein Problem verschwinden, ohne dass es von einem neuen, noch größeren Problem ersetzt wurde? Probleme wechselten bei ihm fliegend wie Eishockeyspieler – und klatschten sich dabei ab.

»Kann ich dir vielleicht einen Gefallen tun, damit du Kiki auch bestimmt nichts sagst?«, fragte Tina Krötz in mädchenhaftem Tonfall. Offenbar duzten sie sich jetzt. Während sie sprach, legte sie eine Hand auf seinen Oberschenkel und ließ sie nach oben wandern. Perplex sprang er auf.

Das fehlte ihm gerade noch, mit der heimlich schwangeren Freundin eines Kriminellen rumzumachen. Gut, er hatte eine gewisse Zeit keinen Sex gehabt, und man konnte nicht behaupten, dass Tinas Hand nicht zumindest rein körperlich etwas auslöste – er hatte einen Ständer. So offensiv hatte sich ihm noch nie eine Frau angeboten. Außer einmal, als er einen Freund in Hamburg besucht hatte. Sie liefen zusammen über die Reeperbahn, und die Nutten stürzten sich auf sie wie Schmeißfliegen auf einen frischen Kuhfladen. Aber er war ja nicht lebensmüde. Dabei ging es nicht nur um Kiki, schließlich gab es noch den Vater des Kindes, der vielleicht nicht im Knast saß, aber wahrscheinlich hineingehörte.

»Wissen Sie denn, wer der Vater ist?«, fragte er aus sicherer Entfernung, als er sich ein bisschen beruhigt und Tina die Chancenlosigkeit ihrer Anmache eingesehen hatte.

»Ich bin keine Schlampe, wenn du das meinst. Ich mache nicht mit jedem rum.« Das konnte Sebastian aufgrund seiner jüngsten Erfahrungen nicht gerade bestätigen, aber Tina schien der Widerspruch nicht aufzufallen. »Das war einer aus Kikis Gang, Boris. Der sollte sich ein bisschen um mich kümmern.«

Da hatte sich dieser Boris wohl etwas zu sehr um Tina gekümmert – so sehr, dass sie davon schwanger wurde. »Verstehe.«

»Der ist dann auch tot, wenn du es Kiki steckst.«

Sie traute ihm anscheinend immer noch nicht. Dabei steckte er hier gar nichts irgendwohin – im Gegensatz zu diesem Boris. Apropos stecken: Wenn der ein Kumpel von Kiki war, steckte der vielleicht bei dem Überfall auf den Geldtransporter mit drin.

»Nach allem, was ich über Kikis Gang gehört habe: Könnten Sie sich nicht ein besseres Eigenheim leisten als eine Drei-Zimmer-Wohnung im siebten Stock eines heruntergekommenen Hochhauses?«

Tina lachte auf. Anscheinend war es ihm doch noch gelungen, einen Witz zu machen, den sie verstand – wenn auch unfreiwillig. »Glaubst du, Kiki lässt mich die Kohle auf den Kopf hauen, während er im Knast sitzt?«

Nein, das glaubte er nicht. »Und Boris? Kriegen Sie von dem nichts?«

»Der?! Pffft. Von dem kriege ich höchstens mal eine gescheuert.«

»Verstehe. Wie auch immer, ich gehe dann mal besser«, läutete Sebastian unvermittelt seinen Aufbruch ein. Dabei war gar nichts besser. Alles wurde nur schlechter.

»Bitte, sagen Sie Kiki nichts!«, flehte Tina Krötz ein letztes Mal.

»Nein, mache ich nicht!«, versicherte er. Was wollte sie von ihm, sein großes Indianer-Ehrenwort? Wenigstens war sie wieder zum Sie übergegangen.

Kapitel 12,

in dem Sebastian keine Blumen hat und alles futsch ist.

Er durchquerte das Gewusel des Klinikfoyers, stieg zu zwei tratschenden Krankenschwestern in den Aufzug, die daraufhin ihre Stimmen senkten, und joggte fast durch das Flurlabyrinth, um schließlich kurz vor Betreten der Intensivstation das Tempo zu drosseln wie ein flüchtiger Verbrecher, der in der Masse nicht auffallen wollte.

Anstatt ihn hineinzulassen, nannte ihm die Krankenschwester an der Gegensprechanlage nur die Station, auf die Miriam verlegt worden war. Sebastian bedauerte, dass ihn die Schwester nicht in seinen neuen Klamotten sah und somit niemals erfahren würde, dass er kein Vollhonk war, sondern höchstens ein Halbhonk.

Miriam war aufgewacht.

»Sie kann schon wieder lachen«, hatte Miriams Mutter seiner Mutter am Telefon gesagt. Sebastian fragte sich, worüber.

›*Haha, unsere komplette Wohnung ist in Flammen aufgegangen und ich wäre dabei fast verbrannt. Mit etwas Glück muss ich nie wieder meine Augenbrauen zupfen, haha!*‹ Er wusste nicht recht, ob er sich über die Nachricht freuen sollte. Der Moment der Wahrheit rückte näher – und davor hatte er Angst.

Als er hineinkam, drehte Miriam behutsam den verbundenen Kopf zur Tür. Sie sah aus wie ein Astronaut.

Nur ohne Schwerelosigkeit. Hier war es freundlicher als auf der Intensivstation. An der Wand hing ein Fernseher, es gab zwei gepolsterte, mit Kunstleder bezogene Besucherstühle und einen Tisch mit einer Vase darauf, die allerdings leer war.

»Keine Hlunen?«, stammelte Miriam.

Er sah sie verständnislos an. Sie hörte sich wie eine Kuh an, die beim Muhen gähnen musste. Ihre Stimme klang unkontrolliert, fast als spreche sie im Schlaf. Da ihr Verband keinen ironischen Gesichtsausdruck erkennen ließ, hörte sich, was immer sie gesagt hatte, ernsthaft vorwurfsvoll an. Die Mullbinden ließen nur ihre Augen frei, die isoliert vom Rest des Gesichts einen unheimlichen Ernst ausstrahlten.

»Keine Hlunen!«, wiederholte sie.

»Ah, keine Blumen!«

Sie nickte.

Jetzt wäre wohl der richtige Moment gewesen, einen Blumenstrauß hervorzuzaubern. Ich bin so ein Penner, dachte er. Wenn ich schon in allem anderen versage, muss ich doch wenigstens bei den elementarsten Gesten das abliefern, was von einem Mann erwartet wird – in diesem Fall waren das Blumen. »Sorry, ich dachte, du bist noch auf der Intensivstation«, brummte er verlegen, ohne sicher zu sein, dass Blumen dort verboten waren.

»Cheiß auf Hlunen«, sagte sie mit der gleichen Eindringlichkeit.

»Du bist heiß auf Blumen?«

Sie verdrehte die Augen und schüttelte den Kopf. Man musste allerdings genau hinsehen, um das Kopfschütteln zu bemerken.

»Hm. Scheiß auf Blumen?«, unternahm er einen neuen Versuch.

Sie nickte.

Er nahm einen Besucherstuhl, rückte ihn ans Bett und griff vorsichtig ihre Hand, die schon wieder wärmer war.

»Na, wie geht es dir?«

Sie wiegte den übergroßen Kopf hin und her, was wohl »Geht so!« bedeuten sollte.

»Hast du Schmerzen?«

Wieder wiegte sie den Kopf hin und her. Das hier konnte ein kurzes Gespräch werden.

Sebastian fasste sich ein Herz: »Tut mir leid.«

»Has denn?«

»Das alles hier. Und dass ich nicht zum Helden geworden bin, als es drauf ankam.«

Miriam gab seltsame Laute von sich, die wohl »Schwamm drüber!« heißen sollten. Nach einer Pause sagte sie: »Ich glauhe, ich hin chuld an den Hrand.«

Er versuchte, das Laut-Ungetüm zu entschlüsseln. »Ich glaube, ich bring Schulz an den Rand? Welchen Schulz?«

Miriam schüttelte den Kopf. »Ich glauhe, ich hin chuld an den Hrand«, wiederholte sie etwas langsamer.

»Ich klaue, ich bin schwul an der Hand«, riet er.

Miriam schüttelte erneut den Kopf und verdrehte die Augen. Sebastian wäre auch überrascht gewesen, wenn das gestimmt hätte.

»Ich … hin … chuld … an … den … Hrand.«

»Ich bin?«, übersetzte Sebastian portionsweise.

Miriam nickte.

»Schuld?«

Sie nickte wieder.

»An dem Rand?«, versuchte er es weiter.

»Hra-hand! Heuer!«

»Ach, Brand! Feuer!«, rief er und freute sich. »Ich glaube, ich bin schuld an dem Brand!«, wiederholte er noch mal feierlich. Endlich hatte er sie verstanden.

Miriam freute sich nicht mit, sondern guckte ihn nur an.

Erst jetzt dachte er über den Inhalt ihrer Aussage nach.

»Du bist schuld an dem Brand?!«, rief er schockiert. »Wie kommst du denn darauf?!«

»Kerzen.«

»Kerzen?« Was sollte das nun wieder bedeuten?

»Kerzen!«

»Ach so!« Kerzen hieß Kerzen. »Hast du Kerzen angezündet?«

Miriam nickte. Sie sah schuldbewusst aus, selbst der Verband schien einen Ausdruck des Bedauerns anzunehmen.

»Und dann?«

»Eingechlahen.«

»Eingeschlafen.«

Miriam nickte. »Ich hahe auh dich gehartet, aher du kanst nicht.«

»Ich habe auf dich gewartet, aber du kamst nicht.«

Miriam nickte.

»Aher harum hast … Entschuldigung. Aber warum hast du denn mit brennenden Kerzen auf mich gewartet?«

Sie guckte ihn an, als könne er da wohl selbst drauf kommen. Kam er aber nicht. Sie verdrehte die Augen. »Sex. Hicken!«

»Sex!« Er verstand. Konspirativ schob er hinterher: »Ficken!«

Miriam nickte. Wahrscheinlich errötete sie unter ihrem

Verband gerade. O Mann, er dachte, nach dem blöden Unfall im Flur sei sie eingeschnappt ins Bett gegangen, um zu schlafen. Stattdessen hatte sie auf ihn gewartet und Kerzen angezündet. Und dann sich selbst. Aber passiert war passiert. Jetzt hieß es, einen kühlen Kopf zu bewahren und das Beste aus der Situation zu machen. Er brauchte einen Moment, um sich zu sammeln. »Okay, Folgendes: Ich glaube, das kann sich versicherungstechnisch negativ auswirken. Deshalb eine Bitte: Behalt das für dich. Sag einfach, du kannst dich an nichts erinnern.«

Wieder guckte sie ihn schuldbewusst an.

»Sag bloß, das hast du schon jemandem erzählt.«

Miriam nickte zögerlich. Sie berichtete umständlich, dass die Krankenschwester nicht etwa ihre Mutter oder Sebastian als Erstes verständigt hatte, sondern die Polizei. So eine blöde Kuh, die hatte zum letzten Mal in seinem Phantasieporno mitgespielt. Der Kommissar – Miriam nannte ihn »Atrick Ressler«, was Sebastian messerscharf als Patrick Pressler dechiffrierte – habe ihr erklärt, für die Ermittlungen sei es wichtig, dass sie ganz unvoreingenommen berichte, woran sie sich noch erinnern könne. Miriam musste elfmal »unvoreingenommen« hervorbringen, bis Sebastian es nicht mehr für ein russisches Schimpfwort hielt und verstand. Pressler habe gefragt, ob sie sich an ein elektrisches Gerät erinnern könne, das Hitze verursachte. Oder irgendwelche leicht entflammbaren Stoffe wie Benzin oder Gas, eine weggeworfene Zigarette, brennende Kerzen? Dann sei es ihr eingefallen.

»Und das musstest du dem Bullen dann prompt auf die Nase binden.« Es war das erste Mal in seinem Leben, dass Sebastian Polizisten als Bullen bezeichnete.

Miriam nickte.

Alles klar, sie waren ruiniert. Er hatte sich erkundigt: Wenn man den Brand fahrlässig selbst verschuldet hatte, zahlte die Versicherung nichts oder allenfalls wenig. Auf der nach oben offenen Am-Arsch-Skala bedeutete das einen gewaltigen Sprung aufwärts. Bisher war er davon ausgegangen, dass ihre jetzige Situation nur ein kleines, wenn auch dramatisches Zwischentief war, aus dem sie in ein paar Wochen herauskommen würden. Dass sie sich von dem Versicherungsgeld ein neues Leben mit etwas schöneren Möbeln aufbauen konnten – kurz: dass alles wieder gut werden würde. Stattdessen war einfach unwiederbringlich alles futsch.

»Chlimm?«, fragte Miriam.

›*Jaaaah, sehr, sehr schlimm!*‹, schrie Sebastian im Geiste. Aber äußerlich riss er sich zusammen. »Nee, das kriegen wir schon hin.« Es passte gar nicht zu ihr, dass sie der Polizei ihr Herz ausgeschüttet hatte, ohne über mögliche Konsequenzen nachzudenken. Normalerweise war sie nämlich die beste Lügnerin der Welt. Sie hatte momentan wohl einfach andere Probleme.

Sie saßen noch eine Weile da und unterhielten sich auf dem niedrigen Niveau, zu dem sie Miriams Verband und Sebastians schlechte Laune zwangen. Ihm war es ganz recht, dass sie Mühe beim Sprechen hatte. So konnte sie ihn über die letzten Tage nicht groß ausfragen. Und wenn sie doch mit viel Anstrengung eine missliebige Frage hervorbrachte, schützte er einfach Verständnisprobleme vor, um sie nicht beantworten zu müssen. Von seiner Verhaftung musste sie vorerst ebenso wenig erfahren wie von seiner unerwarteten beruflichen Neuorientierung in

Richtung Fleischereigewerbe, bei der er selbst noch nicht genau wusste, was er davon halten sollte. Ganz zu schweigen von Ollis schwachsinnigen Auswanderungsplänen.

Um sie so unverfänglich wie möglich auf andere Gedanken zu bringen, erzählte er ihr von Carolas Idee, ein Lied von Giacomo Losso einzustudieren und beim Geburtstag seiner Eltern aufzuführen.

»Seit hann hannst du denn shingen?«

»Och komm, so schlimm ist es nun auch wieder nicht!«

»Ach ja? Dann shing!«, forderte Miriam.

»Wie bitte?«

»Shing! Hir zuliehe.«

Das sollte wohl »Sing! Mir zuliebe« heißen, auch wenn sich Sebastian noch bisschen begriffsstutzig stellte. Was soll' dachte er, irgendwann musste er ja ohnehin üben. Also sang er Giacomo Lossos größten Hit:

»Rot, rot, rot ist die Liebe,
Du, du, du bist mein Schatz,
In, in, in meinem Herzen
Ist für immer dein Platz!«

Was für eine hirnlose Kacke. Und dafür gaben Omas Geld aus, das sie genauso gut ihren Enkeln hätten zustecken können. Miriam summte beim Refrain mit, das ging trotz Verband. Dieses Duett musste wie das zweier Irrer klingen, die gerade gegen eine Panikattacke ansangen. Und so war es ja auch irgendwie. Aber es stimmte, Miriam konnte schon wieder lachen. Und für einen Moment lang sogar auch er. Aber das Blöde an Momenten war: Sie gingen schnell vorbei.

Und dann gab es schon wieder nichts mehr zu lachen.

Kapitel 13,

in dem Sebastian unfreundlich lächelt und nichts geschenkt bekommt.

»Bohnenkämper – Unser Fleisch gehört zur Familie!«, stand in gebogener Schreibschrift auf den Lastwagen, die das Werksgelände verließen und an Sebastian vorbeidonnerten. Darunter grinste ein Cartoon-Schwein mit Kleeblatt im Maul. Das gleiche Motiv gab es noch mit einer Kuh und einem Huhn, wobei Letzteres kein Kleeblatt im Schnabel trug, sondern eine Ähre. Ihm leuchtete nicht ganz ein, wie die Glückseligkeit dieser Tiere damit in Einklang zu bringen war, dass der Grund für ihre gute Laune den eigenen Tod voraussetzte. Andererseits war ein trauriges Schwein, das »Hilfe, ich werde geschlachtet!« rief, keine gute Werbung.

In Sebastian sträubte sich alles dagegen, beim Vater von Carolas Freund um einen Job zu betteln. Aber die Versicherung zahlte nicht, er war arbeitslos, und seine derzeit aussichtsreichste Zukunftsperspektive war die Eröffnung einer Surfschule in Thailand – zusammen mit einem deprimierten Lehrer. Jetzt galt es, sich nicht anzustellen. Vielleicht gab es ja bei Bohnenkämper eine IT-Abteilung, und er würde zum Verantwortlichen in Sachen World Wide Wurst berufen.

Der Pförtner wusste von Sebastians Karriereplan freilich nichts und ging wie selbstverständlich davon aus, dass er aufgrund unlauterer Motive oder bestenfalls eines haarsträubenden Irrtums hier war. Sebastian hasste es, wenn Menschen das bisschen Macht missbrauchten, das sie von Berufs wegen hatten. Pförtner, Politessen und Mitarbeiter von Service-Hotlines waren besonders anfällig für derartigen Größenwahn. Als ob einem jemand in allen Lebensbereichen und jeder Hinsicht überlegen war, nur weil man von ihm ein Knöllchen wegen Falschparkens bekommen konnte oder er sich mit Telefon-Tarifen auskannte.

Kaum hatte Sebastian dem Mann erklärt, dass er von Karl Bohnenkämper erwartet werde, schlug die schäbige Unfreundlichkeit in noch schäbigere Unterwürfigkeit um. Der Pförtner griff eifrig zum Telefon und empfing darüber offenbar Anweisungen, die er extra für Sebastian mit übertrieben servilem Nicken bestätigte. Fehlte nur noch, dass er die Hacken zusammenschlug und »Jawoll, Herr General!« rief.

»Sie müssen in die Verwaltung, Gebäude A«, verkündete er stolz, nachdem er aufgelegt hatte. »Dort werden Sie in der vierten Etage erwartet.« Er zeigte ihm den Weg auf der miesen Kopie eines Lageplans und wünschte ihm »Einen schönen Tag noch!«. Sebastian lächelte, so unfreundlich es ging.

Was auf dem Lageplan wie ein Katzensprung aussah, entpuppte sich zu Fuß als ordentlicher Marsch. Immer wieder fuhren vollbeladene Viehtransporter an ihm vorbei. Schwein müsste man sein, dachte Sebastian, dann wird man hier wenigstens gefahren. Wenn auch mit dem klitzekleinen Wermutstropfen, dass der Fahrservice in der Schlachtanlage endete. Sebastian verlor sich zwischen riesigen grauen Trapezblechhallen, die von der Schlachtung und Zerlegung über das Kühlhaus und die Verpackung bis hin zum Fuhrpark alles beherbergten, was man brauchte, um aus einem Schwein im Stall eine Wurst in der Metzgerei zu machen.

Endlich erreichte er die Verwaltung. Auf der vierten Etage war von der industriellen Spröde und dem todgeweihten Vieh nichts mehr zu sehen: dunkelblauer Teppich, Lederstühle, holzvertäfelte Wände, hier und da ein Gemälde, das alte Männer zeigte, die sich offenbar in Sachen Fleisch unsterblich gemacht hatten. Von denen sollte man sich wohl eine Scheibe abschneiden. Sebastian irrte durch die Flure, bis er das Sekretariat von Karl Bohnenkämper fand. Er rief sich noch mal Carolas Worte ins Gedächtnis: »Versau es nicht! Versau es nicht! Und eine Sache noch: Versau es nicht!« Dabei ging es ihr weniger um ihn als um sich selbst. Mit Lars sei es ihr richtig ernst, deshalb wolle sie bei seiner Familie nicht in Ungnade fallen. Ob er sich unter diesen Umständen nicht doch besser woanders um einen Job bemühen sollte, fragte Sebastian. Nein, das gehe schon in Ordnung, erklärte Carola – er solle es eben nur nicht versauen.

»Ach, da sind Sie ja!«, empfing ihn eine Dame, deren Name laut eigener Auskunft Annegret Schmitz war. Sie klopfte zaghaft an eine massive Holztür, die vom Sekretariat abging, und wartete einen Moment, als zähle sie stumm bis drei. Dann öffnete sie die Tür und steckte den Kopf hinein.

»Herr Niehoff wäre jetzt da.«

»Soll reinkommen«, dröhnte eine Männerstimme aus dem Inneren.

Frau Schmitz hielt Sebastian die Tür auf und nickte ihm zu – war das Mitleid in ihrem Blick?

Karl Bohnenkämper saß in einem üppigen Chefsessel und guckte missmutig auf. Er war klein und dick, was seine altmodische Filzweste unterstrich. Als Würstchenkönig kam man wohl nicht umhin, die eine oder andere Wurst selbst zu verdrücken. Sein Gesicht hatte grobe Züge, die Nase thronte dick und großporig in seiner Mitte, die gerötete Haut war mit geplatzten Äderchen marmoriert. Ein Metzger wie aus dem Bilderbuch, nur der Kittel fehlte.

»Setzen Sie sich.«

Das Büro war eingerichtet wie der Rest der Etage, nur dass hier vor den Holzvertäfelungen noch mit Ordnern und Unterlagen überladende Regale standen, die es unordentlich wirken ließen. Auf dem Schreibtisch stand ein Computer neuerer Generation, aber er wirkte wie ein Fremdkörper zwischen den Papieren, die sich um ihn herum türmten. Bestimmt kannte Bohnenkämper sich damit nicht aus und machte immer einen Doppelklick auf Links und solche Sachen, an denen man Computer-Analphabeten sofort erkannte.

»Kaffee?«, fragte Bohnenkämper harsch.

»Nein, danke«, sagte Sebastian im Hinsetzen. Wenn diese Unterredung in zweieinhalb Minuten vorbei war, wollte er nicht von einem zu langsam abkühlenden Kaffee zum Bleiben gezwungen werden.

»Wasser?«

»Nee, auch nicht. Danke.« Von Kohlensäure musste er immer so aufstoßen. Sebastian fiel ein, dass er mal gelesen hatte, man solle bei Bewerbungsgesprächen angebotene Getränke annehmen, um eine harmonische Grundstimmung zu schaffen. Egal. Oder besser gesagt: Wurst.

»Sie sind der Bruder von Carola«, sagte Bohnenkämper, als wäre das eine Neuigkeit für Sebastian.

›*Ach echt?! Deshalb hat sie früher bei uns zu Hause gewohnt und meine Eltern Mama und Papa genannt.*‹

»Ja, genau. Ich hatte ein bisschen Pech in der letzten Zeit, und Carola meinte, Sie hätten vielleicht einen Job oder so für mich.« Blödes Gestammel, was sollte das »oder so« da mittendrin?! Sein Mund war trocken, Wasser wäre jetzt genau das Richtige gewesen.

Bohnenkämper nickte bedächtig wie ein Arzt, dem man seine Symptome schilderte. »Ein nettes Mädchen, Ihre Schwester. Da hat mein Sohn schon ganz andere angeschleppt.«

Sebastian tat so, als müsse er ein Lachen unterdrücken. Bohnenkämper blieb vollkommen ernst.

»Ich führe dieses Unternehmen in vierter Generation«, begann der Alte unvermittelt. »Mein Urgroßvater hat die erste Metzgerei Bohnenkämper 1902 am Bismarckplatz eröffnet. 1986 habe ich von meinem Vater übernommen. Damals gab es zwei Filialen.« Er machte eine rhetorische Pause. »Mittlerweile betreiben wir 120 Filialen. Weitere sind in Planung.«

Sebastian wusste nicht, wie er auf diese unverhohlene Angeberei reagieren sollte. Applaudieren? Johlen? Gar nicht? Er zog die Augenbrauen hoch und die Mundwinkel runter.

»Was den Produktionszweig angeht: Wir haben allein an diesem Standort 1500 Mitarbeiter. Im Jahr verarbeiten wir über eine Million Schweine, Rinder und Hühner.«

Sebastian rutschte auf seinem Ledersessel herum, wobei ein furzähnliches Geräusch entstand. Er rutschte weiter, um das gleiche Geräusch noch mal hervorzurufen – als Beweis, dass das erste Geräusch kein Furz gewesen war. Es gelang ihm nicht.

Bohnenkämper setzte seinen Vortrag unbeirrt fort. »Was ist das Geheimnis dieses Erfolgs?«

Sebastian war unsicher, ob er auf diese Frage antworten sollte. Um nicht ganz regungslos dazusitzen, zuckte er mit den Schultern und schüttelte leicht den Kopf.

»Fleiß und Ehrgeiz«, verkündete Bohnenkämper. »Das alles hier ist das Ergebnis harter Arbeit und meiner dummen Angewohnheit, mit dem Erreichten niemals zufrieden zu sein.« Bohnenkämper lächelte über die Prise Selbstironie, die er sich gerade abgerungen hatte. »Natürlich musste ich Opfer bringen. Privatleben ist ein Fremdwort für mich. Entweder man hat Zeit, oder man hat Erfolg.«

Diesen Satz konnte man sich ohne weiteres in eine Messingplatte gravieren lassen und in die Küche hängen.

»Worauf will ich hinaus?«, fragte Bohnenkämper.

Das wüsste ich auch gern, dachte Sebastian. Der alte Sack liebte es offenbar, sich selbst Fragen zu stellen.

»Ich habe im Leben nichts geschenkt bekommen. Und Sie bekommen auch nichts geschenkt. Jedenfalls nicht von mir. Kann ich Ihnen einen Job geben? Natürlich kann ich das. Bekommen Sie Almosen von mir? Auf keinen Fall. Sie müssen hier schuften wie jeder andere auch.«

Da hatte sich Carola ja tolle Verwandtschaft in spe angelacht. Sebastian erklärte höflich, dass er selbstverständlich keinerlei Sonderbehandlung beanspruche und für jede, wirklich jede Arbeit dankbar sei. Bloß stromlinienförmig bleiben, damit er schnell von diesem ranzigen

Wurstmogul wegkam, der seine Notlage ausnutzte, um auf sich selbst eine Laudatio zu halten. Er dachte an Kiki und steckte im Geiste eine grobkörnige Pfeffersalami in Bohnenkämpers Naturdarm.

»Dann sind wir uns ja einig«, grunzte sein neuer Chef zufrieden. »Frau Schmitz erklärt Ihnen, wo Sie hinmüssen. Ich hoffe, Sie haben heute nichts mehr vor.«

»Habe ich nicht«, erklärte Sebastian. Höchstens meine Schwester erwürgen.

Kapitel 14,

in dem Sebastian vielleicht in der Hölle ist und Katinka alle Fragen beantwortet.

»Anziehen und rüberkommen«, blökte ein stämmiger Mann mit rotem Kopf, der sich kurz zuvor knapp und unfreundlich als Herr Siebert vorgestellt hatte und wahrscheinlich am liebsten Speckschwarten fraß und dazu Wurstwasser trank.

Von wegen IT-Abteilung. Nicht mal Pförtner. Bohnenkämper hatte ihn ins Gebäude B geschickt – die Schlachtung. O Mann, in was für eine Scheiße war er da jetzt schon wieder hineingeraten. Und dann musste er auch noch gute Miene zum bösen Spiel machen, weil er sonst das Liebesglück seiner Schwester gefährdete.

Er nahm einen mit trockenen Blutflecken übersäten Kittel aus einem Rollwagen, dessen Aufschrift »sauber« nur ironisch gemeint sein konnte. Genauso gut hätte man auf eine Flasche Schnaps »alkoholfrei« schreiben können. Daneben stand ein Pappkarton mit dünnen Einmal-Plastikhauben, von denen er sich eine aufsetzte. Damit war die Metamorphose zum Vollhonk endgültig abgeschlossen.

Wenigstens war er nicht der Einzige in diesem albernen Outfit. In der Schlachthalle liefen alle so herum. Bis auf die Schweine. Die waren in einem abgeschirmten Bereich hinten an der Wand versammelt, wo sie grundlos unbekümmert ihre Steckdosennasen in die Luft reckten. Schon wieder ging es den Schweinen besser als ihm: Die waren zwar auch am Arsch, aber wenigstens wussten sie es nicht.

Neben den Schweinen stand ein junger Bursche, der sich in kurzen Abständen Tiere griff und sie nach und nach auf ein Förderband schob. Ein paar Meter weiter nahm ein anderer Typ Schwein für Schwein in Empfang. Ohne Zeit zu verlieren, setzte er jedem Schwein eine Elektrozange an den Kopf, woraufhin es sofort lautlos zusammensackte. Mit einem routinierten Griff zog der Mann es an den Hinterbeinen hoch, hängte es in eine Förderschiene und stach ihm mit einer Art Dolch in den Hals, aus dem das Schwein dann blutete – nun ja, wie ein Schwein. Etwas später setzte sich die Schiene in Gang und brachte das Vieh in eine dampfende Maschine. Gleichzeitig kam das nächste unbekümmerte Schwein des Weges.

Dort stand Siebert und winkte ihn ungeduldig zu sich heran. »Hier«, sagte er und drückte ihm einen Gasbrenner in die Hand. »Wenn die Schweine aus dem Brühbad kommen, brennst du ihnen die restlichen Haare weg. Nicht zu lange an einer Stelle, die sollen nicht gegrillt werden. Guck's dir bei Katinka ab.« Er wies auf ein burschikoses Mädchen, das neben einer weiteren Dampfmaschine stand und ein Schwein abflammte. »Noch Fragen?«

Er hatte nur eine Frage, nämlich: »Willst du mich verarschen?« Aber bevor er etwas sagen konnte, öffnete sich die Maschine und gab einen leblosen Schweinekörper frei. Er beschloss, sich seine Frage zu merken. Kurz verspürte er den Impuls, wie einst Rocky gegen das tote Schwein zu boxen. Vielleicht war er der neue Rocky – war es das, was das Schicksal ihm auf eine etwas verquere

Art mittteilen wollte? Doch bei dem ekligen Anblick verließen ihn alle Kräfte, und er musste alles darauf verwenden, nicht selbst wie von einem rechten Haken getroffen auf der Stelle k. o. zu gehen. Nein, er war nicht der neue Rocky, er war höchstens der neue Axel Schulz. Schließlich riss er sich zusammen und tat, wie ihm befohlen: Er flammte, was das Zeug hielt. Ein beißender Gestank ergriff seine Nase. Er schluckte seinen Würgereiz runter. Bohnenkämper besaß einen seltsamen Humor – anders konnte Sebastian sich nicht erklären, dass er ihn ausgerechnet zum Brenner abkommandiert hatte. Vielleicht bin ich bei dem Brand umgekommen, und das hier ist die Hölle, dachte er. Auf jeden Fall war es die Schweine-Hölle. Schon kam das nächste.

41 Schweine später war Mittagspause. Sebastian hatte nichts zu essen dabei, aber ihm war ohnehin der Appetit vergangen. Er folgte Katinka in den Pausenraum und ließ sich neben sie auf die Bank plumpsen. Es gab zwar auch eine Kantine, doch das Essen dort kostete angeblich mehr, als ein Abflammer pro Tag verdiente. Ohne Kittel und Haube wirkte Katinka noch männlicher. Ein dunkler Flaum besetzte Teile ihres hageren Gesichts. Sebastian hätte ihn am liebsten mit dem Brenner weggeflammt.

»Machst du das schon lange?«, fragte er sie.

»Hä?« Katinka holte Ohropax aus ihren Ohren. Keine schlechte Idee, auf Dauer stresste der Lärm in der Halle.

»Ob du das schon lange machst hier!«

»Zwei Jahre«, antwortete Katinka mit osteuropäischem Akzent.

»Zwei Jahre? Ui!« Immer dieses ›*Ui!*‹, tadelte er sich im Geiste. »Das ist ja echt Horror.«

Sie zuckte mit den Schultern und packte allen Ernstes ein Wurstbrot aus.

»Könnte schlimmer sein. In der Ukraine machen wir das mit Menschen.« Sie lachte und biss herzhaft in ihr Brot.

Sebastian lachte mit, obwohl er den Witz nicht verstand. »Ist doch auf Dauer ganz schön langweilig, oder?«

»Ein bisschen. Aber es gibt auch Abwechslung.«

»Was denn – Kühe statt Schweine?!« Diesmal lachte er zuerst.

»Nein«, grinste Katinka. Dann wurde ihr Gesicht mit einem Schlag ernst. »Blut wischen.«

»Blut wischen? Was ist denn das?«

Statt zu antworten, kaute sie nur und lächelte verschmitzt.

Er lächelte zurück, wenngleich ihn das ungute Gefühl beschlich, dass er keinen Grund dazu hatte.

Nach weiteren drei Stunden am Brenner, in denen rund 60 Schweine ihre Haare ließen, gingen die Maschinen plötzlich aus, und es kam kein neues Schwein nach. Endlich Feierabend, dachte Sebastian.

Herr Siebert kam zu ihm und sah ganz und gar nicht aus, als wolle er ihn zum Feierabendbier einladen. Er drückte ihm einen Schlauch in die Hand, aus dem mit wenig Druck Wasser lief. »So, jetzt wird geputzt. Das Blut von der Anlage und vom Boden spritzen, wenn was nicht abgeht, Lappen nehmen. Am Ende wischst du alles zum Gully dahinten.«

Das war also Blut wischen.

»Alles muss blitzblank sein. Sehe ich morgen zu Schichtbeginn irgendetwas, das nur im Entferntesten nach Schwein aussieht, rappelt's im Karton. Verstanden?«

Sebastian nickte konsterniert.

Ehe er sich versah, drückte Siebert ihm einen Lappen in die Hand und verschwand – nicht, ohne vorher noch den Universaltipp zu wiederholen: »Bei Fragen: Katinka!«

Die erwartete ihn schon grinsend: »Abwechslung!« Das war wohl ukrainischer Humor. Er hätte gerne etwas Böses geantwortet, aber bestimmt war Katinka über ein paar Ecken mit den Klitschkos verwandt.

Sebastian spritzte die Wände und die Böden ab, aber immer wieder gab es Stellen, die sich mit dem geringen Wasserdruck nicht säubern ließen. Sebastian blieb nichts anderes übrig, als mit dem Lappen nachzuhelfen. Der Würgereiz feierte sein Comeback. Katinka tat das Gleiche, doch ihr schien es nichts auszumachen. An einigen Stellen, die er geputzt hatte, wischte sie noch mal nach. Eine Stunde später war die Schlachthalle so sauber, dass hier selbst das Team von CSI Miami keine Blutspuren mehr gefunden hätte. Er zog seinen eingesauten Kittel aus und warf ihn brav in den Rollwagen, auf dem »schmutzig« stand.

»Feierabend!«, rief Katinka übertrieben gut gelaunt. Sie hatte einen Schlüssel für die Halle und schloss hinter ihnen ab. Von Siebert war keine Spur mehr. Wahrscheinlich saß er schon längst zu Hause und verfütterte mitgebrachte Wurst an seine feisten Kinder.

Ihm war übel. In seinem Mund bildete sich außergewöhnlich viel Speichel, den er in zähen Schlucken Richtung Magen schickte. Als er das Werksgelände durch das

Drehkreuz verließ, durchströmten ihn die gleichen Gefühle, die er vor ein paar Tagen beim Verlassen des Gefängnisses hatte: Freiheit, Frust und keine Ahnung, wie es weitergehen sollte.

Er folgte dem Strom von Arbeitern, der sich aus den verschiedenen Gebäuden der Bohnenkämper AG speiste und zu einer erschöpften Prozession Richtung Bushaltestelle vereinte. Vielleicht waren das alles Verwandte von Lars Bohnenkämpers Freundinnen, die der alte Bohnenkämper in seinem Arbeitslager interniert hatte. Jedenfalls konnte doch niemand freiwillig hier arbeiten. Der einzige Vorteil war, dass man schon um 15.30 Uhr Feierabend hatte. Allerdings für den Preis, dass es morgens um 6.30 Uhr losging.

Vielleicht hatte Gott diese ganz individuelle Hölle für ihn ausbaldowert, weil Sebastian ihn durchschaut hatte. Er dachte besser nicht länger darüber nach, das würden sie nur zum Anlass nehmen, ihn weiter zu drangsalieren. Mittlerweile kam er dahinter, wie die da oben tickten: Immer, wenn er glaubte, er habe die Talsohle erreicht, tiefer könne er nicht mehr sinken – zack!, bekam er wieder einen übergebraten. Allerdings half ihm diese Erkenntnis wenig. Aber was sollte jetzt schon noch kommen?

Kapitel 15,

in dem 500 Euro winken und eine Kaulquappe über Teilchenphysik redet.

»Ich werde ihn sehr vermissen«, hörte Sebastian seine Mutter seltsam blechern sagen, als er zur Haustür reinkam. Sie saß im Wohnzimmer vor der Wand mit den Familienfotos und wurde von einem Fernsehteam interviewt.

»Kannst du sagen: ›Ich werde *meinen Sebastian* sehr vermissen‹? Und etwas emotionaler das Ganze«, bat ein Mann, der neben der Kamera stand und seine Mutter offenbar so gut kannte, dass er sie duzte.

»Ich werde meinen Sebastian sehr vermissen«, sagte seine Mutter brav auf. Beim Sprechen bewegte sie sich kaum, als werde sie nicht gefilmt, sondern fotografiert, und habe Angst, die Aufnahme könnte verwackeln. Auf der Couch saßen sein Vater und Olli. Sie beobachteten die Dreharbeiten und bemerkten Sebastian erst gar nicht.

»Was ist denn hier los?«, rief er. Alle Köpfe schnellten herum.

»Sebastian, da bist du ja!«, rief Olli und sprang von der Couch auf, um ihn mal wieder übertrieben kumpelhaft zu begrüßen.

»Was ist denn hier los?«, wiederholte Sebastian.

»Wir haben versucht, dich zu erreichen, aber du hast ja kein Handy mehr seit dem Brand.« Das stimmte zwar, war jedoch keine Antwort auf seine Frage.

»Was ist denn hier los?« Manchmal musste man einfach stur bleiben.

»Das glaubst du nicht! Dreharbeiten! Fernsehen!«, strahlte Olli.

Angesichts des Kamerateams glaubte er es durchaus.

»Ah, du musst Sebastian sein!«, meldete sich der Mann neben der Kamera zu Wort, wahrscheinlich der verantwortliche Fernsehredakteur. Er kam mit ausgestreckter Hand auf ihn zu, Sebastian schüttelte sie perplex. »Super, dass du da bist. Dann können wir dich direkt mitnehmen.«

»Mitnehmen? Wohin?«

»Nein, nicht so mitnehmen! Wir wollen dich drehen. Na ja, also nicht richtig drehen. Filmen! Deine Statements!«

So doof war er auch nicht, dass er dachte, die Fernsehleute wollten ihn im Kreis drehen, bis ihm schwindlig wurde. Dass man immer gleich als Depp angesehen wurde, wenn man eine einzige Sache nicht auf Anhieb verstanden hatte. Jeder hatte eben seine Fachterminologie. Er war in der Fernsehsprache nicht zu Hause, umgekehrt kannten die sich bestimmt nicht im Schweineabflamm-Jargon aus. Was hätte er jetzt darum gegeben, wie Iron Man mit einem Flammenwerfer bewaffnet zu sein.

»Jungs, kommt mal rüber!«, wies der Redakteur sein Team an. Der Kameramann schwenkte direkt auf Sebastian. Auf der Kamera steckte ein kleiner Scheinwerfer, der ihn blendete und ihm sofort den Schweiß auf die Stirn trieb. Ein Typ mit Kopfhörern hielt ein an einem Stab befestigtes Mikrofon über ihn.

Gerade hatte er noch Schweinen die Haare weggebrannt und literweise Blut aufgewischt, jetzt sollte er etwas in eine Fernsehkamera labern. Heute war ein seltsamer Tag. Nein, es war eine seltsame Woche. Und wenn er nicht bald den Notausstieg fand, würde ein seltsames Leben daraus werden.

»Lassen Sie das! Wer sind Sie? Und wofür ist das überhaupt?!«, rief er. Wie ein besoffener Filmstar auf der Flucht vor Paparazzi nahm er die Hand vors Gesicht.

»Sorry, ich dachte, du bist informiert«, sagte der Redakteur und guckte fragend zu Olli. »Ich bin Daniel. Du kennst bestimmt unsere Sendung *Scheiß auf Deutschland – Wir wandern aus!*«.

Sebastian war eher nach »Scheiß aufs Fernsehen – Ich bleibe hier!« zumute.

»Läuft immer donnerstags um Viertel nach acht auf …«

»Die begleiten uns beim Auswandern, Basti! Ist das nicht toll?«, fiel Olli ihm ins Wort.

Toll wäre gewesen, wenn er das mit der abgebrannten Wohnung und alles, was seitdem geschehen war, nur geträumt hätte und in nicht allzu ferner Zukunft der Wecker klingelte, um ihn aus diesem Wahnsinn zu befreien. Er würde auch ganz bestimmt nicht auf die Schlummertaste drücken und sich noch mal auf die Seite drehen.

»Uns ist jemand abgesprungen, deshalb konnten wir so schnell kommen. Normalerweise gibt es Wartezeiten von bis zu einem halben Jahr«, übernahm wieder der Redakteur.

Was für ein Glück aber auch.

»Du gehst bei der Sache natürlich nicht leer aus«, verhieß dieser Daniel mit einem gönnerhaften Unterton, als holte er jetzt das Ass aus dem Ärmel, das jede weitere Diskussion überflüssig machte. »Für deine Teilnahme winken 500 Euro. Na, ist das nichts? Natürlich nur bei Ausstrahlung. Aber ich mache das schon ein paar Jährchen und lehne mich nicht allzu weit aus dem Fenster, wenn ich sage: Mit dem Background bringen wir das auf jeden Fall. Feuer, Freundin verbrannt, die Blutsbrüderschaft – ist doch super! Viel besser als die zehntausendste Friseurin, die auf Ibiza 'ne Würstchenbude aufmacht.« Da hatte er recht. Immer diese dämlichen Idioten, die ohne Sprachkenntnisse auswanderten und es für die beste Idee seit Erfindung des Wasserklosetts hielten, im Ausland deutsches Essen zu verkaufen, das es dort bislang nicht gab. Auf den Gedanken, dass es das Essen dort nicht gab, weil es keiner mochte, kamen sie nicht mal, wenn sie verloren auf einem Supermarktparkplatz in ihrer ranzigen Würstchenbude standen und ein anderer Auswanderer der einzige Kunde war, der seinerseits erfolglos eine deutsche Kneipe zwei Straßen weiter betrieb. Da war seine Geschichte mit Sicherheit interessanter – mit dem nicht ganz unwesentlichen Haken, dass er nicht im Entferntesten beabsichtigte, ins Ausland zu gehen.

»Sebastian, du hättest uns ruhig mal mitteilen können, dass du auswandern willst!«, warf seine Mutter aus dem Hintergrund ein, ohne sich von ihrer Kamera-Position zu bewegen. »Hättest du nicht wenigstens bis nach unseren Geburtstagen warten können?«

»Ach, Mama!«, motzte Sebastian zurück. Das musste vorerst genügen, zum Weiterreden fehlte ihm die Kraft.

»Du kannst dir ja etwas zurechtlegen, wir drehen erst mal deinen Vater«, erklärte der Redakteur großzügig.

»Aber was soll ich denn sagen?«, seufzte sein Vater.

Gleich würde er den Fernsehleuten erzählen, dass das Leben wie ein Staubsauger war.

»Kann ich dich ganz kurz unter vier Augen sprechen?«, säuselte Sebastian zuckersüß zu Olli und schob ihn mit sanftem Druck in die Küche. Kaum hatte er die Tür hinter sich geschlossen, raunzte er ihn an: »Sag mal, hast du den Verstand verloren?!«

Olli gab sich konsterniert. »Wieso denn? Das ist doch super! So eine Auswanderung ist nicht ohne. Und die sind bei jedem Schritt dabei. Vom Entschluss bis hin zur Job- und Partnersuche im Ausland. Apropos Entschluss: Die Szene auf dem Spielplatz neulich müssten wir noch mal nachdrehen. Keine große Sache.«

»Partnersuche?!«

»Nur wenn man will natürlich. Alles muss, nichts kann!«

»Alles kann, nichts muss, meinst du.« Wobei ›Alles muss, nichts kann!‹ sein Leben momentan ganz gut beschrieb.

»Auch gut.«

»Nein, nichts ist gut! Das ist doch eine Scheißidee!«

»Ach, auf einmal!«

»Nee, schon immer.«

»Aber neulich auf dem Spielplatz …«

»War das auch schon eine Scheißidee. Aber du warst dermaßen im Wahn, dass man dir nicht widersprechen konnte.«

Olli gab nicht auf: »Scheißideen sind oft die besten!«

Was sollte man auf so einen Unsinn antworten? Sebastian entschied sich für einen anderen Ansatz. Er wechselte den Tonfall und versuchte es mit einem Appell an Ollis

Vernunft: »Du wusstest doch noch nicht mal, wohin du auswandern willst.«

»Alles schon geklärt«, wiegelte Olli ab. »Ko Samui!«

»Ko Samui?«

»Ko Samui.«

»Thailand?!«

»Ja, so die Ecke da unten.«

»Nee, warte! Guatemala ist das«, bluffte Sebastian.

»Ach ja, stimmt«, pflichtete Olli ihm bei.

Das war der Beweis: Olli wusste so viel über Ko Samui wie eine Kaulquappe über Teilchenphysik. Nur wollten die wenigsten Kaulquappen Physik studieren, während Olli allen Ernstes gedachte, nach Ko Samui zu ziehen, ganz egal, wo auf der Welt es lag. Olli schien das nicht sonderlich zu bekümmern.

»Das war die Idee von den Fernsehleuten. Da gibt's ein leerstehendes Café, das könnten wir übernehmen. Wir setzen uns ins gemachte Nest!« Olli freute sich bestimmt auch, wenn in seinem Browser ein Fenster aufpoppte, in dem stand: »Herzlichen Glückwunsch, Sie haben gewonnen! Geben Sie hier ihre Adresse und Kreditkartennummer ein, und Sie nehmen an der exklusiven Verlosung teil.«

»Olli?«

»Ja?«

»Das ist das Dämlichste, was ich je gehört habe. Was willst du denn in Thailand?«

»Du meinst Guatemala.«

»Thailand, Guatemala, Spanien oder sonst wo. Egal!«

»Keine Ahnung, Mann. Ich will einfach nur weg! Ich kriege hier nichts gebacken.«

»Du hast doch die Musik.«

»Ach, die verkackte Musik!«

»Wieso das denn jetzt auf einmal? Da hast du doch Erfolg.«

»Nur, weil ein verkackter Song von mir im verkackten Internet ein paar verkackte Klicks gekriegt hat?«

»Na, immerhin.«

»Quatsch, immerhin. Ich bin ein One-Hit-Wonder im Taschenformat. Sonst kriege ich nichts auf die Reihe.«

»Wenn du hier nichts auf die Reihe kriegst, kriegst du im verkackten Ko Samui auch nichts auf die Reihe. Wenn du am Arsch bist, musst du reintreten. Nicht weglaufen.«

Olli ließ diesen Satz auf sich wirken. »Keine Ahnung, was das genau bedeuten soll. Aber klingt erst mal richtig«, gestand er.

»Nimm's mir nicht übel, Olli, ich habe momentan einen Haufen Probleme. Ich könnte jetzt echt etwas Ruhe gebrauchen. Kannst du die Fernsehfuzzis rausschmeißen? Bitte. Tu es für deinen Blutsbruder.« Das hätte ihm gleich einfallen sollen. Mit dem Quatsch konnte er Olli kriegen.

»Verkackte Kacke«, fluchte Olli und schlurfte aus der Küche. »Herr Niehoff fühlt sich gerade nicht wohl«, hörte er ihn im Wohnzimmer sagen. »Können Sie ein anderes Mal wiederkommen?«

»Das bringt uns die ganze Disposition durcheinander. Ich habe für heute das Kamerateam gebucht, das kann ich nicht einfach nach Hause schicken. Was ist mit diesem Surflehrer, können wir zu dem? Wie heißt er noch? Martin?«

»Ich weiß nicht, ob das so kurzfristig geht.«

»Ein bisschen Flexibilität und guten Willen müsst ihr schon auch mitbringen. Ich sage nur: 500 Euro!«

»Wir können es ja mal versuchen.«

»Okidoki!« Das Team packte zusammen und verschwand.

Sebastian traute sich zurück ins Wohnzimmer, wo seine Mutter die für die Dreharbeiten verrückten Möbel wieder an ihren angestammten Platz schob. Sie ging energisch vor, wie immer, wenn sie wütend war. Ohne aufzugucken, empörte sie sich: »Du hättest uns ruhig mal mitteilen können, dass du auswandern willst!«

»Ach, Mama!«

Langsam hatte er die Faxen dicke. Er flüchtete ins Krankenhaus. Miriam hatte am Telefon schon gefragt, wann er sie denn endlich wieder besuche. Das hatte er zumindest verstanden. Am Telefon war die Kommunikation noch schwieriger, als wenn man sich ins Gesicht beziehungsweise in den Verband gucken konnte.

Kaum betrat er ihr Zimmer, hätte er sich am liebsten in Luft aufgelöst. Riss diese Katastrophenserie denn niemals ab? Miriams Mutter war gerade zu Besuch.

»Hallo«, brachte er gequält hervor. »Guten Tag, Frau Ahlmann.«

»Sebastian«, sagte sie. Einfach nur »Sebastian«.

Miriam stieß einen Laut aus, der wohl »Hallo!« heißen sollte. Es konnte aber auch »Auwei!« gewesen sein.

Er nahm sich den zweiten Besucherstuhl und stellte ihn an die andere Seite des Bettes. Jetzt flankierten sie Miriam wie Engelchen und Teufelchen – fragte sich nur, wer wer war. Frau Ahlmann machte keinerlei Anstalten aufzubrechen.

»Und, wie geht's?«, fragte er so unbedarft wie möglich.

»Och, chon …«, setzte Miriam an.

»Wie soll's ihr gehen?!«, bellte ihre Mutter. »Fast wäre sie verbrannt!«

»Ja, Frau Ahlmann, das ist mir nicht entgangen.«

»Aber sie aus dem Feuer zu holen, das ist dir entgangen!«

Man musste kein Tiefenpsychologe sein, um zu erkennen: Frau Ahlmann gab ihm eine Mitschuld an Miriams Verletzungen.

»Das war leider nicht möglich, das Feuer war überall. Ich kam aus dem Badezimmer nicht mehr raus.«

»Schon mal was von Löschen gehört?«

»Wie jetzt, ›Löschen‹?«

»Na, das Feuer löschen!«

»Wie sollte ich denn bitte schön das Feuer löschen?«

»Mit Wasser. Du warst doch im Bad.«

»Mit dem Duschkopf, oder wie?«

»Zum Beispiel. Vielleicht auch mit einem Eimer. Oder mit nassen Handtüchern. Es gibt viele Möglichkeiten – wenn man nur will.«

»Das ganze Dach stand in Flammen.«

»Deswegen solltest du ja löschen.«

»Sie tun fast so, als hätte ich das Feuer gelegt. Habe ich aber nicht.«

»Ach, jetzt ist auch noch Miriam schuld?«

»Na ja, irgendwie schon.«

»Das ist doch wohl das Letzte! Du bist doch nicht ins Schlafzimmer gekommen!«, empörte sich ihre Mutter. Ach du Scheiße, die wusste ja Details.

»Nein, das Letzte ist, dass …«

»Eyyyyyy!«, ertönte es plötzlich schrill. Stimmt, Miriam war ja auch noch da. »Könnt ihr hitte auhhören, euch zu streiten? Das ist ja nicht auszuhalten!«

Wie vom Lehrer ertappte Schüler hielten sie beschämt inne.

»Du hast recht, mein Schatz«, gab sich ihre Mutter auf einmal lammfromm. »Weißt du was? Ich komme morgen wieder. Dann bringe ich dir auch Blumen mit. Wenn es sonst keiner macht.«

Blöde Kuh.

»Tschüs, mein Schatz!« Sie gab Miriam einen Kuss auf die verbundene Stirn und verschwand, ohne Sebastian auch nur eines weiteren Blickes zu würdigen. Zurück zu ihrem schwulen Pudel.

»Puh, die hat ja echt 'nen Schaden«, resümierte er schmunzelnd, als sie weg war, in der Hoffnung, dass Miriam ihm beipflichtete. Aber sie stieg darauf nicht ein.

»Hald konnt der Herhand ah.«

»Bald kommt der Verband ab?«

Miriam nickte. Langsam hatte er Übung darin, sie zu verstehen. Demnächst konnte er ein Wörterbuch schreiben: »Miriam – Deutsch, Deutsch – Miriam«.

»Das wird schon alles«, beruhigte er sie, auch wenn er sich alles andere als sicher war. Vielleicht sollte er tatsächlich nach Ko Samui auswandern. Passte doch zusammen: am Arsch der Welt und am Arsch des Lebens.

Kapitel 16,

in dem Schweine einen Namen bekommen und ein Motorrad vor dem Haus steht.

Auf Dauer war die Arbeit unglaublich langweilig. Wenn man mal raushatte, in welcher Reihenfolge die Schweine am besten zu enthaaren waren – von oben nach unten, von hinten nach vorne –, gab es nur selten neue Herausforderungen. Höchstens, dass ein Schwein noch zuckte, wenn Sebastian den Brenner ansetzte. Das war jedoch laut Siebert rein nervlich bedingt und kein Lebenszeichen. Vermutlich hätte er das auch behauptet, wenn das Vieh quiekend vom Haken gesprungen wäre, um wegzulaufen.

Sebastian musste die ganze Zeit gegen seine Übelkeit ankämpfen. Er lenkte sich ab, indem er jedem Schwein einen Namen gab und während der rund dreiminütigen Prozedur im Geiste einen kurzen Nachruf verfasste: »Mit Regina Ringelschwanz verlieren wir eine ganz besondere Sau. Sie hatte stets ein offenes Schweineohr für die Probleme ihrer Mitschweine und war für jede Ferkelei zu haben.«

Wenn ihm nichts mehr einfiel, stellte er sich einfach vor, da hingen keine toten Schweine, sondern wahlweise Siebert, Schneider, Bohnenkämper oder jemand von der Brandschutzversicherung. Dann neigte er allerdings dazu, mit der Flamme zu dicht und zu lange an die Haut zu gehen, so dass sich Brandblasen bildeten. In solchen Fällen kam rund zehn Minuten später eine Beanstandung aus der Zerlegung. Schwein Nummer 156/92 – oder wie Sebastian es genannt hatte: Gerda Grunz – weise einen Schaden auf, der die Weiterverwertung beeinträchtige. Aus Gründen der Lebensmittelhygiene wurden beanstandete Schweine nicht normal weiterverarbeitet, sondern wanderten in den Schredder. Aus dem Schredder kam eine grobpürierte Masse, aus der Tierfutter hergestellt wurde – sozusagen von Tieren für Tiere. Siebert machte bei jedem Zwischenfall einen Riesenaufstand und drohte mit Rausschmiss. Was nur Sebastians Drang verstärkte, sich bald wieder vorzustellen, ihn vor sich am Haken hängen zu haben und abzuflammen.

Trotzdem riss Sebastian sich seiner Schwester zuliebe nach solchen Zwischenfällen zumindest vorübergehend etwas zusammen. Ihr Liebesleben war seit jeher kompliziert gewesen, dem wollte er nicht noch Vorschub leisten. Sie hatte sich schon verschiedenste Arten von Problemfällen angelacht – verheiratete Männer, verkappte Alkoholiker, mal war einer treu, aber dumm, dann überkompensierte sie das, indem sie einen intelligenten, jedoch untreuen an Land zog. Und hatte sie endlich mal einen unverheirateten, intelligenten und treuen Mann, war der eine Niete im Bett, wie Carola freimütig erzählte. Den Makel von Lars Bohnenkämper kannte er noch nicht – außer, dass sein Vater ein Kotzbrocken war.

In der Pause wollte er sich wieder mit Katinka unterhalten, doch packte sie diesmal nicht nur ein Wurstbrot aus, sondern auch ein Buch über die Grundlagen der Biochemie. Sie wolle ja nicht ihr Leben lang hierbleiben, erklärte sie. Deshalb studiere sie nebenbei. Sie sei zwar nicht richtig eingeschrieben, weil die Studiengebühren so hoch seien, aber sie kenne ein paar Studenten, von denen sie regelmäßig die Unterlagen bekomme. Sebastian fiel mal wieder nichts Besseres ein als »Ui!«. Andere studierten hier hochkomplexe Wissenschaft – und er war stolz darauf, dass er heute ein Brot dabeihatte.

Das kam ihm allerdings wieder hoch, als es erneut ans Blutwischen ging. Katinka machte das mit einer gewissen Hingabe, Sebastian kostete die Arbeit mit dem blutigen Lappen permanent Überwindung – wie wenn man im Kühlschrank eine Schüssel mit verschimmeltem Eintopf von vor fünf Wochen entdeckte und ihn angewidert entsorgen musste. Blutwischen war dieses Gefühl in Spielfilmlänge.

Auf dem Heimweg verspürte er das dringende Bedürfnis, sich auf seinen Schreibtischstuhl zu setzen und zu drehen. Nicht schnell, dafür war er zu müde. Langsam. Und sich, immer wenn der Schwung nachließ, mit dem Fuß ganz sachte am Boden abzustoßen, um sich weiter langsam zu drehen.

Vor dem Haus seiner Eltern stand ein Motorrad. So ein großes, fettes, wie es nur Leute fuhren, die sich ihr ganzes Leben dem Motorrad verschrieben hatten, sich am Wochenende mit anderen Motorradfahrern trafen, um den Motorrad-Urlaub zu planen oder eine Frau kennenzulernen, die ebenfalls Motorrad fuhr oder wenigstens beim Sex wie ein Motorrad klang. Ihn beschlich ein ungutes Gefühl. In dieser Gegend tauchten selten solche Motorräder auf. Er tigerte drum herum und hielt nach dem Besitzer Ausschau. Weit und breit war niemand zu sehen. Und dann ging alles ganz schnell. Jemand zog ihn nach hinten, durch die Hecke in die Mülltonnenbucht seiner

Eltern. Ein bulliger Typ in Lederkluft schubste ihn Richtung Restmülltonne. Na, wenn dem mal nicht das Motorrad gehört, dachte Sebastian. Sein ungutes Gefühl war also berechtigt gewesen. Schön, dass er sich auf seine Instinkte verlassen konnte. Nicht so schön, dass er es nicht getan hatte.

»Was steckst du deine Nase in meinen Scheiß? Was steckst du deine Nase in meinen Scheiß?«, brüllte der Koloss.

Wer zur Hölle war der Typ? Und welchen Scheiß meinte er? Langsam dämmerte es ihm: Das vor ihm stehende Exemplar der Gattung Arschloch musste Boris sein, der Mann, der Kikis Freundin geschwängert hatte. Tina hatte ihm vermutlich von Sebastians Besuch berichtet. Und jetzt wollte er ihrer Bitte, Kiki nichts von der Schwangerschaft zu erzählen, durch eine Messerstecherei oder Ähnliches Nachdruck verleihen.

Der mutmaßliche Boris donnerte: »Willst du mich ficken? Willst du mich ficken?« Offenbar sagte er alles immer zweimal. Er rammte Sebastian die Faust in den Magen. Und noch mal. Okay, er sagte nicht nur, er machte auch alles zweimal. Ihm kam das Brot wieder hoch, inzwischen kannte es ja den Weg.

»Boris?«, röchelte Sebastian. Der andere rammte ihm ein drittes Mal die Faust in den Magen. Sebastian wertete das mal als Ja.

»Komm mir nicht noch mal in die Quere, oder ich bring dich um«, zischte er.

Seltsam, dachte Sebastian, momentan kam es ihm eher so vor, als sei Boris ihm in die Quere gekommen und nicht umgekehrt. Er war eine fette Ausgabe von Kiki –

und Kiki war schon nicht gerade schlank. Der Mann musste große Angst davor haben, dass Sebastian sein kleines, aber immer größer werdendes Geheimnis bei der erstbesten Gelegenheit verriet. O Mann, was für eine Scheiße. Boris rammte ein viertes Mal seine Faust in Sebastians Magengrube. Ihm wurde schwarz vor Augen.

Als er zu sich kam, fand er sich in einer der Mülltonnen seiner Eltern wieder. Ausgerechnet auch noch Biomüll. Hätte es nicht Altpapier sein können – als kleines Glück im Unglück? Er hörte noch, wie Boris das Motorrad aufheulen ließ und davonröhrte. Sebastian verharrte regungslos in der Tonne. Als das Motorgeräusch nicht mehr zu hören war, wand er sich hin und her, um sich zu befreien. Ohne Erfolg. Sobald er sich stärker bewegte, begann die Tonne zu wanken. Wäre sie umgekippt, hätte sein Kopf ungebremst gegen einen der Holzpfähle prallen können, mit denen der Tonnenstellplatz umrandet war. Ein Genickbruch hätte ihn zwar mit einem Schlag von allen weltlichen Problemen befreit, aber vielleicht fand sich ja doch noch ein anderer Ausweg. Und wenn Gott ihn tatsächlich im Visier hatte, half Sterben auch nicht weiter. Es nützte nichts: Er musste hier warten, bis seine Eltern Müll rausbrachten oder ein Passant auf ihn aufmerksam wurde. Hauptsache, die Rettung kam vor der nächsten Müllabfuhr. Er beschloss, das Ganze positiv zu sehen: Endlich hatte er mal Zeit, in Ruhe nachzudenken.

Fest stand: Sein Leben hatte eine schlechte Wendung genommen. Aus dem Stubenhocker mit solidem Job war binnen kürzester Frist ein bankrotter Schlachterei-Hilfsarbeiter geworden, der Morddrohungen entgegennahm und anschließend kompostiert wurde. Vor ein paar Tagen war sein größtes Problem noch gewesen, wie er sich ohne Klopapier den Arsch abwischen sollte. Mittlerweile war er selbst das Klopapier, mit dem sich andere den Arsch abwischten. »Wenn du am Arsch bist, musst du reintreten!«, hatte Kiki gesagt. Der konnte gut reden. Saß in seiner Zelle, kuschelte mit Ulf und hatte außer einer langen Haftstrafe nichts zu befürchten. Ob er jetzt wohl jeden Abend mit Ulf im tätowierten Arm einschlief? Oder sich mit ihm über seine Arbeit unterhielt?

›*Und dann hat der Kiki einen millionenschweren Geldtransporter überfallen. Hast mich aber trotzdem lieb, ne? Komm, Ulf, wir knuddeln! Kriegst auch was von der Beute ab, wenn wir rauskommen. Dann haben wir so viel Geld, dass ich dir ein Edelstein-Auge kaufen kann.*‹

Von der Beute konnte Kiki wahrscheinlich einer ganzen Seehundkolonie Edelsteinaugen verpassen. Die Beute. Wo das viele Geld wohl war? Eineinhalb Millionen Euro versteckte man ja nicht so einfach unterm Kopfkissen oder im Toilettenspülkasten.

Sebastian bekam Hunger. So gesehen war die Biotonne doch gar nicht so schlecht. Mit dem Mund schnappte er nach einem Apfel, der neben seiner Schulter lag und noch ganz intakt aussah. Er schmeckte ein bisschen nach Leberwurst und süßlichem Schnaps. Scheiße, der war schon vergoren. In Sebastians Kopf gärte es nun auch. Bestimmt hatte Boris das Geld vergraben. Und sich die Schatzkarte auf den Pimmel tätowiert, so dass man sie nur im erigierten Zustand lesen konnte. Sebastian musste lachen. War er von diesem Scheißapfel tatsächlich besoffen geworden? Oder hatten ihn die Biogase benebelt?

Schlagartig wurde er wieder ernst. Wie ein Soldat, den

ein grimmiger Oberfeldwebel unter Androhung von zwei Wochen Toilettenputzdienst zur Räson brachte. Wenn du am Arsch bist, musst du reintreten, dachte er ganz langsam und ließ sich den Gedanken auf der Zunge seines Gehirns zergehen. Dass es im Gehirn keine Zunge gab, war ihm dabei egal.

Plötzlich hatte er eine Idee. Sofort überkam ihn ein wohliges Gefühl. Lag es daran, dass er besoffen war, oder warum erschien auf einmal alles so einfach? Manchmal lag die Lösung so nahe. Es war an der Zeit für einen ordentlichen Arschtritt! Und zwar einen, wie ihn nur ein echter Kerl hinbekam. Würde er in vielen Jahren über die entscheidenden Momente seines Lebens nachdenken, käme ihm das hier wahrscheinlich wieder ins Gedächtnis – als er sich heldenhaft wie Phönix aus der Bio-Asche erhob, um endlich seinen Mann zu stehen.

Vorher musste er allerdings noch Carolas Spott über sich ergehen lassen, die ihn abends in der Mülltonne fand. Als seine Schwester wie immer dienstagabends zum Essen kam und auf die Haustür zusteuerte, machte er sich mit Klagelauten bemerkbar. Irgendwas zwischen angefahrener Katze und aus dem Nest gefallenes Vogelküken.

»Was machst du da?«, fragte Carola, als gehe sie davon aus, dass Sebastian sich auf jeden Fall selbst und aus freien Stücken in diese Lage manövriert hatte.

»Lange Geschichte«, antwortete er. »Jetzt hilf mir erst mal raus.«

Carola machte ein Foto für Facebook, dann legte sie die Mülltonne kontrolliert auf die Seite und zog ihn beherzt heraus. »Du stinkst.«

Wenigstens gelang es ihm, von seinen Eltern unbemerkt ins Haus zu schleichen und eine halbe Stunde später – frisch geduscht und in geruchsneutrale Klamotten gekleidet – zum Abendessen zu erscheinen. Carola war so freundlich, ihn nicht zu verraten, wenngleich sie ihn beim Essen mit Fragen wie »Sebastian, warum hast du denn mitten am Tag geduscht?« und »Wann wird bei euch eigentlich immer der Biomüll abgeholt?« piesackte. Als sie den Spaß daran verloren hatte, verlegte sie sich auf – zumindest aus ihrer Sicht – weniger heikle Fragen: »Wie läuft's denn bei Bohnenkämper?«

Sebastian wollte seine Schwester nicht in Verlegenheit bringen und log, dass alles bestens und der Job genau das Richtige für ihn sei. Vielleicht hätte sie über Lars Bohnenkämper was ausrichten können, aber es war auch nicht auszuschließen, dass die Sache ihre bisher offenbar ungetrübte Liebe überschattete – und das wollte Sebastian ihr keinesfalls antun. Wer weiß, vielleicht fand er ja auf Dauer Gefallen daran, aus Borstenvieh borstenloses Vieh zu machen – und wenn nicht, würde er sich zur Abwechslung eben mal selbst helfen.

»Und was genau musst du da machen?«

»Ich fungiere als Schnittstelle zwischen Schlachterei und Zerlegung«, fabulierte er. Die Formulierung musste er sich für seinen Lebenslauf merken. Selbst die beschissenste Arbeit der Welt ließ sich in ein bedeutungsvoll klingendes Wortungetüm verpacken. »Danke noch mal für die Vermittlung.«

»Schön, dass ich dir helfen konnte«, freute sich Carola und lächelte stolz.

»Danke, Carola«, sagte auch seine Mutter und tat ihr

noch eine Extra-Portion Schweinebraten auf. War das vielleicht Regina Ringelschwanz?

Nach dem Abendessen bugsierte Carola ihn in den Keller. Dort stand das alte Klavier, auf dem er früher Unterricht bekommen hatte, bis er groß genug war, sich zu wehren. Es diente mittlerweile als Ablage für aussortierte Ikea-Kataloge und war vollkommen verstimmt. Carola hatte Text und Noten von »Rot ist die Liebe« von irgendeiner Losso-Fanseite runtergeladen und ausgedruckt. Verdammtes Internet.

»Wollen wir den Text umschreiben?«, fragte Carola. »Statt ›Rot, rot, rot ist die Liebe‹ vielleicht ›Herz-, herz-, herzlichen Glückwunsch‹?!«

»Nein.«

»War ja nur eine Frage.«

»War ja nur eine Antwort.« Die Sache war peinlich genug, das musste man nicht noch mit Selbstgedichtetem potenzieren.

»Gib mir mal ein A«, bat Carola.

Sebastian schlug die A-Taste an, das Klavier klang jedoch, als würde es gerade auf einem Zug vorbeifahren und der Doppler-Effekt den Ton verzerren.

Seine Schwester versuchte, den Ton nachzusingen: »Laaaaa.«

Was da aus ihrem Mund kam, lag nicht mal in der Nähe des eben gehörten Tons. Ich sage es ihr nicht, dachte Sebastian.

»Eins, zwei, drei, vier!«, gab er optimistisch vor.

»Ist das nicht ein Walzer?«

»Eins, zwei, drei!«

Sie sangen zögerlich, während er dazu von einem Akkord zum nächsten stolperte. Das fühlte sich auch nicht besser an als die Schläge vorhin in seine Magengrube. Er wunderte sich, dass der Schweinebraten nicht wieder hochkam. Vermutlich wollte er sich einfach nicht auf die Geräuschquelle zubewegen.

Als Zuschauer hatte er auf Familienfesten gelegentlich miese Vorstellungen gesehen und sich gefragt, wie es nur so weit hatte kommen können. Nun waren sie selbst auf dem besten Wege dahin. Vielleicht sollte man sich sicherheitshalber mit 59 Jahren und 364 Tagen umbringen, damit man von seinen Kindern nicht so eine Darbietung geschenkt bekam. Dann konnten sie das auf seiner Beerdigung aufführen. Gerne auch mit neuem Text: »Tot, tot, tot ist der Papa!«

»Na, das nimmt doch Formen an!«, log er nach zwei Durchgängen. »Noch zwei-, dreimal üben, und die Nummer steht.«

»Meinst du?«

Nein, aber er wollte seine Ruhe haben und sich seinen wirklichen Problemen widmen. »Ja.«

Sebastian verabschiedete sich ins Bett, auch wenn er wusste, dass er in der Nacht kein Auge zutun würde. Schließlich hatte er einen Plan, den er durchdenken musste.

Kapitel 17,

in dem Sebastian Blumen kauft und sich Miriams Eltern etwas überlegt haben.

Im Hause Niehoff kehrte der Alltag ein. War er sonst zwei, drei Tage zu Besuch, wurde er umhegt und bemuttert, es gab seine Lieblingsgerichte zu essen, und abends blieb der Fernseher aus. Doch jetzt, da er eine längere Zeit und ohne absehbares Ende hier wohnte, änderte sich das: Er war nicht mehr zu Besuch, sondern wieder eingezogen. Niemand schenkte ihm noch besondere Aufmerksamkeit. Plötzlich musste er sich am Morgen selbst Kaffee kochen. Seinen Vater bekam er kaum zu Gesicht. Der hockte oben und bastelte an einem neuen Streckenabschnitt seiner Eisenbahn, der unter Carolas Bett entlangführte. Seine Mutter telefonierte stundenlang mit einer Freundin und erteilte ihm mit der Hand auf der Muschel den Auftrag, bei Gelegenheit bitte den Müll rauszubringen. Sie konnte ja nicht ahnen, dass die Konfrontation mit den Mülltonnen neuerdings traumatische Erinnerungen in ihm wachrief. Auch für seine Eltern würde es eine Erlösung sein, wenn er endlich wieder Tritt fasste und die Weichen für ein Leben nach dem Brand stellte.

Er verdrückte sich mit zu stark geratenem Kaffee in sein Zimmer, setzte sich auf den Schreibtischstuhl und drehte sich. Mal mit offenen Augen, mal mit geschlossenen. Wieder und wieder ging er den Plan durch, der ihn endgültig zu einem echten Kerl machen würde. Genau wie er selbst drehten sich seine Gedanken im Kreis: Die

Idee war so banal, dass nichts schiefgehen konnte. Wenn allerdings wider Erwarten doch etwas schiefging, würde die Sache lebensgefährlich werden. Aber es musste einfach klappen, schließlich war die Idee banal. Falls jedoch nicht … Und so weiter.

Vorsorglich hatte er sich bei Bohnenkämper krankgemeldet. Die wenige Energie, die er übrig hatte, brauchte er zum Grübeln. Da konnte er sich nicht nebenbei noch mit toten Schweinen abgeben.

»Ach, schon am Ende?«, höhnte Siebert am Telefon.

»Arschloch!«, rief Sebastian. Zwar erst, nachdem er aufgelegt hatte, aber das »Arschloch!« verfehlte Siebert nur um Sekundenbruchteile. Den Plan verwerfen und morgen wieder unter dem arbeiten? Nicht gerade eine reizvolle Vorstellung.

Nach zwei Stunden auf dem Stuhl bekam er Kopfschmerzen. Er legte sich zur Abwechslung aufs Bett. »Gurk nicht so rum«, empfahl eine Gurke auf einem Hanuta-Sammelbildchen. Die hatte gut reden. Ob er sich einen runterholen sollte? Manchmal half das, um einen klaren Kopf zu kriegen. Seine Mutter platzte herein. Ui, das war knapp gewesen. Sie hielt ihm das Telefon hin. »Miriam.«

Auch das noch. Er räusperte sich. »Hallo?«

»Na, du Schlafmütze!« Seltsam, er konnte sie problemlos verstehen. »Du, die Visite war gerade da. Bin entlassen worden. Holst du mich ab?«

»Das ist ja … Das hatte ich so schnell gar nicht erwartet.« Dass der Zeitpunkt denkbar ungünstig war, behielt er wohl besser für sich.

»Tja. Dann bis gleich, ja? Ich warte in der Lobby.«

»Ist denn schon alles wieder verheilt?« Oder lag der Fall so hoffnungslos, dass die Ärzte die Waffen gestreckt hatten?

»Lass dich überraschen!«

Sebastian mochte Überraschungen nicht. Zumindest, wenn sie aus einem verbrannten Gesicht bestanden. Aber was er mochte, war ja schon lange nicht mehr ausschlaggebend.

Mit einem Umweg über »Elfis Blumenladen«, wo er einen Strauß für 50 Euro kaufte, der jedoch höchstens nach 30 Euro aussah, fuhr er zum Krankenhaus. Hinter Aral rechts, Aldi, Lidl, bis zum Kreisel bei *Auto Ludwig*. Wie hatte sein Vater hier nur ein Auto kaufen können? Soweit Sebastian sich erinnerte, hielt der Ford Escort auch nicht lange. Hatte er das Gleiche nicht neulich schon gedacht, als er diese Strecke fuhr? Je älter er wurde, desto seltener verließen seine Gedanken die ausgetretenen Pfade. Wenn er das nächste Mal hier vorbeifuhr, würde er das Gleiche denken – inklusive der Tatsache, dass er das ja neulich schon gedacht hatte und beim nächsten Mal das Gleiche denken würde. So gesehen sollte er für die Abwechslung eigentlich dankbar sein, die ihm sein Leben momentan bot.

Er betrat die Lobby des Krankenhauses und hielt nach einem Freak Ausschau, der Miriams Klamotten trug. Komme, was da wolle, er musste bei ihrem Anblick um jeden Preis so tun, als sei alles bestens. Selbst wenn ihr Kopf von einem zerkochten Karpfen nicht zu unterscheiden wäre.

›Mensch, toll siehst du aus! Und am Hinterkopf wachsen dir ja schon wieder Haare. Wie bitte? Ach, das ist nicht

dein Hinterkopf, das ist dein Gesicht? Okay, aber wenn der Verband abkommt … Ach, der ist schon ab. Mensch, toll siehst du aus!‹

Er erkannte Miriam erst auf den zweiten Blick. Das lag jedoch nicht etwa daran, dass sie so anders, sondern dass sie genauso aussah wie immer. Damit hatte er einfach nicht gerechnet.

»Du siehst ja aus wie immer! Ach, was sage ich: Besser als je zuvor!«, staunte er. Das war natürlich übertrieben. Ihre Gesichtshaut war noch etwas gerötet, aber das war sicher kein bleibender Schaden.

»Meinst du, ich sage am Telefon ›Lass dich überraschen!‹ und sehe dann aus wie Freddy Krueger?«

»Bei dir weiß man nie.« Glücklich schloss er sie in die Arme und gab ihr einen Kuss. Endlich mal wieder.

Das Grinsen ging ihm nicht aus dem Gesicht, bis Miriam ihn anblaffte: »So eine große Sensation ist es ja nun auch nicht, dass ich kein Monster bin. Krieg dich mal ein!«

Kein Zweifel, sie war wieder ganz die Alte. Er riss sich zusammen und überreichte stolz die Blumen.

»Was soll das denn?«

»Na … Blumen!«

»Ich sehe, dass das Blumen sind. Aber warum?«

»Nur so halt, weil du wieder da bist.« Und weil ich deiner Mutter damit auf elegante Weise den Mittelfinger zeigen will.

»Okay«, sagte sie, als habe sie es mit einem Psychopathen zu tun, den man nicht provozieren dürfe.

Als er auf den roten Škoda zusteuerte, blieb Miriam wie angewurzelt stehen: »Was ist mit unserem Auto?«

»Die neuen Schlüssel sind noch nicht da. Solange nehme ich das von meiner Mutter.«

»Wieso neue Schlüssel? Was ist mit den alten Schlüsseln?«

Sebastian ging auf, dass Miriam in den letzten Wochen nur mit sich selbst beschäftigt gewesen war und kaum einen Gedanken daran verschwendet hatte, wie beschwerlich das alltägliche Leben nach einem Wohnungsbrand sein konnte. Mal ganz abgesehen davon, wenn man darüber hinaus noch in Auswanderungspläne, Wurstherstellung und Geburtstagsvorbereitungen verwickelt war. Für seinen Golf neue Fahrzeugpapiere und einen Ersatzschlüssel zu bekommen war ungefähr so schwierig, wie sich als gesuchter Al-Qaida-Terrorist einen Besucherpass fürs Weiße Haus zu beschaffen. Noch ehe Sebastian zur Erklärung ansetzen konnte, sagte Miriam: »Wir stecken ganz schön in der Scheiße, stimmt's?«

»Ja, schon irgendwie.«

»Und das ist alles meine Schuld.«

Ja, schon irgendwie. »Quatsch, das hätte mir genauso gut passieren können.« Hätte es nicht.

»Und wie soll's jetzt weitergehen?«

»Wird schon irgendwie.«

Miriams Mutter fiel ihr um den Hals, als komme sie von einer Weltreise zurück. Ein buntes »Herzlich willkommen!«-Banner hing im Wohnzimmer, das außerdem mit Blumen im Wert von schätzungsweise 10 000 Euro geschmückt war. Dagegen war sein Strauß eine Beleidigung.

Miriams Vater, Oberstudienrat und von Natur aus zurückhaltend, gab seiner Tochter ein Küsschen auf die Wange. »Schön, dass du wieder raus bist.« Er schüttelte

Sebastian wortlos die Hand und zuckte mit den Mundwinkeln. Sebastian war sich ziemlich sicher, dass Herr Ahlmann ihn insgeheim mochte und nur aus Angst vor seiner Frau und aus Solidarität mit dem Homo-Pudel kühl-distanziert blieb. Das Tier lag in seinem Körbchen und biss auf einem Ochsenziemer herum. Sebastian musste grinsen. Zur Tarnung verzerrte er das Gesicht und tat so, als ziehe ihm etwas im Rücken.

Im Esszimmer wartete eine Kaffeetafel für vier Personen. Immerhin – er hätte den Ahlmanns durchaus zugetraut, ihn einfach außen vor zu lassen. Miriams Mutter hatte eine Torte mit ungefähr 34 verschiedenen Schichten gebacken, auf der auch noch mal »Herzlich willkommen!« stand. Außerdem backte sie noch Waffeln, weil Miriam Waffeln über alles liebte. Alle zwei Minuten ertönte ein lautes Piepen, und sie sprang auf, um dem Waffeleisen die fertige Waffel zu entnehmen und Teig für die nächste hineinzugeben.

Herr Ahlmann kümmerte sich derweil um das Tischgespräch. »Habt ihr euch denn schon überlegt, wie es nun weitergehen soll?« Er nahm sich ein riesiges Stück von der Torte. Aha, die war also für ihn.

Miriam guckte bekümmert zu Sebastian. Für die Beantwortung dieser Frage schien er zuständig zu sein. Er stotterte rum: »Erst mal … ähm … müssen wir eine neue Wohnung finden.« Von meinem Lohn als Schweineabflammer können wir uns ein bisschen außerhalb locker 20 Quadratmeter leisten. Er biss in seine Waffel, um zu signalisieren, dass er vorerst nichts mehr beizusteuern hatte.

»Von der Versicherung ist ja wohl eher nichts zu erwarten – angesichts der Tatsache, dass ihr den Brand fahrlässig verschuldet habt.«

»Ihr« war gut. Das war deine Tochter, du Schlaumeier!

Sebastian schüttelte den Kopf und tat so, als hindere ihn der volle Mund am Weitersprechen.

»Verstehe.« Eine weitere Frage fiel Herrn Ahlmann offenbar nicht ein. Er schaufelte Torte nach. In seinem Mundwinkel blieb Buttercreme hängen. Betretene Stille erfüllte den Raum, bis sie das Piepen des Waffeleisens erlöste.

»Wir haben uns was überlegt«, sagte Miriams Mutter, als sie mit der frischen Waffel zurückkam.

Sebastian schaute zu Miriam, die nur mit den Schultern zuckte. Geld, schoss es ihm durch den Kopf. Bitte sagt uns, dass ihr uns Geld schenken wollt.

Herr Ahlmann spülte die Tortenreste in seinem Mund mit einem Schluck Kaffee runter und nahm den Faden auf. »Sebastian, es war in der Vergangenheit nicht immer ganz einfach. Aber du bist nun mal Miriams Freund und insofern auch Teil der …« Er hielt kurz inne und vergewisserte sich bei seiner Frau, dass er weitersprechen durfte. Sie nickte. »… Teil der Familie. Daher haben wir uns entschlossen, euch in dieser Notlage zu helfen.«

Nun sag schon die Summe, dachte Sebastian. 5000 wären ein Anfang. 10 000 wären natürlich noch besser.

Miriams Mutter ergriff wieder das Wort. »Wir haben doch vor einigen Jahren den Dachboden ausgebaut. Aber so richtig nutzen wir den nicht. Da stehen ein paar Schränke mit alten Klamotten, die genauso gut im Keller Platz hätten. Kurz und gut: Wenn ihr wollt, könnt ihr dort einziehen.«

Sebastian hörte ein Piepen, aber es kam seltsamerweise nicht vom Waffeleisen. Es war nur in seinem Kopf. »Ui!«, sagte er, was jedoch von Miriams »Echt?! Super!« übertönt wurde. Sie sprang auf und umarmte ihre Eltern, die von ihrer eigenen Großherzigkeit gerührt waren. »Danke! Ihr seid die Größten! Sebastian, ist das nicht toll?«

Er zögerte, seinen Mund zu öffnen – aus Angst, dass er, statt etwas zu sagen, einen Schwall Kotze ausstieß. »Doch, das ist …« … das Ende.

Sofort ging es an die Detailplanung.

»Ein eigenes Bad habt ihr da oben nicht, aber wenn ihr euch an ein paar Regeln haltet, könnt ihr unseres mitbenutzen.« – »Die Zwischendecke ist nur aus Holz, ihr müsst ja spät abends nicht gerade den Fernseher voll aufdrehen. Ich glaube, da ist eh kein Anschluss.« – »Was die Küchennutzung angeht, dachten wir: Drei Tage in der Woche kochen wir, drei Tage ihr, und sonntags kochen wir alle zusammen.« Konnte man eigentlich kotzen und gleichzeitig weinen?

Miriam bejahte jeden Vorschlag mit infantiler Begeisterung. Vielleicht war bei dem Brand doch ihr Gehirn zu heiß geworden und hatte ernsthaft Schaden genommen. Sebastian nickte nur mechanisch mit einem zur Maske erstarrten Grinsen auf dem Gesicht. Er musste irgendetwas sagen, um diesen Horror abzuwenden. Abgesehen davon, dass er lieber in Guantanamo unterkommen würde als bei Miriams Eltern: In dieses Haus zu ziehen, wäre die endgültige Bankrotterklärung all seiner Ambitionen, ein echter Kerl zu werden, Miriam als gestandener Mann zur Seite zu stehen, der die Dinge wieder geradebog. Sein Versagen wäre besiegelt. Er wäre nur noch der Typ, der mit seiner Freundin bei deren Eltern unterm Dach wohnte. So weit durfte es nicht kommen!

»Das ist echt furchtbar … nett von euch, aber …«

»Was aber?«, fragte Miriams Mutter scharf.

Alle verstummten und sahen Sebastian erwartungsvoll an. Jetzt bloß nichts Falsches sagen. »… aber wir kommen auch so zurecht.«

»Ach ja, ist das so?«, fasste Frau Ahlmann nach. »Und wie, wenn ich fragen darf? Hast du vielleicht im Lotto gewonnen?«

»Nein, aber …«

»Aber?«

»Die Software!«, rief er, selbst überrascht von seinem Geistesblitz. Jahrelang war es ein Running Gag gewesen, dass er eines Tages ein Programm schreiben und damit reich werden würde – jetzt half ihm dieser Gag aus der Patsche. »Ich habe sie endlich fertigprogrammiert, und sie findet reißenden Absatz. Ich wollte es eigentlich noch geheim halten, doch bevor Sie sich jetzt die ganze Mühe mit dem Dachboden machen und so … Man muss ja auch mal Glück haben im Leben. Auf Regen folgt Sonnenschein.«

»Und was soll das für eine Software sein?«, fragte Miriams Mutter skeptisch.

»Das ist einem Laien schwer zu erklären. Es handelt sich um eine hochspezifische Applikation zur Steuerung implementierter Gadgets.« Was für ein Unsinn.

Frau Ahlmann wollte sich keine Blöße geben: »Verstehe.«

»Ich dachte, das hättest du auf Eis gelegt«, wunderte sich Miriam.

»Hatte ich auch, aber nach dem Brand dachte ich, das Schicksal muss doch auch mal was Gutes in petto haben. Deshalb habe ich mich da noch mal drangesetzt und einen Durchbruch erzielt. Und jetzt klingelt die Kasse!«

»Und das ist tatsächlich so viel, dass ihr jetzt auf eigenen Beinen stehen könnt?«, fragte Frau Ahlmann. Zum ersten Mal bemerkte Sebastian, wie sehr sich die Stimmen von Mutter und Tochter ähnelten.

»Klar, locker!«

Miriam und ihre Eltern schienen ratlos zu sein, wie sie mit der neuen Situation umgehen sollten. Die gute Stimmung war jedenfalls hinüber. Über den Dachboden verlor keiner noch ein Wort. Und mehr hatte Sebastian nicht gewollt.

Allerdings gab es jetzt nur eine Chance, nicht bald als Miriams dem Wahnsinn anheimgefallener Ex-Freund in die Familiengeschichte der Ahlmanns einzugehen: Er musste Geld auftreiben. Doch das war vorher auch schon der Fall gewesen, schließlich war er pleite und ohne jede Perspektive. Wenn er noch irgendwelche Zweifel gehabt hatte, seinen Mülltonnen-Plan in die Tat umzusetzen – jetzt waren sie hinfällig.

Alles war besser, als bei Miriams Eltern einzuziehen – inklusive sich einfach wieder in die Mülltonne zu setzen, verfaulte Äpfel zu fressen und dabei Musik von Giacomo Losso zu hören. Wenn er so darüber nachdachte, klang diese Vorstellung eigentlich ganz idyllisch.

Kapitel 18,

in dem Sebastian russisch klingt und die Welt für einen Augenblick stillsteht.

Als er die Hochhaus-Skyline des Westends erblickte, begann sein Puls zu rasen. Nicht zu viel nachdenken. Einfach weiterfahren. Ein Mann muss tun, was ein Mann tun muss. Schwachsinn. Egal. Weiterfahren.

»Ich muss noch was Dringendes erledigen, Behördenkram«, hatte er behauptet und sich vom Acker gemacht. Jetzt hieß es handeln, um das Armageddon abzuwenden.

Plötzlich stand er vor der Wohnungstür von Tina Krötz. Er atmete ein letztes Mal tief durch. Dann ein allerletztes Mal. Und sicherheitshalber noch ein alleralllerletztes Mal. Nun aber. Er drückte die Klingel und stellte sich so, dass man ihn durch den Türspion nicht sehen konnte. Dabei kam er sich ein bisschen vor wie ein Polizist oder ein Verbrecher – vor Wohnungstüren war das Verhalten von Polizisten und Verbrechern recht ähnlich.

Er war sich sicher, dass sie zu Hause war. Wie sie gesagt hatte, verließ sie nur noch selten die Wohnung. Schon hörte er das gleiche schlurfende Geräusch wie bei seinem ersten Besuch. Tina Krötz öffnete verschlafen die Tür. Sebastian stellte sofort einen Fuß in den Spalt und drängte sich unsanft hinein. Er wollte ihr nicht unnötig Angst einjagen, schließlich war sie schwanger und er nicht so ein Arschloch wie alle anderen Männer, mit denen sie sich in ihrem Leben herumschlagen musste.

»Keine Panik, ich will nichts Böses«, sagte er. Das stimmte auch. Er wollte nichts Böses – zumindest nicht von ihr.

So leicht ließ sich Tina Krötz allerdings nicht besänftigen. »Verschwinden Sie!«, schrie sie. Als ob irgendjemand auf so eine Ansage hin auf dem Absatz kehrtmachte und verschwand.

Ehe er sich versah, hatte sie das Telefon in der Hand und rief offenbar Boris an. »Komm sofort her, Kikis Scheißkumpel ist da!«, brüllte sie in den Hörer.

Sebastian ließ sie gewähren, denn das war genau das, was er wollte: Boris sollte kommen.

»Jetzt kriegst du Ärger«, kündigte sie an, nachdem sie aufgelegt hatte. Sie duzten sich anscheinend mal wieder. Dies war allerdings nicht der richtige Moment, um Brüderschaft zu trinken. Tina ließ ihn keine Sekunde aus den Augen. Sie tigerte im Wohnzimmer hin und her und gab Phrasen von sich wie »Das wirst du bereuen!«, »Wenn du mir auch nur ein Haar krümmst, bringt Boris dich um!« und »An deiner Stelle würde ich ganz schnell verschwinden!«.

Am liebsten wäre er ihrem Rat gefolgt. Doch nun musste er die Sache durchziehen. Er fühlte sich wie in einer Achterbahn, aus der es, wenn man erst mal eingestiegen war, kein Entrinnen gab. Und gerade war er an dem Punkt, wo die Bahn vor der steilen Abfahrt noch mal kurz zum Stehen kam. Gleich ging es voll Karacho bergab und dann in den Looping, wo er eventuell hinauskatapultiert und mit etwa 200 km/h gegen eine Betonwand geschleudert wurde.

Jetzt hieß es warten. Der Fernseher lief, und er guckte eine Zeitlang zu, wie sich drei Hirnis um einen Job als

Küchenhilfe bewarben und dabei alles falsch machten, was man falsch machen konnte. Der eine versuchte, Soße mit einer Knoblauchpresse zu rühren. Seine Mitbewerberin lachte ihn aus, schnitt ihrerseits jedoch beim Spargelschälen sämtliche Köpfe ab und warf sie weg. Das wurde nur von Bewerber Nummer drei getoppt, der im Akkord einigermaßen kunstvolle Eiskreationen auf einem Teller anrichtete und sie anschließend bis zum Servieren unter eine Wärmelampe stellte. Wenn sein Plan nicht aufging, konnte er sich vielleicht bei dieser Sendung bewerben. Küchenhilfe war immer noch besser als Schweineabflammer. Wobei: Wenn sein Plan tatsächlich nicht aufging, würde er es wahrscheinlich nicht überleben.

Noch bevor die Entscheidung fiel, wer von den drei Deppen den laut Off-Sprecher heißbegehrten Job ergatterte, polterte Boris in Tinas Wohnung.

»Wo ist das Schwein?«, schrie er. Auweia, war der übel drauf.

»Hier!«, rief Sebastian und sprang von der Couch auf. Kein optimaler Einstieg, die Bezeichnung »Schwein« ohne jeglichen Protest zu akzeptieren. Zumal er seit seiner Arbeit bei Bohnenkämper wusste, welches Schicksal Schweinen gemeinhin drohte.

Boris stürmte ins Wohnzimmer, schubste Tina beiseite und kam mit mordlüsternem Blick auf ihn zu. Hätte er nicht hinter dem Couchtisch gestanden, wäre er gar nicht mehr zu Wort gekommen.

»Bevor du auf dumme Gedanken kommst!«, schrie Sebastian so schnell, dass es fast wie Russisch klang. Boris hielt inne, Sebastian nutzte die Zeit, um sich so kurz wie möglich, aber so ausführlich wie nötig zu erklären: »Ich habe Kiki einen Brief geschrieben, in dem alles über euch beide steht. Oder besser gesagt, über euch drei. Noch hat er den Brief nicht bekommen, er ist bei einem Notar hinterlegt. Wenn mir irgendetwas passiert, kriegt er den. Ganz automatisch. Kapiert?«

Boris dachte kurz nach. Das war ganz schön viel Information auf einmal für sein Spatzenhirn. Plötzlich guckte er, als hätte er in ein verschimmeltes Brötchen gebissen. Jetzt hatte er es verstanden. Sehr gut. Boris durfte nur nicht erfahren, dass es diesen Brief überhaupt nicht gab. Sebastian kannte keinen Notar und hätte es auch ziemlich albern gefunden, tatsächlich einen Petzbrief an Kiki aufzusetzen. Sollte ihm etwas zustoßen, wäre ihm auch nicht geholfen, wenn Boris einwanderte oder krankenhausreif geschlagen wurde.

»Kapiert?«, wiederholte er, weil Boris nicht geantwortet hatte und er kurz demonstrieren wollte, dass er nun am längeren Hebel saß. O Gott, hoffentlich ging das gut.

Der fette Rocker nickte widerstrebend. »Und was willst du hier?«, keuchte er.

»Ich sage dir jetzt, was du machst. Keine Zicken, sonst geht die Post ab.« Es gefiel ihm, wie ein harter Kerl zu sprechen. »Post, im wahrsten Sinne des Wortes. Also mein Brief an Kiki, verstehst du?« Leider gelang es ihm nicht immer. Mann, wie konnte man nur so einen Müll labern? Konzentrier dich, ermahnte er sich im Geiste. Jetzt keine Schwäche zeigen, sonst bist du geliefert. Seine Knie zitterten. Er fragte sich, ob Boris und Tina das sahen. Tina saß ihrerseits verängstigt auf dem Sofa wie ein Kind beim Zahnarzt.

»Nun rück schon raus mit der Sprache, du Bastard!«

Erst Schwein, jetzt Bastard – für Sebastians Geschmack

war Boris immer noch ein bisschen zu aggressiv. Aber er wollte ihm ja keinen Knigge-Kurs geben. »Was ich will, willst du wissen?« Sebastian versuchte den großen Moment hinauszuzögern, denn wenn er es erst mal gesagt hatte, gab es kein Zurück mehr. »Was ich will?!«

»Nun spuck es schon aus!«

»Die Beute.« So, jetzt war es raus.

Es vergingen ein, zwei Sekunden, die ihm wie eine Ewigkeit vorkamen. Vielleicht stand die Welt für einen Augenblick still. Die Vögel hatten aufgehört zu zwitschern, Autos und Passanten blieben wie angewurzelt stehen, über alles legte sich eine absolute Stille. So erschien es Sebastian jedenfalls, auch wenn er einen tatsächlichen Weltstillstand für eher unwahrscheinlich hielt.

»Die Beute?!«, fragte Boris und sah ihn ungläubig an.

»Du hast richtig gehört, die Beute. Das Geld aus eurem Überfall.« Er war sich sicher, genau diesen Dialog schon mal in einem Tatort gehört zu haben.

Man sah Boris an, wie sein Gehirn gerade von einem Erdbeben-Tsunami-Hurrikan erfasst wurde. Er machte mehrere Schritte auf ihn zu. »Ich bringe dich um.«

Das klang überzeugend. Sebastian hatte Mühe, seine Blase zu kontrollieren. Ob das James Bond auch manchmal so ging? »Vergiss den Brief nicht«, sagte er vorsichtshalber noch mal. Er wusste nicht, wie es um das Kurzzeitgedächtnis des Bikers bestellt war. Bei Schicksalsschlägen konnte das schon mal aussetzen. Und das hier war für Boris definitiv ein schwerer Schicksalsschlag. »Wenn Kiki den bekommt, verpfeift er dich garantiert bei den Bullen. Oder er bringt dich um. Dann nützt dir die Beute auch nichts mehr.«

In Boris Kopf ratterte es. »Bis der Brief ankommt, bin ich längst über alle Berge. Und dich futtern die Würmer.«

Berechtigter Einwand, dachte Sebastian. »Wenn ich mich in einer Stunde bei meinem Notar nicht melde, bringt er den Brief persönlich in den Knast. Da ist für dich der erste Berg noch nicht mal in Sicht. Und dann hetzt Kiki seine Leute auf dich.« Gut pariert, lobte er sich im Geiste.

»Ich bin Kikis Leute!«, rief Boris empört.

»Das war einmal. Inzwischen gibt es noch mehr. Du weißt schon, wer.« Sebastian schoss einfach mal ins Blaue.

»Nein, keinen Schimmer.«

Okay, der Schuss ging wohl daneben. »Ein paar Freunde aus dem Knast, die jetzt wieder frei sind. Ziemlich schwere Jungs.« Was für ein Schwachsinn. »Die Polizei nicht zu vergessen. Bei der Summe, die ihr abgezogen habt, setzen die hundertpro Interpol auf dich an. Du hast keine Chance, Boris.«

»Scheiße!«, explodierte Boris. Der Fettsack kaufte ihm den großspurigen Mist tatsächlich ab. Er holte aus und boxte mit voller Wucht gegen Tinas Schrankwand. Das war keine gute Idee. Zwar war die Tür nicht massiv und die Spanholzplatte zerbrach, aber Boris blieb mit der Hand darin stecken und zog sie blutend heraus. Von Sinnen trat er mehrmals auf das Sofa ein. Tina sprang auf wie eine Katze, der man auf den Schwanz getreten ist, und flüchtete jaulend aus dem Zimmer. Boris trat immer weiter. Nach einer Zeit hielt er inne, packte sich ein Sofakissen und schleuderte es in die Pflanzen auf der Fensterbank. Das wirkte vergleichsweise albern. Genauso gut hätte er auch »Mistikack!« rufen können.

Sebastian verhielt sich ruhig. Bloß nicht in Boris' Visier

geraten, war die Parole. Er guckte vorsichtshalber, ob es auf der Fensterbank Kakteen gab, denen er ausweichen musste, falls er in Kürze selbst dort landen würde. Vielleicht war Boris jähzornig und steigerte sich so in die Sache hinein, dass er hier gleich, Brief hin oder her, ein Blutbad anrichtete. Oder es war das letzte Aufbäumen eines besiegten Ungeheuers.

Kapitel 19,

in dem Scherben angeblich Glück bringen und ein Überraschungsgast auftritt.

Über dem Hauseingang prangte eine große 60, eingefasst in einen Bogen aus Rosenranken. Es herrschte geschäftiges Treiben. Carola deckte die Festtafel und änderte zum zehnten Mal die Sitzordnung, weil immer jemand verloren am Ende der Tafel sitzen musste und sie sich nicht entscheiden konnte, ob das Mamas verwitwete Cousine Gisela oder ihr etwas verwahrlostes Patenkind Rainer sein sollte. Sebastian richtete im Garten die Bühne ein. Dazwischen liefen seine rührend hilflosen Eltern umher, die sich zur Feier des Tages in Schale geworfen hatten und aus Rücksicht auf die gute Kleidung nur noch zaghaft bewegten. Sein Vater sah aus, als wäre er einem Loriot-Sketch entlaufen. Das Jackett war zu groß und – wie zum Ausgleich – die Hose zu kurz. Wenigstens stimmte die Länge der Krawatte, was nichts daran änderte, dass sie ein Kind der 70er und allenfalls in geraspeltem Zustand als Füllung eines Sofakissens noch akzeptabel war. Das Outfit von Sebastians Mutter machte mehr her, allerdings hatte ein überbezahlter Friseur ihre Haare explodieren lassen. Wenn man sie ansah, beschlich einen das Gefühl, der Katastrophe Einhalt gebieten zu müssen. Gab es so etwas wie ein THW für Frisuren?

Nach und nach trudelten die rund 80 Gäste ein – hauptsächlich Mitglieder des Kirchenchors, ehemalige Arbeitskollegen, Nachbarn und natürlich Verwandtschaft.

Sebastian führte ungefähr zwei Dutzend Mal dasselbe Gespräch:

»Ihr macht ja Sachen.«

»Tja.«

»Wohnung abgebrannt, habe ich gehört.«

»Ja, blöde Sache.«

»Und wie ist das genau passiert?«

»Ach, lange Geschichte. Aber jetzt ist alles wieder im grünen Bereich.«

»Und Miriam geht's wieder gut?«

»Ja, zum Glück.«

»Gesundheit ist das Wichtigste.«

»Ja.«

Manch einer schien mit Sebastian eine Schicksalsgemeinschaft heraufbeschwören zu wollen, indem er Pleiten, Pech und Pannen aus seinem eigenen Leben zum Besten gab. Onkel Gerhard erzählte von einem Einbruch in seiner Gartenlaube, Heide, die ehemalige Arbeitskollegin seiner Mutter, von ihrer komplizierten Darm-Operation, und ein Ehepaar, das er noch nie gesehen hatte, brachte ihn auf den neusten Stand, was die Scheidung der Tochter anbetraf.

Der Sektempfang war fast zu Ende, als Lars Bohnenkämper eintraf. Carola stürmte auf ihn zu, umarmte ihn und drückte ihm zärtlich einen Kuss auf den Mund. Wie immer sah er so aus, als käme er geradewegs vom Golfplatz – was wahrscheinlich daran lag, dass er geradewegs vom Golfplatz kam. Über den polobehemdeten Schultern trug er einen Strickpullover, dessen Ärmel über der Brust zusammengeknotet waren. Trotzdem war er eigentlich ganz okay. Sebastian hatte ihn in den letzten Wochen etwas besser kennengelernt. Lars war jedenfalls netter als Bohnenkämper senior. Was allerdings auf schätzungsweise 98 Prozent der Weltbevölkerung zutraf.

»Sebastian! Na, wie laufen die Geschäfte?«, fragte Lars.

»Dein Vater motzt fast jeden Tag – also ganz gut«, ulkte Sebastian. Nach ein paar Wochen im Schlachtbetrieb hatte Bohnenkämper ihn zu sich gerufen und ihm mürrisch verkündet, er habe jetzt genug vom Kerngeschäft gelernt. Ab sofort solle er im Bereich »Internationale Logistik« arbeiten. Seitdem koordinierte Sebastian Beladung und Abfertigung der Kühlcontainer, in denen Bohnenkämper-Fleisch rund um die Welt transportiert wurde – die erste Teilstrecke per LKW und dann weiter mit dem Schiff oder Flugzeug. Ein absoluter Traumjob, zumindest verglichen mit der Arbeit in der Schlachthalle. Die Idee für die Beförderung war dem Alten natürlich nicht selbst gekommen. Carola hatte dann doch irgendwann die blutige Wahrheit über die »Schnittstelle zwischen Schlachterei und Zerlegung« erfahren und Lars daraufhin dermaßen die Hölle heiß gemacht, dass der bei seinem Vater vorsprach.

Endlich waren alle Partygäste eingetroffen – bis auf den zweiten Tenor des Kirchenchors, dem heute Nachmittag beim Tennis der Meniskus gerissen war. Sebastians Vater betrat umständlich die Bühne und hielt eine holprige Rede, in der er die vergangenen 60 Jahre noch mal in Zeitlupe Revue passieren ließ. Er pickte sich einige Episoden heraus, die er aus unerfindlichen Gründen für erzählenswert erachtete. Zum Beispiel, wie sie im Sardinien-Urlaub in einem Restaurant gelandet waren, das nur eine Speisekarte auf Italienisch hatte, und sie unwissentlich Kaninchenfilet bestellten, das – und das war die Pointe – erstaunlich gut schmeckte.

»Lamm! Lamm war es!«, korrigierte seine Mutter überdreht aus dem Hintergrund, als ob das die Geschichte besser machte.

»Nein, es war Kaninchen«, insistierte sein Vater. »Das ist eine Spezialität auf Sardinien.«

Wie Sebastian seine Eltern kannte, war es Reh und auf Korsika.

»Das Buffet ist eröffnet«, endete sein Vater, worauf irgendjemand »Na endlich!« rief, was als Witz missverstanden wurde. Die Gäste machten sich über das Essen her, als sei in einer Frikadelle, einem Mozzarella-Bällchen oder dem Thunfischsalat ein goldener Ring versteckt, den derjenige behalten durfte, der ihn fand. Seine Mutter aß vor lauter Aufregung gar nichts, sein Vater nur Sachen, die selbst bei größtmöglichem Missgeschick keine Flecken auf dem guten Anzug oder der Krawatte hinterlassen konnten – im Wesentlichen Weißbrot und Hartkäse. Dabei hätte ein großer Fleck der Krawatte sicher gutgetan.

»Wo bleibt er denn?«, zischte Carola ihm zu, als ihn endlich mal niemand belagerte.

Sebastian häufte sich gerade die dritte Portion Mousse au Chocolat in ein Schälchen, obwohl er längst satt war. Auch er wurde zunehmend nervös. Er hatte einen Überraschungsgast für seine Eltern organisiert, dessen Überraschung hoffentlich nicht darin bestand, dass er überraschenderweise gar nicht kam. Äußerlich gab er sich gelassen und zuckte mit den Schultern.

»Wenn der nicht kommt, raste ich aus«, drohte Carola mit Grabesstimme. Daran hatte Sebastian keinen Zweifel.

Er holte sich eine weitere Portion Mousse au Chocolat.

»Du bist peinlich«, sagte Miriam. »Selbst immer über andere lästern und dann fast eine ganze Schüssel Schokozeug fressen.« Manchmal sehnte er sich nach dem Verband zurück.

Sein Handy vibrierte. Gott sei Dank, der Ehrengast stand vor dem Haus. Sie hatten verabredet, dass er nicht an der Tür klingelte, damit die Geburtstagskinder keinen Wind davon bekamen. Sebastian zeigte Carola die Daumen hoch und nahm sich der Sache dezent an.

Nachdem sich alle Gäste so nah wie möglich an die Kotzgrenze herangefuttert hatten, ließ es sich der Kirchenchor nicht nehmen, ein Ständchen zu singen. »Zum Geburtstag viel Glück« und dreimal »Hoch sollst du leben«, und zwar einmal für seine Mutter und dann abermals für seinen Vater. Insgesamt also sechsmal »Hoch sollst du leben«. Das hätte man doch zu »Hoch sollt *ihr* leben« zusammenfassen können, fand Sebastian. Aus unerfindlichen Gründen rief jemand »Zugabe, Zugabe«. Der Kirchenchor sang nach kurzer Beratung noch »Ehre sei Gott in der Höhe«, weil man das nun mal konnte. Danach räumte der Chor endlich das Feld.

Es war so weit. Sebastian betrat die Bühne und klopfte ans Mikro. Das Pock-Pock-Pock kam so laut aus den Lautsprechern, dass viele Gäste zusammenzuckten. Einige der älteren Herrschaften guckten noch desorientierter als ohnehin schon, unsicher, ob dieses Geräusch jeder gehört hatte oder es sich um einen Defekt ihres Hörgeräts handelte. Nach und nach verstummte die Gesellschaft, und alle blickten ihn erwartungsvoll an.

»Liebe Mama, lie…« Jemand stieß ein Glas um und

schrie auf. Gisela, die mitten im Geschehen saß und deshalb etwas aufgedreht war, rief hysterisch: »Ein Tuch, wir brauchen ein Tuch!« Sebastian fragte sich, ob sie das noch steigern konnte, wenn sie mal wegen eines Herzanfalls nach einem Arzt schrie oder sonst einer der ungefähr hundert Milliarden Zwischenfälle eintrat, die schlimmer waren als ein umgekipptes Glas. Einer vom Kirchenchor war sich nicht zu blöd, »Scherben bringen Glück!« zu rufen, was allerseits mit Lachen quittiert wurde. Wenn Glas zerbrach, gab es immer einen, der »Scherben bringen Glück!« sagte – einfach, weil es gesagt werden musste. Sebastian machte genervt »Tz!«, was über das Mikrofon für alle zu hören war. Er versuchte es wiedergutzumachen, indem er auch noch mal »Scherben bringen Glück!« sagte, aber dieser Spruch funktionierte wohl immer nur einmal pro Glasunfall. Mehrere Minuten stand er verlegen auf der Bühne und wartete, bis sich die Lage mit Hilfe eines Tuchs beruhigt hatte.

Neuer Anlauf. Pock-Pock-Pock. »Liebe Mama, lieber Papa, wir haben uns lange überlegt, wie wir euch zum 60. Geburtstag eine Freude machen können. Leider ist uns nichts eingefallen.« Hier sollten die Leute schmunzeln, stattdessen guckten sie ihn nur ernst und verstört an. Unverschämt: Über so eine Scheiße wie »Scherben bringen Glück!« lachen und jetzt nicht. »Deshalb haben wir jemanden eingeladen, der das für uns erledigt. Liebe Mama, lieber Papa, hier ist … nur für euch …« Er guckte, ob der Überraschungsgast hinter der Bühne bereitstand. Er stand. »… Giacomo Losso!«

Der Schlagersänger betrat die Bühne. Ein Raunen ging durch die Menge, seine Eltern schlugen sich synchron die

Hände vor den Mund. Und dann erklangen auch schon die ersten Takte von »Rot ist die Liebe«. Herr Losso war ganz Profi und sang, als wäre es ihm ein ganz besonderes Anliegen und nicht nur, weil er dafür Gage bekam. Eine sehr üppige Gage. Aber der jetzige Gesichtsausdruck seiner Eltern war jeden Cent wert. Außerdem war Geld nicht mehr das Problem.

Kapitel 20,

in dem Miriam stolz ist und sich alles richtig gut anfühlt.

»Die!«, rief Miriam. Einfach nur »Die!«. Sie zeigte auf eine Bücherwand für knapp 15 000 Euro. So schnell konnte man das Geld gar nicht erpressen, wie sie es ausgab.

Der Verkäufer konnte sein Glück kaum fassen und pflichtete ihr dummdreist bei: »Eine exquisite Wahl! Damit machen Sie ganz sicher keinen Fehler.« Unsinn! Was konnte ein Regal für 15 000 Euro anderes sein als ein riesiger, massivhölzerner Fehler? Für das Geld hätten sie fast 400 Billy-Regale kaufen können. Bestimmt rieb sich der Schleimbolzen in einem unbeobachteten Moment verstohlen die Hände.

Er hatte an der Geschichte seines Software-Coups festgehalten und der nach wie vor ungläubigen Miriam zum Beweis am Computer den Kontostand gezeigt. Selbst das konnte ihre Zweifel nicht restlos ausräumen.

»Irgendwie habe ich ein komisches Gefühl bei der Sache«, sagte sie und rümpfte die Nase, als hätte Sebastian ihr einen stinkenden Blauschimmelkäse vorgesetzt. Warum mussten Frauen immer irgendwelche Gefühle haben – und noch schlimmer: Warum mussten sie mit diesen Gefühlen meistens richtigliegen? Aber immerhin akzeptierte Miriam die Tatsache, dass sie jetzt – warum auch immer – wohlhabend waren, und freundete sich schnell mit der neuen Situation an. Niemand sträubte sich dauerhaft dagegen, in Geld zu schwimmen.

»Schon irgendwie cool, so mir nichts, dir nichts reich zu sein!«, erklärte sie und drückte ihm einen Kuss auf die Wange. »Ich bin stolz auf dich.«

»Danke«, brachte er gequält hervor und behielt lieber für sich, dass er dieses Lob nicht verdient hatte. Wenn es sich einrichten ließ, wollte er die Wahrheit erst auf seinem Sterbebett beichten. Frühestens. Trotzdem empfand Sebastian zum ersten Mal seit langem so etwas wie Glück. Alles hatte sich in Wohlgefallen aufgelöst: Nachdem Boris eingesehen hatte, dass Widerstand zwecklos war, kam Sebastian erstaunlich einfach an das Geld. Der Fettsack war plötzlich handzahm. Er hatte die Beute kurz nach Kikis Verhaftung auf dem Motorrad nach Luxemburg gebracht und dort bei einer Bank eingezahlt. Sebastian eröffnete ein Konto bei der gleichen Bank, ein paar Tage später trafen knapp 750 000 Euro ein, Boris' kompletter Anteil. In der ersten Zeit guckte Sebastian immer wieder nach, ob das Geld noch auf dem Konto war. Nach zwei, drei Wochen entspannte er sich langsam. Ein Gefühl der Genugtuung überwältigte ihn. Das Leben fühlte sich auf einmal richtig gut an. Endlich hatte er sich mal gewehrt. Er war am Arsch gewesen, und er hatte reingetreten. Mit Vollspann.

Und deswegen rief er jetzt auch bei seinem Ex-Chef Schneider an und sagte einfach nur »Arschloch!« in den Hörer, bevor er wieder auflegte. Dann machte er einen Termin bei seiner Brandschutzversicherung. Vier Stunden lang ließ er sich Angebote für verschiedenste Versicherungen ausrechnen, während er Unmengen Kaffee trank und Gratis-Bonbons fraß – nur, um am Ende zu sagen: »Alles schön und gut, aber kein Interesse. Ich will nur meine bestehende Brandschutzversicherung bei Ihnen kündigen.«

Sie fanden eine schöne Wohnung in einem der besseren Viertel, frisch sanierte 150 Quadratmeter mit großer Dachterrasse. Wochenlang zogen sie durch Möbelgeschäfte, um sich neu einzurichten. Miriam verfiel in einen Kaufrausch wie Pippi Langstrumpf im Süßwarenladen. Anfangs checkte sie vorsichtig die Grenzen ab, mal ein ziemlich teurer Stuhl, dann ein Designersofa – dem man, »das ist ja das Geniale!«, gar nicht ansah, dass es ein Designersofa war. Es kostete 6700 Euro, und Sebastian fragte sich, wie so ein Preis zustande kam. Materialkosten machten sicher nur einen Bruchteil dessen aus. Er stellte sich das so vor, dass der stolze Designer ein paar Mal nackt um sein Machwerk herumlief und letztlich den Preis in seiner linken Arschbacke fühlte: ›*5900? Nein. 6300? Auch nicht. 6700? Das ist es!*‹

Olli begleitete sie manchmal in die Möbelhäuser. Er wolle sich ja auch neu einrichten, wie er niemals müde wurde zu betonen. Bis auf ein riesiges Sofa kaufte er jedoch nichts. Sie versuchten, ihn zu dem ein oder anderen Stück zu überreden. Er wich aus, er müsse erst renovieren, wofür er wegen des Albums momentan keine Zeit habe. Wer weiß, das sagte er vielleicht aber auch nur, damit Sebastian sein Geld gut angelegt sah. Denn er hatte Olli die Studioaufnahmen und eine kleine Werbekampagne für das Album finanziert. Was waren schon die paar tausend Euro? Sebastian wusste ohnehin nicht, wohin mit der Kohle. Das konnte er Olli so natürlich nicht sagen. Er betrachte das als Investition, log er stattdessen, weil er an Ollis Musik *glaube*. Dabei war das Einzige, woran er glaubte, dass er das Geld abschreiben konnte.

Genauso wie die Starthilfe, die er Martin und Britta bei ihrem Neuanfang in Thailand geleistet hatte, indem er stiller Teilhaber ihres geplanten Cafés geworden war. Dass es sich hierbei um eine Fehlinvestition handelte, glaubte er allerdings nicht nur, das wusste er, weil man das Schicksal der Bleidners jeden Dienstag bei *Scheiß auf Deutschland – Wir wandern aus!* im Fernsehen verfolgen konnte. Martin hatte sich bis zuletzt gewehrt: »Niemals gehe ich nach Thailand! Und schon gar nicht lasse ich mich dabei im Fernsehen vorführen!« Aber mit Martins Ablehnung wuchs Brittas Begeisterung, zumal sie gelesen hatte, das Klima in Thailand begünstige die Fruchtbarkeit. Und so machte Martin schließlich das, worin er mittlerweile schon einige Erfahrungen gesammelt hatte: Er gab auf. Sie wanderten nach Thailand aus, um dort ein Café zu eröffnen. Aber wie man Woche für Woche sah, ging es nicht voran. Die Handwerker ließen sie im Stich, die Behörden legten ihnen Steine in den Weg, und anstatt sich wenigstens gegenseitig den Rücken zu stärken, stritten Martin und Britta ohne Ende. Kurz: Alles ging schief. Mit einer Ausnahme: Das mit dem Kind klappte endlich – ausnahmsweise ohne Beisein der Kamera.

Kaum hatten sie sich in Ko Samui halbwegs eingerichtet, wurde Britta schwanger. Diese Woche besuchten sie zum ersten Mal einen thailändischen Frauenarzt. Zumindest glaubten sie, es sei ein Frauenarzt, bis er sich als Versicherungsmakler entpuppte. Sebastian war fest davon überzeugt, dass diese Geschichte inszeniert war. So doof konnte einfach niemand sein.

Für Sebastian waren die Erlebnisse der Bleidners eine willkommene Abwechslung zu den Serien, die er sonst immer mit Miriam schaute. Er telefonierte regelmäßig mit Martin, der seine Meinung zur neusten Folge wissen wollte. »Das nimmt doch Formen an!«, log Sebastian dann. Er konnte ihm schlecht jedes Mal sagen: »Junge, was macht ihr nur für eine Scheiße? Ich habe ja gleich gesagt, das wird nichts.«

Sebastian war froh, dass er nicht in Ko Samui, Spanien oder Guatemala lebte. Und dass er Miriam hatte. Seit dem Brand existierten sie nicht mehr nur nebeneinanderher, sondern machten wieder vieles zusammen – als wäre ihnen durch die Zerstörung des ganzen Drumherums erst klargeworden, was sie aneinander hatten. Zur Sicherheit gingen sie jetzt auch immer gemeinsam ins Bett – mit dem Nebeneffekt, dass sie deutlich öfter Sex hatten als früher. Der einzige Unterschied war, dass sie dazu keine Kerzen anzündeten. Er war ohnehin nie ein großer Fan davon gewesen.

Nur manchmal wurmte es ihn, dass Miriam nicht wusste, wie er sie aus ihrer misslichen Lage herausgeboxt hatte. Er war verdammt noch mal ein Held! Auf Augenhöhe mit James Bond!

Aber egal. Hauptsache, sie waren glücklich.

Kapitel 21,

in dem sich das Blatt wendet und Sebastian nach einem Messer greift.

Der arme Martin. In der Zeitung stand ein großer Artikel über ihn, in dem haarklein nachzulesen war, wie übel ihm das Leben in den letzten Monaten mitgespielt hatte. Dank der Auswanderer-Doku hatte er eine gewisse Berühmtheit erlangt. Millionen Zuschauer sahen Woche für Woche die Erlebnisse der Bleidners. Ihre Ankunft in Thailand, die Eröffnung des Cafés, Brittas überraschende Schwangerschaft, die Pleite des Cafés und nun Martins einsame Rückkehr nach Deutschland, weil er Britta in flagranti mit einem Thailänder erwischt hatte, der laut Britta auch höchstwahrscheinlich der Kindsvater war. Als wäre Martin nicht schon genug gedemütigt worden, musste die Szene »Martin erwischt Britta beim Sex mit einem Einheimischen« am nächsten Tag fürs Fernsehen wiederholt werden – und zwar mehrfach, um sie aus verschiedenen Perspektiven zu filmen. Wenigstens waren Britta und ihr Thailänder so freundlich, den Akt nur vorzutäuschen. Zumindest, bis das Kamerateam wieder weg war.

Der Artikel weidete sich an den peinlichen Details und schilderte den Empfang für Martin an seiner alten Schule, wo er ab sofort wieder als Lehrer arbeitete. Der Direktor hatte es sich nicht nehmen lassen, den prominenten Heimkehrer persönlich vor dem Schultor zu empfangen und dabei für den Zeitungsfotografen zu posieren. Im

Gegensatz zum Direktor lächelte Martin auf dem Foto nicht. Es sah eher so aus, als wäre er in der Sekunde, nachdem der Auslöser gedrückt worden war, in Tränen ausgebrochen. Im Text hieß es, die Schüler hätten für Martin ein großes »Herzlich willkommen zurück!«-Schild in den Farben der thailändischen Flagge gebastelt und Lehrerkollegen ein Profil bei Akademikerkontakte.de eingerichtet, damit er dort eine neue Frau kennenlernen könne. Wenigstens war das Fernsehen jetzt nicht mehr dabei. Wohlweislich hatte er es abgelehnt, sich für die Rückwanderer-Doku »Scheiß aufs Ausland – Ich komm zurück!« filmen zu lassen.

Zufällig fiel Sebastians Blick auf eine kleine Meldung neben dem Mehrspalter über Martin.

JVA: Streit um Wurst endet tödlich

Bei einer gewaltsamen Auseinandersetzung in der JVA ist am gestrigen Montag Untersuchungshäftling Kilian K. zu Tode gekommen. Wie die Gefängnisleitung mitteilte, entfachte sich bei der Frühstücksausgabe ein Streit, weil K. eine zusätzliche Scheibe Wurst verlangte, ihm diese aber von einem Mitarbeiter des Essensdienstes verweigert wurde. Nach einem Handgemenge attackierte der Mann, bei dem es sich ebenfalls um einen Häftling handelte, K. mit einer Serviergabel, die dessen Halsschlagader durchstach.

Kilian K. war der mutmaßliche Haupttäter beim Überfall auf einen Geldtransporter im vergangenen Herbst. Von der Beute in Höhe von 1,5 Millionen Euro fehlt bisher jede Spur.

Ui! Sebastians Herz begann zu rasen. Das war nicht gut. Das war ganz und gar nicht gut. Das war sogar … schlecht! Wenn Kiki tot war, änderte das alles. Kiki war der tragende Pfeiler seines neuen Lebens gewesen. Jetzt hatte sich das Blatt gewendet: Der fette Boris war aus dem Schneider – und Sebastian wieder am Arsch. Boris würde ihn umbringen wollen, dessen war er sich absolut sicher.

Im Fernsehen hatte er mal einen Bericht über kleine Äffchen gesehen, die sich im Urwald einen Spaß daraus machten, Löwen von oben auf den Kopf zu pinkeln. Die Löwen standen unten, hatten eine Mordswut und konnten nichts gegen die Äffchen ausrichten. Er fühlte sich wie eines dieser Äffchen – nur dass der Ast, auf dem er saß, gerade abgeknickt war und er sich im freien Fall in das offene Maul des Löwen befand. Löwe war für Boris allerdings etwas zu hoch gegriffen. Der Rocker war ein mieses Schwein. Klar, Sebastian war in der Sache auch nicht gerade ein Unschuldslamm. Immerhin hatte er Boris erpresst. Trotzdem fühlte er sich im Recht: Das Geld gehörte Boris sowieso nicht, es stammte aus einem Überfall – und einem bösen Jungen übel mitzuspielen, war doch eigentlich eine gute Tat, oder? Minus mal minus ergibt plus.

Es klingelte an der Tür. Sebastian brach der Schweiß aus. Das schöne Leben in Saus und Braus, jetzt war es vorbei. Das Leben überhaupt. So einer wie Boris machte kurzen Prozess. Er hatte ihn ja schon aus weit nichtigerem Anlass in eine Mülltonne gestopft. Verdammt, wie hatte er nur so naiv sein können, sich mit so jemandem anzulegen? Die Erpressung war von vorneherein eine Nummer zu groß für ihn gewesen. Es klingelte wieder. Diesmal Sturm. Sebastian ging in die Küche und griff sich das größte Messer, das er finden konnte. Unschlüssig stand er im Flur und überlegte, wohin er am besten stechen sollte, damit Boris nicht noch stundenlang zombiemäßig in der Wohnung herumkroch und, längst totgeglaubt, immer wieder kurz die Kraft aufbrachte, ihn anzugreifen. Ob es dem Fettwanst etwas ausmachte, wenn man in seine Bauchdecke stach? Oder würde er das gar nicht merken? Durchdrang so ein Messer überhaupt eine Lederjacke? Vielleicht doch besser am Hals. So wurden Schweine schließlich getötet. Aber die waren vorher auch betäubt.

Dann ging das Türschloss.

»Mann, bist du taub? Ich klingle mir einen Wolf!«, schimpfte Miriam. Sie kam mit Tüten bepackt vom Einkaufen zurück.

Gott sei Dank: Fehlalarm.

Miriams Blick fiel auf das Messer. »Spielst du gerade *Psycho*? Hilf mir mal lieber, Norman. Oder hast du noch eine Leiche in der Dusche?«

Folgsam räumte er die Sachen für den Gefrierschrank aus. Nach der Panik wirkte das ungemein entspannend. O Mann, jetzt musste er sich schon von gefrorenen Erbsen trösten lassen. Aber der Trost der Erbsen war trügerisch. Wie lange würde es wohl dauern, bis Boris ihn ausfindig gemacht hatte und hier aufkreuzte? Vielleicht sollte er reinen Tisch machen. Nicht, dass er niedergemetzelt wurde, und Miriam verstand die Welt nicht mehr. Was Miriam wohl von Erpressung hielt? War das nicht irgendwie auch feige? Sebastian beschloss, mit der Beichte noch zu warten.

Miriam blieb seine seltsame Stimmung nicht verborgen. »Alles okay?«, fragte sie.

»Ja.«
»Aber irgendwas ist doch.«
»Was soll sein?«
»Weiß nicht, du bist so komisch.«
»Nö. Nur ein bisschen müde.« Und so gut wie tot.

Kapitel 22,

in dem Sebastian auf der Hut ist und Olli vielleicht Didgeridoo spielt.

Neun Leute waren da – aber auch nur, wenn man die Bedienung und Karl mitzählte, dem das *Blue Eagle* gehörte. Doch Olli hatte es sich nicht ausreden lassen: Er wollte unbedingt mal vor Live-Publikum spielen – »um zu gucken, wie sich die Songs so anfühlen«. Sebastian befürchtete, dass sich die Songs nicht so toll anfühlten und sein Freund sich blamieren würde. Und ihn auch ein bisschen, schließlich war Sebastian der Typ, der in das Album investiert hatte, wie Olli nicht müde wurde, jedem zu erzählen. Zuletzt dem Getränkelieferanten des *Blue Eagle*, der zu seinem Pech während des Soundchecks kam und einfach nur seinen Job machen wollte.

Sebastian war noch immer mulmig zumute, wenn er das Haus verließ. Er war stets auf der Hut, schaute sich regelmäßig um, wenn er eine Straße entlanglief, und erschrak, wenn jemand in seiner Nähe Boris auch nur entfernt ähnelte. Außerdem hatte er sich einen Elektroschocker gekauft, den er nun immer bei sich trug. Doch mit jedem Tag, der seit der Zeitungsmeldung vergangen war, wurde er etwas entspannter. Womöglich hatte Boris das Geld abgeschrieben und ließ nie wieder von sich hören.

»Was meinst du, wie lange das dauert?«, fragte Carola, die Lars im Schlepptau hatte und erst nach einigem Betteln überhaupt bereit war, ins *Blue Eagle* zu kommen. »Wir wollten noch ins Kino.«

»Keine Ahnung«, antwortete Sebastian. »'ne Stunde?« Bei Olli wusste man nie so genau. Nicht auszuschließen, dass er zwischendurch 20 Minuten Didgeridoo spielte oder eine epische Ballettperformance einlegte. »Vielleicht auch eineinhalb.«

»O Mann, echt?«

Es war allerdings auch gut möglich, dass Olli das Konzert nach zwei Minuten abbrach, seine Gitarre zerschmetterte und die Bühne für immer verließ.

Martin war natürlich auch da. Er saß an einem Tisch am Rand, trank Bier – seine Lieblingsbeschäftigung neuerdings – und textete Miriam voll, was für ein Biest doch Britta sei. Sebastian hörte nur mit einem Ohr hin. Er kannte die Leier inzwischen schon und war froh, dass es mal jemand anderes abbekam.

»Und wegen der bin ich zwei Jahre lang kein Fahrrad gefahren und habe im Auto die Sitzheizung nicht angemacht. Egal, wie scheißkalt es war. Um die Spermien nicht abzutöten.«

Die Wutrede über Britta mündete erfahrungsgemäß nach einiger Zeit in einen verbitterten Monolog über all die Lukasse, Yanniks, Emmas, Bülents, Cheyennes und Leonies, die Martin »mit ihrer Blödheit und Ignoranz« in der Schule das Leben zur Hölle machten. »Die sind schon überfordert, wenn ein Text länger ist als eine Twitter-Nachricht«, erklärte er dann gern – was zumeist seine Hasstirade auf Twitter, Facebook und das Internet im Allgemeinen einleitete. Die wiederum ging nahtlos in eine Abrechnung mit dem Fernsehen über, dem Martin die Hauptschuld an seiner Misere und auch am absehbaren Untergang des Abendlandes gab.

Als Miriam zwei ihrer Freundinnen zur Tür hereinkommen sah, sprang sie erleichtert auf und ließ Martin einfach mit seinem Bier und seiner Wut allein. Die gehörten zu ihrer Mädels-Clique, die sich gegen ein Honorar von einer Flasche Champagner pro Person als Claqueurinnen hatten gewinnen lassen. Immerhin, jetzt waren hier schon zwölf. Bis auf zwei Typen in der Ecke kannte Sebastian alle. Die beiden sahen harmlos aus, ganz sicher keine Leute von Boris. Entweder Bekannte von Olli oder völlig Fremde, die nur den richtigen Zeitpunkt zur Flucht verpasst hatten.

Er setzte Katinka, die der Einladung, ohne zu zögern, gefolgt war und nun etwas verloren in der Gegend herumstand, zu Martin. Sie waren über die Arbeit in Kontakt geblieben, gemeinsames Blutwischen verband irgendwie. Er war sogar drauf und dran, ihren Wechsel in seine Logistikabteilung durchzukriegen, damit sie endlich von der Enthaarung und vor allem vom Blut wegkam.

»Martin, das ist Katinka, eine Arbeitskollegin von mir. Sie ist auch bei Facebook.«

Martin blickte kurz von seinem Bier auf, lächelte gezwungen und setzte seinen Vortrag dort fort, wo er ihn kurz zuvor unterbrochen hatte.

Um Punkt 21 Uhr öffnete sich die Tür, auf der »Privat« stand. Olli betrat den Raum. Er hatte eine Gitarre schon um den Hals hängen, die prompt gegen den Türrahmen dengelte. Olli machte einen Ausweichschritt, so dass das Instrument auch auf der anderen Seite der Tür nochmals anschlug. So wurde das nichts. Also nahm er die Gitarre ab und trug sie in der Hand. Umständlich bahnte er sich den Weg durch Stühle und Tische, haute die Gitarre versehentlich einem Mädchen aus Miriams Clique an den Kopf, bis er schließlich auf die Bühne kam.

»Hi! Mein Name ist Olli Probst.« Es war unklar, ob Olli an dieser Stelle Applaus erwartet hatte, jedenfalls machte er eine lange Pause. »Bevor ich anfange, möchte ich einige Worte loswerden.«

O nein, dachte Sebastian, spiel doch einfach!

»Es gibt nämlich einen Mann, einen Freund, dem ich vorweg danken möchte. Der an mich und meine Musik immer geglaubt hat.«

O Gott, o Gott, o Gott.

»Und der mich sowohl finanziell als auch … tja, überhaupt unterstützt hat: Sebastian Niehoff!«

Sebastian sank ein paar Zentimeter tiefer in seinen Stuhl.

Zehn der elf anderen klatschten pflichtschuldig, nur die Bedienung spülte weiter Gläser.

»Basti, steh doch mal kurz auf!«

Lieber Gott, bitte mach, dass das vorbei ist. Um es hinter sich zu bringen, hob Sebastian die Hand und deutete an, von seinem Stuhl aufzustehen. Wie auch immer dieser Abend weitergehen würde, er war jetzt ganz offiziell mitverantwortlich.

»Vielen Dank für alles, vor allem für das Geld.«

Sebastian winkte ab. »War ja nicht so viel.«

»Deshalb habe ich dir und Miriam jedenfalls einen Song geschrieben, mit dem ich heute Abend anfangen möchte.«

O Gott … Was kam jetzt?

»Er heißt *Burning Love*. Das ist eine Anspielung darauf,

dass euch vor ein paar Monaten die Wohnung abgebrannt ist.«

Schön, dann wussten das jetzt also auch alle. Wobei es außer für die beiden in der Ecke sowie für Karl und die Bedienung keine Neuigkeit war. Sebastian schaute Miriam an, die auch peinlich berührt war und sicher schon bereute, ihre Freundinnen eingeladen zu haben.

Endlich begann Olli zu spielen. Es dauerte einige Takte, bis sich Sebastians schamgeröteter Kopf nicht mehr ganz so heiß anfühlte. Das Erstaunliche war: Olli machte seine Sache nicht schlecht. Gut sogar. Nicht, dass Sebastian sich da besonders gut auskannte, aber jedenfalls klang das wie richtige Musik. Absolut nichts, wofür man sich schämen musste. Miriam ergriff während des Songs sogar versonnen seine Hand, und auch Sebastian war irgendwie gerührt. Olli war eben immer für eine Überraschung gut. Er spielte einige Songs, darunter auch seinen Hit *Happy To Meet You*, der im Internet so viele Klicks bekommen hatte, und eine Nummer namens *Nordic Walking*, die vielleicht etwas zu konkret vom Tod seiner Eltern handelte. Bei alldem schien er kaum aufgeregt zu sein, was vermutlich auch daran lag, dass er vorher gekifft hatte. Nach einer guten halben Stunde bedankte sich Olli freundlich, »auch noch mal ganz besonders bei Basti«, und verließ die Bühne. Kein Ballett, kein Didgeridoo.

Der anschließende Applaus ging über reine Höflichkeit weit hinaus. Miriam und ein Mädchen aus ihrer Clique ließen sich sogar zum Johlen hinreißen, obwohl das nicht Vertragsbestandteil war, und auch Sebastian pfiff begeistert. Allerdings konnte er nicht besonders laut pfeifen, deshalb hörte das wohl keiner außer ihm und vielleicht noch Miriam, die immer noch an ihn gekuschelt war. Offenbar bereute niemand sein Kommen – im Gegenteil. Olli wurde gefeiert, und das hatte er mehr als verdient.

Kurz darauf beobachtete Sebastian, wie Lars Bohnenkämper aufgeregt auf Olli einredete. Seltsam, sonst war doch eher Olli derjenige, der auf andere einredete. Olli winkte ihn herbei.

»Basti, hör dir das mal an!«

»Na, ich sage gerade zu deinem Freund hier«, holte Lars aus. »Dieser Song mit dem *Meet* …«

»*Happy To Meet You*«, assistierte Olli.

»Genau. Vielleicht können wir den als Werbesong für die neue Bohnenkämper-Kampagne nehmen! Wir machen einfach *Happy To Meat You* draus und fertig! Für Radiospots und so.«

»Aber was soll denn das auf Deutsch heißen? Froh, dich zu … fleischen? Oder wie?«, fragte Sebastian.

»Ist doch egal! Es klingt jedenfalls gut. Und der Song hat auch so was Positives, so ein Happy Feeling. Ich rede gleich am Montag mit meinem Vater. Dieses ›Unser Fleisch gehört zur Familie‹ ist doch ziemlich angestaubt mittlerweile, meinst du nicht?«

»Doch«, antwortete Sebastian. Er freute sich für Olli, kein Zweifel. Trotzdem fragte er sich manchmal, ob alle anderen verrückt waren oder nur er selbst.

Kapitel 23,

in dem Sebastian reden will und nicht mehr viel Zeit für den schönsten Moment bleibt.

»Ich mach dich kalt!«, brüllte Boris. »Du verdammte Ratte, ich mach dich kalt!«

Diesmal war es also nicht Miriam gewesen, die vom Einkaufen wiederkam. Ohne Nachfrage hatte Sebastian den Summer betätigt und die Wohnungstür geöffnet. Das war leichtsinnig gewesen – wie sich jetzt herausstellte. Aber es hatte doch auch alles so ausgesehen, als sei Kikis Tod für Sebastian und Miriam nur das, was er auch in der Zeitung gewesen war: eine kleine Randnotiz.

Bis jetzt.

Mit martialischem Gebrüll stürmte Boris in die Wohnung. Dabei hatte er was von Bud Spencer, wobei Sebastian Bud Spencer immer toll gefunden und heimlich davon geträumt hatte, Terence Hill zu sein, während sich seine Begeisterung für Boris eher in Grenzen hielt. Wo war der Elektroschocker? Wahrscheinlich noch in der Jackentasche – also unerreichbar. Beim Versuch, in die Küche zu flüchten, packte der Rocker Sebastian von hinten an den Schultern, riss ihn herum und schleuderte ihn in den Flur. Er knallte mit dem Hinterkopf gegen die Wand.

»Auargh!«, schrie er, und genauso fühlte es sich auch an. Ob der Aufschlag bei einer stinknormalen Raufasertapete weniger schmerzhaft gewesen wäre als bei dieser teuren Glasfasertapete, die Miriam ausgesucht hatte? Gut, dass sie sich nicht für groben Putz entschieden hatte, sonst wäre sein Hinterkopf jetzt perforiert gewesen und die Wand sähe aus wie die japanische Nationalflagge: weiß mit rotem Punkt.

Boris packte ihn am Hals und drückte zu. Sebastian stellte die Tapetenfrage zurück. Sein letzter Gedanke auf Erden sollte nicht um Tapeten kreisen. Doch woran sollte er sonst denken? Was er im Leben geleistet hatte? Nichts. Welche Spuren er hinterlassen würde? Keine. Welches sein schönster Moment gewesen war? Er war immer davon ausgegangen, sein schönster Moment würde noch kommen. Lange sollte er aber besser nicht mehr auf sich warten lassen. Mit dem Mut der Verzweiflung versuchte er sich aus dem Würgegriff zu befreien, doch er hatte dem Rocker nichts entgegenzusetzen. Vielleicht doch besser die verbale Auseinandersetzung suchen.

»Was soll das?«, machte er den Anfang. Er klang, als würde er Herbert Grönemeyer imitieren. »Wir können doch über alles …«

»Schnauze! Jetzt bist du fällig!«

In seiner Vorstellung hatte Boris auch immer »Jetzt bist du fällig!« gebrüllt, wenn er Sebastian in die Finger bekam. Wie einfallslos solche Schlägertypen doch waren. Vermutlich guckten die sich ihre Sprüche auch nur aus dem Fernsehen ab.

»Ich kriege … keine Luft mehr!«

Boris nahm das als Kompliment und drückte noch fester zu. »Du dachtest wohl, du kannst mich ficken? Du dachtest wohl, du kannst mich verfickt noch mal ficken?«

Ja, das hatte Sebastian offen gestanden tatsächlich gedacht, auch wenn er es selbst anders ausgedrückt hätte. »Nein, ich …«, röchelte er.

»Gleich kannst du Kiki in der Hölle Gesellschaft leisten, du verdammter Parasit!«

»Nur eine Minute reden.«

»Schnauze, habe ich gesagt! Du hast ein für alle Mal genug gelabert.«

Scheiße, der machte Ernst! Sollte es das jetzt etwa gewesen sein? Da wartete man sein ganzes Leben darauf, dass es endlich mal richtig losging, und dann war es auf einmal schon vorbei?! Sebastian hatte sich seinen Tod immer ganz anders vorgestellt. Eher von einem Rentner im Rollator totgefahren werden, an einem Marshmallow ersticken – oder Prostatakrebs. Allerdings musste ihm etwas einfallen, wenn er das klassische Prostatakrebs-Alter noch erreichen wollte. Und zwar schleunigst, solange sein Gehirn noch genug Sauerstoff hatte. »Das … Geld! Wenn du … mich jetzt … umbringst, … kommst du … da nicht mehr … ran«, japste er. Eine etwas abgedroschene Argumentation, aber so plausibel, dass sie auch Boris einleuchten musste.

Boris hielt inne. Man konnte an seinem Mienenspiel sehen, wie sich Sebastians Bemerkung ihren Weg durchs Gehirn bahnte. Schließlich musste sie an der richtigen Stelle angekommen sein, denn er lockerte den Griff und ließ dann ganz los. Sebastian sank zu Boden wie eine Aufblaspuppe, aus der die Luft entwich. Er bekam einen Hustenanfall, unterbrochen von gelegentlichem Würgen und Keuchen. Scheiße, war das knapp gewesen.

Boris ließ ihm nur wenig Zeit zur Regeneration. »Wo ist meine Kohle?«, wollte er wissen. »Ist überhaupt noch was da, oder hast du Penner alles verjubelt?!«

»Nein, das ist alles noch auf der Bank«, log Sebastian.

Jetzt war wohl nicht der richtige Moment für das Geständnis, dass tatsächlich gar nicht mehr allzu viel vorhanden war.

»Gut, dann gehen wir beide jetzt an deinen Computer, und du überweist mir alles.«

Nicht so gut, dachte Sebastian. »Das … Das geht nicht. Das Geld ist bei einer Privatbank. Da kann man alles nur persönlich vor Ort machen. Am besten hebe ich alles ab und gebe es dir. Ach Mist, ist heute Dienstag? Ausgerechnet dienstags haben die nachmittags immer zu.«

Boris taxierte Sebastian. Er glaubte ihm offenbar kein Wort – völlig zu Recht. »Erzähl keinen Müll. Was soll das denn für eine Privatbank sein?«

»Ach, die ist relativ unbekannt.«

»Wie die Scheißbank heißt, will ich wissen.« Boris trat ihm unvermittelt in den Magen.

Sebastian blieb die Luft weg. »Ist ja schon gut! Die heißen … Probst and Bleidner, Financial Service and Business Management.« Klang eigentlich ganz gut – vielleicht sollte er Olli und Martin dazu überreden, eine Bank zu gründen. Falls er noch die Gelegenheit dazu hatte.

»Nie gehört.«

»Ja, die legen äußersten Wert auf Diskretion.«

Gerade holte Boris aus, um ihn erneut zu treten, da kam Miriam zur Tür herein, diesmal vollbepackt mit diesen dunkelblauen Tüten von *Peek & Cloppenburg*, den großen mit dem Plastikgriff. Ihr Blick wanderte von Boris zu Sebastian und wieder zurück, dann kreischte sie: »Was ist denn hier los? Wer sind Sie? Verschwinden Sie!«, ging sie Boris an.

»Halt's Maul, du Schlampe!«

Miriam konnte ziemlich unangenehm werden, wenn sie sauer war. Sie holte mit einer großen Tüte aus und zog sie Boris über den Kopf. Schade, dass sie nur Klamotten gekauft hatte und keine Bratpfanne oder einen Amboss.

Boris schien einen Moment lang nicht zu wissen, ob er Angst bekommen oder einfach in Gelächter ausbrechen sollte. Jedenfalls war er sichtlich irritiert. Schließlich zog er Sebastian zu sich und flüsterte ihm ins Ohr: »Morgen Abend komme ich wieder, und du gibst mir die Kohle, Arschloch!« Er stürmte an Miriam vorbei aus der Wohnung. Offenbar wusste er, wann Zeit zum Abhauen war. Deshalb war er auch noch auf freiem Fuß, während Kiki im Knast und letztlich in der Hölle gelandet war.

Kapitel 24,

in dem Sebastian die Wahrheit sagt und Miriam sich etwas überlegt, für das man Eier braucht.

»Was war das denn?«, schrie Miriam. Eine aus ihrer Sicht durchaus berechtigte Frage.

»Was meinst du?«, versuchte Sebastian, auf Zeit zu spielen. Er saß auf dem Boden und musste immer wieder husten. Zum ersten Mal in seinem Leben hatte er Halsschmerzen von außen.

»Na, vielleicht den fetten Ledertypen, der gerade versucht hat, dich umzubringen?«

»Ach so, den … Das war ein alter Bekannter. Vom Studium.«

»Vom Studium«, echote Miriam. »Der sah gar nicht aus wie einer, der studiert hat.«

Da hatte sie recht. Trotzdem: In seiner Not überschüttete er Miriam mit Vorwürfen, wie vorurteilsbeladen sie doch sei. Dass ja wohl nicht jeder Akademiker in Anzug und Krawatte herumlaufen müsse – und es überhaupt nichts über einen Menschen aussage, wenn er in großen gotischen Buchstaben »Devil« auf den Nacken tätowiert hatte.

Doch Miriam ließ sich nicht so leicht abschütteln. »Und was wollte der von dir? Dich zu einem Ehemaligen-Treffen einladen?« Wie ein Terrier, der sich in seiner Wade verbissen hatte.

»Ja, so in der Art. Er überlegt, zu promovieren und …«

»Sebastian, bitte! Verarsch mich nicht!«

»Mann, dem schulde ich noch Geld.« Mist, das war etwas zu nah an der Wahrheit. Jetzt hatte er Miriam auf die richtige Fährte geführt.

»Seit wann schuldest du Leuten Geld?«

»Na, seit dem Studium.«

»Komm, wir rufen die Polizei!«, meinte sie entschlossen.

»Nein, keine Polizei!« Er klang schon wie jemand aus einem schlechten Vorabendkrimi. Einer, der in eine blöde Sache hineingeraten war, die ihm nun über den Kopf wuchs. Wenn er so darüber nachdachte: Genau so war es ja auch.

»Wieso denn nicht? Basti, der Typ kommt einfach so in unsere Wohnung und erwürgt dich fast!«

»Ja, aber …« Ihm fiel nichts mehr ein, deshalb fasste er sich mit schmerzverzerrtem Gesicht an den Hals und röchelte: »Das Sprechen tut so weh.«

»Um was für eine Summe geht es denn?«

»Ach, nicht so viel.« Nur 750 000 Euro.

»Und, ganz blöde Frage: Warum gibst du ihm das Geld nicht einfach?«

»Stimmt! Gute Idee! Dass ich da nicht selbst draufgekommen bin.« Leider war das keine Lösung: Wenn er Boris das Geld – oder besser: was noch davon übrig war – zurückgab, würde ihn der Fettsack umbringen, so eine Mordswut, wie der hatte. Allerdings erst recht, wenn Sebastian ihm nichts gab. Was sollte er bloß tun? Ins Ausland fliehen? Aber da zog Miriam nicht mit. Niemals würde sie hier alles hinschmeißen. Alle ihre Freunde lebten hier, und in ihrem Job lief es nach der kleinen Zwangspause auch wieder super. Abgesehen davon wollte er auch nicht weg. Zum ersten Mal seit langer Zeit fühlte er sich rundum wohl. Doch andererseits: Wenn er hierblieb, verließ er bald die Welt der Lebenden. Wie sehnte er sich doch zu dem Zeitpunkt zurück, als sein größtes Problem darin bestand, dass das Klopapier alle war.

»Basti, eine Frage. Und versprich mir, dass du sie ehrlich beantwortest.« Miriam rang um Fassung.

»Klar, ich bin doch immer ehrlich.«

»Nee, echt jetzt. Schwöre es beim Leben deiner Mutter!«

Beim Leben von Kiki wäre ihm lieber gewesen. Er verdrehte die Augen und hob die Hand zum Schwur: »Ich schwöre.« Es gefiel ihm überhaupt nicht, welche Wendung die Sache hier gerade nahm.

»Okay.« Miriam sammelte sich. »Dieser Typ gerade – der hat nicht rein zufällig irgendwas mit dem vielen Geld auf deinem Konto zu tun?«

Scheiße. Schnell irgendwas sagen! Zu spät. Er hatte schon gezögert.

»Wusste ich doch, dass da was nicht stimmt!«, explodierte Miriam. »Ach Scheiße, Basti!«

»Ach Scheiße, ach Scheiße«, äffte er sie nach. »Ja, Scheiße! Große Scheiße!« Jetzt war es wohl an der Zeit, mit der Wahrheit um die Ecke zu kommen. Er wollte das kurz vor seinem Tod machen – und dieser Zeitpunkt schien nun, etwas früher als geplant, gekommen zu sein. Schluss mit der Geheimniskrämerei. Sebastian erzählte alles: wie Kiki ihn im Knast auf Tina angesetzt hatte, dass Tina dummerweise von Boris schwanger war, wie wenig erfreut Boris sich von Sebastians Mitwisserschaft zeigte – und wie Sebastian auf die brillante Idee kam, Boris zu erpressen. Was ja auch – das müsse man ihm zugestehen – hervorragend geklappt hatte, bis ein ganz wesentlicher Baustein der Erpressung, nämlich Kiki, keine Extra-Wurst bekommen und infolgedessen das Leben gelassen hatte. Alles in allem also eine Verkettung unglücklicher Umstände, hier und da etwas forciert durch dämliche Entscheidungen und Mut zur Unzeit, was nun dazu führte, dass er auf der Abschussliste von Boris einen unangefochtenen Spitzenplatz einnahm.

»Ich fass es nicht«, sagte Miriam nach dem ersten Schock. »Da läuft's im Leben mal nicht rund und du mutierst innerhalb kürzester Zeit vom Stubenhocker zum Schwerkriminellen. Oder sollte das etwa heldenhaft sein? À la ›Wenn es drauf ankommt, bin ich ein Held‹?! Bist du nicht, Basti!«

»Ich habe das doch nur für uns getan.« Wow, das klang gut.

»Na, herzlichen Dank! Ich wollte schon immer einen Schlägertypen in der Wohnung haben, der meinen Freund kaltmachen will.« Das wiederum klang nicht so gut.

»Nach allem, was ich in der Vergangenheit verbockt habe, wollte ich uns dieses eine Mal da rausboxen. Okay, hat nicht geklappt. Ich habe mal wieder versagt.«

»Wann hast du denn schon mal versagt?«

»Na, ständig! Bei dem Brand. Im Job. Und überhaupt. Kein Wunder, dass ich für dich nicht der Mann fürs Leben bin.«

»Ich weiß echt nicht, wie du darauf kommst. Habe ich das jemals gesagt?«

»Nicht direkt. Aber du wolltest doch immer einen Helden. Hast du damals gesagt, als wir im Flur auf dem Boden lagen.«

Miriam dachte angestrengt nach.

»Weißt du nicht mehr? Am Abend vor dem Brand«, half er ihr auf die Sprünge.

Jetzt fiel der Groschen. »Ach so, das! An was du dich alles erinnerst … Ich wollte doch nur jemanden, der mich ins Schlafzimmer tragen kann, ohne mich zwischendurch fallen zu lassen.«

»Ich dachte, es ist was Grundsätzliches.«

»Keine Frau der Welt will mit einem Waschlappen zusammen sein. Insofern habe ich nichts dagegen einzuwenden, wenn gelegentlich auch mal deine männliche Seite zum Vorschein kommt. Aber mir scheint, du hast es in den letzten Wochen ein bisschen übertrieben.« Miriam kam auf Sebastian zu und wollte ihm die Hand reichen, um ihm vom Boden aufzuhelfen.

»Geht schon«, sagte er und richtete sich aus eigener Kraft auf. Sie hatte vermutlich recht: Er hatte sich die ganze Zeit unter Druck gesetzt und seine Defizite in Sachen Männlichkeit wohl ein bisschen überkompensiert. Die Lösung lag vermutlich irgendwo in der Mitte: Haltung zeigen, ohne dabei Kopf und Kragen aufs Spiel zu setzen. Schade, dass ihm wahrscheinlich keine Zeit mehr blieb, diese Erkenntnis in die Tat umzusetzen – jetzt, wo ihnen Boris auf den Fersen war. Sebastian hatte seinen Einsatz in diesem Spiel schon gemacht, und jetzt hieß es: Nichts geht mehr. Er schloss die Wohnungstür zweimal ab und legte den Sicherheitsriegel vor. Sie setzten das Gespräch in der Küche fort, eine Art Runder Tisch zur aktuellen Krisensituation. Sebastian bekam noch einige Beschimpfungen zu hören, bis Miriam sich einigermaßen beruhigte.

»Und jetzt?«, fragte sie.

Tja, das war die Frage. Wenn du am Arsch bist, musst du reintreten – richtig. Doch wie sah das in diesem Falle aus? Die Polizei alarmieren schied aus, dafür hing Sebastian zu tief mit drin. Er war seit geraumer Zeit Mitwisser und hätte Boris schon längst anzeigen müssen. Bestimmt war auch die Erpressung eines Kriminellen strafbar. Und selbst wenn er wider Erwarten mit alldem durchkam: Die Polizei würde das Geld zurückverlangen. Und dann war er wieder da, wo er sich mittlerweile bestens auskannte: am Arsch.

Miriam machte erst mal Tee und stellte ein paar Kekse auf den Tisch. »Das hilft beim Denken«, erklärte sie. So beschissen die Situation war – es beruhigte Sebastian ungemein, dass Miriam endlich Bescheid wusste. Mehr noch: Sie suchte mit ihm nach einer Lösung. Okay, zwischendurch sagte sie auch immer mal wieder so was wie »Scheiße, Basti!« und »Du Idiot!«, aber damit konnte Sebastian leben. Sie hätte ja auch einfach abhauen können. Warum hatte er Miriam bloß nicht viel früher eingeweiht? Sie war in ihrer Beziehung doch schon immer die Strippenzieherin gewesen. Wie oft hatte sie schon den rettenden Einfall gehabt, wenn es ein nerviges Problem gab. Bisher war es dabei zwar nicht gerade um Leben und Tod gegangen, sondern eher um Weihnachtsgeschenke in letzter Minute, Ausreden, um eine missliebige Einladung abzusagen, oder Zoff mit dem Vermieter. Nicht selten war er überrascht, wie berechnend und perfide sie ihre Ziele verfolgte. Vielleicht war das auch ein Grund, warum es bei ihr im Job lief und bei ihm nicht.

»Angst!«, sagte Miriam plötzlich.

Er sah sie irritiert an. »Ja, habe ich auch.«

»Nein. Angst, das ist unsere einzige Chance.«

»Wie meinst du das?«

»Du musst Boris Angst machen.«

»Ach komm. Meinst du, der macht einen Rückzieher, wenn wir den ein bisschen erschrecken? Niemals.«

»Ich glaube, da ist jemand an der Tür.«

Sebastian sprang panisch auf. »Scheiße, wir müssen weg! Komm, über den Balkon!«

»Setz dich wieder, da ist niemand.« Miriam lachte.

Er sah sie entgeistert an. »Mann, was soll das?! Du hast mich zu Tode erschreckt.«

»Ich wollte dir nur zeigen, wie wirksam Angst ist.«

»Okay, die Botschaft ist angekommen. Aber Miri, du hast den Typen vorhin gesehen. Der zerquetscht mich mit der bloßen Hand. Wie soll ich dem Angst machen?«

»Hm. Wovor fürchtet der sich wohl am meisten?«

»Davor, dass er in den Knast muss.«

»Und was bringt ihn in den Knast?«

»Irgendein Beweis, dass er an dem Raubüberfall beteiligt war.« Er kam sich vor wie ein Schüler. Wenn die Lehrerin am Ende den bösen Jungen aus der Parallelklasse von der Schule verwies, sollte es ihm recht sein.

»Und wenn es diesen Beweis nicht gibt?«, bohrte Miriam weiter.

»Tja. Keine Ahnung.«

»Na, ein Geständnis!«

»Ach so«, sagte er etwas enttäuscht. Irgendwie hatte er jetzt was Originelleres erwartet. »Und wie sollen wir ihn dazu bitte kriegen?«

Miriam blies die Backen auf und drückte Luft durch die zusammengepressten Lippen. Nicht gerade ein Zeichen von Zuversicht.

»Und selbst wenn er gesteht: Dann zieht er uns auf jeden Fall mit rein«, gab Sebastian zu bedenken. Es war hoffnungslos. »Am besten, wir nehmen das Geld und fangen irgendwo weit, weit weg noch mal ganz von vorne an.«

Miriam sah ihn plötzlich verblüfft an. »Das ist gar keine schlechte Idee. Vielleicht ist das die Lösung!« Dann grinste sie übers ganze Gesicht. Offenbar stieg ihr die Sache auch langsam zu Kopf.

Am Abend kochten sie was Einfaches, Spaghetti mit Pesto und Gurkensalat. War das seine Henkersmahlzeit? Miriam war in den letzten Stunden merkwürdig still geworden. Während sich Sebastians Gedanken im Kreis drehten und er immer wieder aufs Neue zu dem Ergebnis kam, dass er unrettbar verloren war, schien es in ihrem Kopf zu rattern. Zwischendurch stellte sie seltsame Fragen, bei denen sich Sebastian nicht sicher war, ob sie überhaupt in Zusammenhang mit Boris standen: »Gibt es wohl luftdicht verschließbare Eimer?«, »Wird bei Bohnenkämper auch nachts gearbeitet?«, »Hat Olli noch Kontakt zu diesem seltsamen Dealer?« Sebastian gab brav Auskunft – »Bestimmt«, »Nein« und »Ich glaube schon« –, doch seine Gegenfrage, warum sie das alles wissen wolle, blieb unbeantwortet.

Nach dem Essen sagte Miriam auf einmal: »Okay, ich habe mir was überlegt.«

Sebastian sah sie groß an. »Echt?«

»Ja. Aber man braucht dafür Eier. Wenn alles klappt,

sind wir Boris los und behalten das Geld. Zumindest das meiste davon.«

»Und wenn nicht?«

»So sollten wir nicht denken.«

Sebastian kam sich vor wie in einem dieser Filme, wo ein Problemlöser herbeigerufen wurde, der die Dinge in die Hand nahm, im Gegenzug aber unbedingte Gefolgschaft verlangte. Gebannt lauschte er, was Miriam ausbaldowert hatte.

»Und? Was meinst du?«, beendete sie ihre Ausführungen.

Sebastian stülpte die Unterlippe vor. Wow, Miriam hatte sich selbst übertroffen – das war mal ein Plan. Wenn er aufging, war Boris weg und würde niemals zurückkommen. Sebastian war sich jedoch alles andere als sicher, dass die Sache funktionieren würde. Was Besseres fiel ihm allerdings auch nicht ein. Miriam hatte recht: Um das durchzuziehen, brauchte man Eier. Sowie einige tausend Euro, die Hilfe von Martin und Olli, Stoff von Dennis, verschiedenen Krimskrams – und nicht zuletzt ein paar ungestörte Stunden auf dem Werksgelände von Bohnenkämper.

»Ich gehe mal telefonieren«, sagte Sebastian. Aber vorher gab er Miriam noch einen Kuss.

Kapitel 25,

in dem sich Schritte nähern und der Adler landet.

Diese Warterei trieb ihn noch in den Wahnsinn. Sebastian spazierte schon seit zwei Stunden vor dem Haus auf und ab. Doch keine Spur von Boris. Zum x-ten Mal hörte er in der Ferne ein Motorrad, zum x-ten Mal stockte ihm der Atem, bis zum x-ten Mal das Geräusch leiser wurde und verschwand.

Ein älterer Herr aus dem benachbarten Wohnhaus führte seinen Golden Retriever Gassi. Sebastian grüßte mit einem freundlichen »'n Abend« und bekam ein Nicken als Antwort. Bestimmt fragte sich der andere, warum er hier in der Dunkelheit herumlungerte. Aber es ging nun mal nicht anders. Beim Angeln nannte man das Lebendköder. Für einen dicken Fisch musste man sich halt ins Zeug legen.

Er hatte lange mit Olli und Martin telefoniert. Olli war sofort Feuer und Flamme. Es freute ihn, sich mal nützlich machen zu können. Dass die Aktion etwas heikel war, tat er mit einem »Ist doch geil!« ab. Er erklärte sich auch sofort bereit, Dennis wegen einer Spezialbestellung zu kontaktieren. Bei Martin musste Sebastian etwas mehr Überzeugungsarbeit leisten. Er wehrte erst mal reflexartig ab. Doch um mit einem wie Boris fertig zu werden, brauchte man mindestens drei Mann, so viel stand fest. Deshalb war Martin unverzichtbar. Sebastian packte ihn an seinem empfindlichsten Punkt: den Eiern. Oder an dem noch ausstehenden Beweis, dass er davon tatsächlich ein Paar in der Hose hatte. Martins Selbstwertgefühl war nach den Erlebnissen in Thailand am Boden, und die Rückkehr in seinen alten verhassten Job tat ihr Übriges. Doch wer hier mit von der Partie war, war für immer von jeglichem Verdacht freigesprochen, ein Versager zu sein. Auch, wenn er weiterhin Gesundheitsschuhe und Strickjäckchen trug.

Wieder hörte Sebastian ein Motorrad. Er wartete darauf, dass das Dröhnen wie üblich abnahm. Doch es wurde lauter. Sein Puls begann zu rasen. Jetzt klang es so nah, dass das Motorrad jeden Moment zu sehen sein musste. Ganz in der Nähe verstummte das Geräusch. Das Motorrad parkte. Er hörte das Klacken, mit dem der Ständer auf die Straße traf. Das musste hier direkt um die Ecke sein. Schritte näherten sich. Boris.

Sebastian trat in den Hauseingang zurück. Bei dem, was jetzt folgen sollte, war Diskretion angebracht.

Als Boris klingeln wollte, sah er Sebastian und ging sofort in Habtachtstellung. »Na, wen haben wir denn da?«

»Ich habe gerade den Müll rausgebracht«, erklärte Sebastian. Das klang, wie es war: auswendig gelernt. Zum Glück war das der einzige Satz, den er sich bereitgelegt hatte.

»Das sehe ich, der Müll steht ja direkt vor mir«, konterte Boris und grinste dämlich. Er kam bis auf wenige Zentimeter heran. »Wo ist mein Geld?« Boris packte ihn am Hals. Das machte er wohl gern. Dabei sah Sebastian ohnehin schon aus, als habe ihm ein Nilpferd Knutschflecke verpasst.

»Habe ich«, presste er hervor.

»Wo?« Boris drückte fester zu.

Wenn es nach Sebastian ging, konnte jetzt Phase zwei des Plans in Kraft treten. Und zwar am besten noch, bevor er erstickt war.

Keine Sekunde zu früh kamen Olli und Martin aus der Schiebetür eines schwarzen A-Team-mäßigen Vans gesprungen, den Sebastian extra gemietet hatte. Boris' Kopf schnellte herum. Olli hielt eine Spritze in der Hand. Dennis hatte ihm Zeug besorgt, mit dem man für gewöhnlich Pferde betäubte. Die Nadel, so war der Plan, sollte in Boris' Nacken landen – am besten genau im i-Punkt seines Devil-Tattoos. Doch Olli hatte den richtigen Moment verpasst. Boris hatte sich ihm schon zugewandt. Panisch fuchtelte Olli ihm mit der Spritze vor der Nase herum. Schließlich rammte er sie kurz entschlossen in die Wange und injizierte etwa die Hälfte der Flüssigkeit.

»Au!«, schrie Boris und zog sich die Spritze aus dem Gesicht. »Was soll die Scheiße? Was ist das für ein Zeug?!«

Sebastian nutzte Boris' Verwirrung, um ihm eine Ladung mit dem Elektroschocker zu verpassen. Eine verdammt gute Investition, wie sich jetzt herausstellte.

»Aaargh!«, schrie Boris. Er drehte den Kopf wieder zu Sebastian und sah ihn ungläubig an. Er machte den Mund auf, um etwas zu sagen, doch schien er nicht mehr Herr seines Körpers zu sein. Er sackte zusammen. Sebastian fing den Fall ab, indem er Boris unter die Arme griff. Olli und Martin übernahmen sofort je ein Bein. Irgendwie hatte die Kombination aus Betäubungsmittel und Strom gewirkt. Fragte sich nur, wie lange diese Wirkung anhielt.

»Ich dachte schon, ihr seid mal eben pinkeln gegangen«, sagte Sebastian.

»Wir waren uns erst nicht sicher, ob er das wirklich ist«, erklärte Olli.

»Stimmt, hätte ja auch einer von den anderen 200 fetten Rockern sein können, die mir nach dem Leben trachten. Wir müssen uns beeilen, der Typ mit dem Hund kann jeden Moment zurückkommen.« Zwischenzeitlich hatten sie überlegt, die Sache oben in der Wohnung durchzuziehen, aber die Vorstellung, den schlaffen Fettwanst das ganze Treppenhaus runtertragen zu müssen, hatte sie abgeschreckt. So war der Weg zum Van wenigstens schön kurz. Zumal Boris noch schwerer war, als er aussah. Sie wuchteten ihn auf die hinterste der drei Sitzreihen. Weil er nicht ganz hineinpasste, stauchte Olli ihn unsanft zusammen. Mit Bewusstlosen konnte man so etwas ja machen. Anschließend fesselte er Arme und Beine des Rockers.

Sebastian rief Miriam an, die oben in der Wohnung wartete. »Der Adler ist gelandet!«

»Hä?«

»Der Adler ist … Mann, wir haben Boris. Er liegt im Auto.«

Kurz darauf kam sie mit zwei großen Taschen aus der Haustür und sprang in den Van.

Kapitel 26,

in dem anfangs alles nach Plan läuft.

Boris lief ein nicht enden wollender Sabberfluss aus dem Mund, der auf dem Sitz des Vans eine unappetitliche Pfütze bildete, ehe die Flüssigkeit in den Tiefen des Schaumstoffs versickerte. Außerdem gab der Koloss alle paar Sekunden so laute Schnarcher von sich, dass Sebastian jedes Mal aufs Neue erschrak. Wenigstens wusste man so, dass er noch lebte – das war ja auch was wert.

Auf der Rückseite des Bohnenkämper-Geländes gab es eine unbewachte Nachtpforte, die Mitarbeiter mit einer Magnetkarte passieren konnten. Sebastian parkte den Van an einem Nebeneingang der Schlachthalle. Normalerweise hielten hier die Bohnenkämper-Mitarbeiter ihre Zigarettenpausen ab. Einmal war durch diese Tür ein Schwein entwischt, das dann aber dummerweise fünf Meter weiter von einem LKW erfasst wurde.

Sie luden Boris aus und schleppten ihn in das Gebäude. Miriam ging mit den Schlüsseln vorweg. Im Vorbeigehen drückte Sebastian mit dem Ellenbogen auf die beiden Lichtschalter. Hunderte von Neonröhren begannen zu klickern und zu flackern. Da es hier keine Fenster gab, konnten sie ohne Bedenken die volle Beleuchtung einschalten. In kaltem Licht lag die verwaiste Schlachthalle vor ihnen, deren Apparaturen ohne Menschen und Schweine noch unheimlicher wirkten.

Sie hievten Boris auf das Förderband, das normalerweise das Vieh zur Betäubungsstation transportierte.

»Mist!«, rief Martin plötzlich. Seine Nase blutete. Er legte den Kopf in den Nacken.

»Fuck!«, stöhnte nun Olli. Er übergab sich. Wie immer, wenn er Blut sah.

»Da hast du dir ja ein traumhaftes Duo an Bord geholt.« Miriam kramte zwei Tampons aus der Tasche und steckte sie Martin rüde in die Nasenlöcher. Damit sah er ziemlich albern aus, aber es half. Sie wühlte weiter in ihrer Tasche und holte einen Lappen hervor, den sie Olli in die Hand drückte: »Wegwischen.«

»Geht klar.« Olli übergab sich erneut, machte dann aber anstandslos seinen Job – das musste man ihm lassen.

Nun konnten sie ihre Aufmerksamkeit wieder Boris zuwenden. Sebastian setzte das Förderband in Gang. Der Hüne fuhr Richtung Betäubungsanlage. Dort angekommen, zog er einen Haken von der Decke, den er an Boris' Handfesseln befestigte. Jetzt hieß es warten, bis die Betäubung nachließ.

»Hat Dennis irgendwas gesagt, wie lange das Zeug wirkt?«, fragte Miriam.

Olli zuckte mit den Schultern. »Vielleicht eine Stunde. Oder länger.« Alles klar, Olli hatte keinen blassen Schimmer.

Sebastian und Miriam nutzten die Zeit, um zum Container-Terminal zwei Hallen weiter zu gehen und dort ein paar Vorbereitungen zu treffen. Olli und Martin sollten solange Boris bewachen, auch wenn Sebastian kein gutes Gefühl bei der Sache hatte.

»Hier arbeitest du also. Schön!«, neckte ihn Miriam beim Gang durch die Schlachtanlagen.

»Ich habe halt gern mit Schweinen zu tun«, gab Sebastian zurück.

Im Terminal machte er den Container mit der Nummer 0205/CM/08J/11T ausfindig, der schon bereitstand, weil er am nächsten Morgen als Erstes beladen und für seinen Transport nach Thailand abgefertigt werden sollte. Sebastian öffnete ihn. Wie erwartet, war er noch leer. Er holte einen Großkarton aus dem Lager, auf den er das übliche Prüfetikett samt Stempel und seiner Unterschrift klebte. Anders, als das Etikett besagte, sollte der Karton jedoch nicht mit Schweinekoteletts bestückt werden, sondern mit dem Inhalt der großen Taschen, die Miriam bei sich trug: vier Flaschen Wasser, vier Packungen Brot, mehrere Gläser Würstchen – natürlich original Bohnenkämper –, fünf Tafeln Schokolade, eine Rolle Klopapier, eine Schere, ein luftdicht verschließbarer Eimer, eine Daunenjacke, zwei Decken und eine Taschenlampe. Mit dieser Ausrüstung sollte es Boris gelingen, lebend in Thailand anzukommen. Dazu legten sie noch einen Reiseführer für Bangkok – auf die Schnelle war kein Wörterbuch Thai-Deutsch aufzutreiben gewesen – und einen Umschlag mit 20 000 Euro in bar, womit Boris vielleicht die Kooperationsbereitschaft der thailändischen Lagerarbeiter etwas steigern konnte. Wenn er es geschickt anstellte, behielt er vielleicht sogar noch etwas übrig. Der Umschlag enthielt zudem einen Zettel mit Brittas Adresse in Ko Samui und den von Martin persönlich formulierten Hinweis: »Dort hilft man dir gern weiter, bestell einfach schöne Grüße von Martin!«

»Meinst du nicht, 10 000 Euro reichen?«, fragte Sebastian, als sie fast fertig waren.

»Basti, sei doch nicht so geizig. Immerhin ist das ja auch irgendwie sein Geld, oder? Das ist alles eh schon scheiße genug für den.«

Und wieder einmal hatte sie recht.

Nachdem sie alles hineingepackt hatten, stellten sie den Karton auf eine Palette, auf der sie ihn ganz hinten in den Container schoben. Jetzt musste nur noch Boris hinein. Würden Sebastians Kollegen morgen früh kommen, erklärte er ihnen einfach, er habe schon mal mit dem Verladen angefangen, weil der thailändische Abnehmer Druck gemacht habe. Das war zwar ungewöhnlich, konnte ihm aber im Zweifel als Arbeitseifer ausgelegt werden.

»Basti! Miriam!«, hörte er Olli von weitem rufen. »Schnell!«

Sie rannten zurück in die Schlachthalle. Boris lag unverändert am Boden.

»Was ist?«, fragte Sebastian völlig außer Atem.

»Er hat gegrunzt.«

»Gegrunzt?«

»Ja, so ungefähr …« Olli imitierte einen Grunzlaut. »War doch so, oder?«, fragte er in Richtung Martin.

Martin nickte widerwillig, wobei die blauen Bändchen der Tampons in seiner Nase lustig hin und her wippten.

»Oder vielleicht eher …« Olli imitierte einen Grunzlaut, der dem ersten sehr ähnlich war.

»Ist ja auch ziemlich egal, wie genau das geklungen hat«, würgte Miriam ihn ab. »Aber vermutlich wacht er dann bald auf. Checkt mal, ob die Fesseln richtig sitzen.«

Noch während Martin und Sebastian an den Handgelenken zugange waren, schlug Boris die Augen auf. Martin schrie unwillkürlich.

»Hoch! Zieht ihn hoch!«, befahl Sebastian.

»Wie denn?«, fragte Olli panisch.

»Da an dem roten Hebel!«

Olli legte den Hebel um. Der noch ziemlich schlaffe Boris wurde rasant nach oben gezogen.

»Stopp!«, rief Sebastian, als Boris' Füße gerade noch den Boden berührten.

Olli fummelte hektisch am roten Hebel herum. Offenbar drehte er ihn in die falsche Richtung, denn statt die Förderschiene anzuhalten, beschleunigte er sie. Boris wurde mit einem Affenzahn Richtung Brühbad geschleift. Das war zwar nicht auf Temperatur, was aber nur bedeutete, dass er darin nicht verbrühen, sondern einfach nur ertrinken würde.

»Andere Richtung! Andere Richtung!«, schrie Sebastian. Er hastete zum Hebel und legte ihn um. »Andere Richtung«, wiederholte er, diesmal ganz leise, auch um sich selbst etwas zu beruhigen.

»Ups«, sagte Olli. »Ist aber auch voll High-Tech hier.«

Boris hing mit weit aufgerissenen Augen am Haken und kam langsam wieder zurückgefahren. Seine Füße berührten noch den Boden. Er lief aus eigenem Interesse etwas mit, so zog nicht sein ganzes Körpergewicht an den gefesselten Händen. Dabei gab er einen unförmigen Laut von sich.

»Was hat er gesagt?«, fragte Sebastian. Sein Puls raste. Hoffentlich musste er sich nicht gleich auch noch übergeben.

»›Winnetou‹. Ich glaube, er hat ›Winnetou‹ gesagt«, meinte Olli.

»Winnetou?!«

»Ja, Winnetou. Der Häuptling der Apachen!«

»Ich weiß, wer Winnetou ist! Aber warum sollte er ›Winnetou‹ sagen?«

»Alter, was weiß ich denn?! Vielleicht denkt er, das hier ist ein indianisches Ritual oder so.«

»Wird euch noch leidtun!«, stöhnte Boris diesmal besser verständlich.

»›Wird euch noch leidtun‹, hat er gesagt«, übersetzte Olli.

»Danke, Olli. Jetzt habe ich es auch verstanden.«

Langsam bekam Boris offenbar das Gefühl für seinen Körper wieder. Er wand sich wie ein Aal und strampelte – anders als ein Aal – mit den Beinen.

Miriam ging auf ihn zu. »Hallo Boris, wir wurden uns noch gar nicht vorgestellt. Ich bin Miriam.«

»Was willst du, Schlampe?«

»Nun, zunächst mal will ich nicht Schlampe genannt werden.«

Boris schwieg missmutig. Er schien einzusehen, dass er gerade am kürzeren Hebel saß – oder besser gesagt: am höheren Haken hing.

»Folgendes«, fuhr Miriam fort. »Wir befinden uns hier auf dem Gelände der Bohnenkämper-Schlachterei. Kennst du bestimmt. Morgen früh geht ein Fleischtransport von hier nach Thailand. Erst mit dem LKW, dann per Flugzeug. Ein ganzer Container voll mit Koteletts – und dir.«

»Ihr Ratten wollt mich umbringen?« Boris strampelte

wie verrückt und zerrte mit seinen Händen am Haken. »Erst nehmt ihr mir meine Kohle weg und dann macht ihr mich kalt?!«

Sebastian machte sich Sorgen um die Stabilität des Fördersystems. Boris war zwar nicht viel schwerer als ein schlachtreifes Schwein, aber die zuckten höchstens noch mal kurz, wenn sie erst mal an diesem Haken hingen. Allzu lang sollte Boris nicht mehr zappeln.

»Nein, keine Sorge«, beruhigte ihn Miriam. Sie erklärte Boris, wie gemütlich sie ihm den Karton eingerichtet hatten, der im Container schon auf ihn wartete. Und dass sogar Jacke und Decken bereitlagen, damit er trotz der Temperatur von konstant 1,5 Grad eine angenehme Reise hatte.

»Schwachsinn!«, empörte sich Boris. »Ich mach da drin so einen Radau, der LKW kommt keine hundert Meter weit.«

»Nein, machst du nicht«, schaltete sich Sebastian ein. Er wollte auch mal was sagen. »Denn noch bevor der LKW überhaupt losgefahren ist, bekommt die Polizei das Video mit deinem Geständnis, dass du Kikis Komplize bei dem Raubüberfall warst.«

»Das heißt, du solltest über deine Auswanderung froh sein. Und wenn du schlau bist, kommst du nie mehr zurück, weil dich dann nämlich sofort die Polizei schnappt und für lange Zeit einbuchtet«, ergänzte Miriam.

»Was faselt ihr da von einem Geständnis?«, wollte Boris wissen.

»Das nehmen wir jetzt auf Video auf«, übernahm wieder Sebastian. »Du musst nur sagen: ›Hiermit gestehe ich, Boris …‹ – äh, wie heißt du eigentlich mit Nachnamen?«

»Fick dich.«

»Okay, also: ›Hiermit gestehe ich, Boris Fickdich, dass ich an dem Geldtransporter-Überfall vom 4. März zusammen mit Kilian Kiefer maßgeblich beteiligt war.‹ So ungefähr. Kannst natürlich auch selbst ein bisschen gucken, wie du das formulieren willst, wir sind ja keine Unmenschen.«

»Einen Scheiß mache ich.«

»Okay.« Das hatten sie nicht anders erwartet. Alles läuft nach Plan, beruhigte sich Sebastian, während er versuchte, Gelassenheit auszustrahlen. Er ging zum Brühbad und schaltete es ein. Zwischendurch hatte er das Gefühl, seine Beine versagten ihm den Dienst. Ob man das von außen sah? Zur Seite wegknicken und sich nur mühsam wieder aufrappeln hatte wahrscheinlich keinen sehr hohen Coolnessfaktor.

»Miriam, leg den roten Hebel noch mal um.«

Das Förderband setzte sich wieder in Bewegung. Boris strampelte. Als er einen Meter vor dem Becken hing, stoppte Miriam die Förderschiene. »Das Wasser geht jetzt auf 60 Grad«, erklärte Sebastian. »Das ist ziemlich heiß!«, schob er sicherheitshalber hinterher.

»Leck mich«, sagte Boris.

»Miriam, Hebel!« Hoffentlich gab der bald nach. Falls er sich trotz allem hartnäckig weigerte, hatten sie keinen Plan B. Sie konnten Boris ja schlecht umbringen.

Der Fettwanst setzte sich wieder in Bewegung. Jetzt hing er direkt über dem heißen Wasser.

»Ich kann das auch auf 80 oder 100 Grad hochdrehen«, drohte Sebastian. Er war sich gar nicht sicher, ob das tatsächlich ging. Jedenfalls dampfte das Wasser jetzt schon ordentlich.

»Lasst mich doch einfach hierbleiben, ich tu euch schon nichts«, erklärte Boris. Immerhin, sein Tonfall hatte sich geändert.

Sebastian schaute unsicher zu Miriam rüber. Die schüttelte den Kopf. Sebastian tat es ihr nach und rief: »Hebel!«

»Halt, halt, halt! Ist ja schon gut.«

Puh! Vor lauter Erleichterung wäre Sebastian beinahe ein »Gott sei Dank!« rausgerutscht. Die Rolle des Foltermeisters lag ihm einfach nicht. »Du sagst brav dein Geständnis auf?«

»Ja, verfickt! Aber mal eine ganz blöde Frage …«

»Ja?«

»Warum zur Hölle muss ich nach Thailand? Mit meinem Geständnis habt ihr doch dann was gegen mich in der Hand – wie bisher auch.«

Ein nicht ganz unberechtigter Einwand. »Sicher ist sicher«, erklärte Sebastian knapp. Er wollte seinem Gegenüber nicht unbedingt auf die Nase binden, dass er schlicht und ergreifend Schiss hatte. Seine Nerven hielten das auf Dauer einfach nicht aus – diese ständige Gefahr, Boris über den Weg zu laufen oder ihm unvorbereitet ausgeliefert zu sein, wenn der plötzlich auf alles pfiff und einfach nur Rache wollte. Der Typ sollte ein für alle Mal von der Bildfläche verschwinden.

»Thailand soll sehr schön sein um diese Jahreszeit«, assistierte Martin. »Ich habe dort selbst eine Zeitlang gelebt. Meine Frau – oder besser gesagt: Ex-Frau lebt immer noch dort. Sie hat mich mit einem Einheimischen …«

»Martin, lass gut sein«, unterbrach Sebastian. Boris hatte schon genug durchgemacht, jetzt musste ihn Martin nicht auch noch mit einem seiner Monologe foltern.

»Bist du nicht der Loser aus dem Fernsehen?!«, rief Boris.

»Na ja, Loser ist ein hartes Wort«, verteidigte sich Martin.

»Können wir noch mal kurz zur Sache kommen?«, grätschte Sebastian dazwischen. »Danke. Also, pass auf: Dein Geständnis muss so klingen, als ob du es ganz freiwillig ablegst. Sonst kann das vor Gericht nicht verwendet werden.«

»Das wollen wir natürlich nicht«, ätzte Boris.

»Bis alles im Kasten ist, halte ich das Wasser auf Temperatur. Deshalb: Gib dir Mühe!«

Es brauchte ein paar Anläufe, bis Boris seinen Text mit der nötigen Natürlichkeit aufgesagt und auch nichts vergessen hatte. Sebastian filmte ihn in Großaufnahme, so dass man nichts von der Schlachthalle sehen konnte. Nach zehn Minuten hatte er alles auf seinem iPhone. »Ich schicke das jetzt per E-Mail an einen Bekannten. Nicht, dass du auf die Idee kommst, hier noch Stress zu machen. Bringt nichts, verstanden?« Tatsächlich schickte er es nur an Miriam und sich selbst. War ja nicht nötig, dass noch mehr Leute in die Sache hineingezogen wurden.

Inzwischen war es ein Uhr nachts. Noch fünf Stunden bis zum Beginn der Frühschicht. Jetzt kam der nächste heikle Part der Aktion: Boris sollte in den Karton. Dafür mussten sie ihn vom Haken lassen.

»Müssen wir dich noch mal betäuben, oder gehst du freiwillig?«, fragte Miriam.

»Freiwillig«, grummelte Boris.

Sebastian ließ sich von Olli für alle Fälle eine weitere Spritze mit dem Pferdezeug reichen und gab ihm im Gegenzug den Elektroschocker. Miriam übernahm den roten Hebel.

»Okay, mach keinen Scheiß! Wir haben dein Geständnis«, fasste Sebastian noch mal zusammen. Dann rief er zu Miriam: »Hebel!«

Genau in diesem Moment klingelte ein Handy. Die Melodie von Kid Rocks »All Summer Long«.

»Stopp!«, schrie Sebastian. Die Sache war stressig genug, so was konnte er jetzt echt nicht gebrauchen. »Woher kommt das?«

»Das ist meins«, erklärte Boris.

»Nicht drangehen!«, befahl Sebastian. Unnötig angesichts der Tatsache, dass Boris noch mit gefesselten Händen am Haken hing. Er tastete ihn ab und fand das Handy in der rechten Tasche der Lederjacke.

»Tina ruft an« stand im Display.

»Warum ruft Tina dich an?«, fragte Sebastian aufgeregt. Er war kurz davor, die Beherrschung zu verlieren.

»Keine Ahnung, Mann! Geh doch ran und frag sie!«

Sebastian zögerte einen Moment, dann drückte er den Anruf weg und steckte das Handy ein. »Hebel!«, rief er entschlossen.

Es piepte zweimal. Eine SMS.

»Stopp! Scheiße!« Er holte Boris' Handy wieder hervor. Die SMS wurde auf dem Display angezeigt: »Baby kommt! Wo bist du?«

»Nee, oder?«, entfuhr es Sebastian. Das durfte ja wohl nicht wahr sein. Die Sache hier war so gut wie geritzt und jetzt das. Sebastian hatte gedacht, Boris und Tina hätten gar keinen Kontakt mehr zueinander.

Miriam kam angelaufen. »Was ist?«

Er hielt ihr das Handy hin.

»Shit. Und jetzt?«

»Ja, weiß ich auch nicht! Scheiße!«

»Dürfte ich vielleicht auch mal erfahren, was Sache ist? Ist ja schließlich mein Handy«, mischte sich Boris ein. »Irgendwas mit dem Kind?«

»Ich dachte, du hast Tina sitzenlassen!«, explodierte Sebastian. »Was interessiert dich jetzt auf einmal das Kind?!«

»Is' ja schließlich meins, oder?!«

»Ach, ehrlich? Danke für den Hinweis! Und warum sagst du dann die ganze Zeit nichts?«

»Was geht euch mein Scheiß an?!«

Miriam zog Sebastian beiseite: »Wir müssen die Sache jetzt durchziehen. Muss sie halt allein klarkommen.«

Er überlegte. »Wir können dem Kind doch nicht den Vater wegnehmen und ihn nach Asien exportieren! Das ist total asozial.«

»Wenn der dich umbringt, ist das aber auch total asozial.«

»Wir haben doch das Geständnis.«

»Aber du weißt genauso gut wie ich, dass wir das nicht verwenden können, weil du dann selbst dran bist! Das war nur dazu da, um Boris loszuwerden und an der Rückkehr nach Deutschland zu hindern«, sagte Miriam.

»Schon klar, aber jetzt müssen wir eben umdenken. Dann schicken wir das Geständnis eben nicht an die Polizei. Ist ein bisschen riskanter, okay. Aber wie gesagt: Alles andere ist asozial. Der Mann wird gerade Vater.«

»Jetzt zieh doch bitte einmal eine Sache durch!«, flehte Miriam. »Das ist jetzt deine große Gelegenheit: Zeig, dass du Eier hast!«

»Lieber habe ich keine Eier, als zum kompletten Arschloch zu werden«, erklärte er. Miriams Tatendrang in allen Ehren, aber die Situation hatte sich nun mal verändert. Und brauchte man nicht viel größere Eier, um den bisherigen Plan in Frage zu stellen und ihn an die neuen Gegebenheiten anzupassen? So gesehen scheute Miriam doch das Risiko – und nicht er. Aber jetzt war wohl kaum die Zeit, die Sache auszudiskutieren.

Das Handy klingelte wieder.

Kapitel 27,

in dem Sebastian tut, was zu tun ist.

»Geht's ein bisschen schneller?«, drängelte Boris. Dafür, dass er jetzt eigentlich in einem großen Karton sitzen und bei Bedarf im Lichte einer Taschenlampe in einen Eimer kacken sollte, riss er das Maul schon wieder ganz schön weit auf.

Sebastian gab Gas. Da wären sie um ein Haar aller Sorgen ledig gewesen, stattdessen chauffierte er jetzt seinen Mörder in spe zum Krankenhaus. Aber es half ja alles nichts. Tina hatte sich zwischenzeitlich per Taxi auf den Weg ins Hospital gemacht. Hinter Aral rechts, Aldi, Lidl, bis zum Kreisel bei *Auto Ludwig.* Mittlerweile war er diese Strecke fast so oft gefahren wie ein Rettungssanitäter.

Er parkte direkt vor der Tür, schließlich handelte es sich um einen Notfall. Boris war noch etwas schwach auf den Beinen, deshalb stützten ihn Sebastian und Olli auf dem Weg durchs Foyer.

»Die Notaufnahme ist hier drüben!«, blökte die Nachtschwester von der Anmeldung herüber.

»Wir wollen zur Geburtsstation«, gab Sebastian zurück. Er erntete einen verwirrten Blick von der Schwester, die sich offenbar fragte, wer aus der Truppe wohl kurz vor der Niederkunft stand. Miriam war für eine Hochschwangere zu dünn, und bei Boris stimmte zwar der Bauchumfang, aber das Geschlecht nicht.

»Fünfter Stock«, sagte sie mit Zweifel in der Stimme.

Oben angekommen, wusste die diensthabende Hebamme schon Bescheid. »Sie kommen keine Minute zu früh. Frau Krötz befindet sich in Kreißsaal zwei.« Wie zur Bestätigung ertönten markerschütternde Schreie aus der Richtung, in die die Hebamme wies.

»Na dann, viel Erfolg!«, wünschte Sebastian. »Wir sind dann mal weg.«

Miriam schob flüsternd hinterher: »Und nicht vergessen: Wir haben dein Geständnis.« Stimmt, das musste noch mal gesagt sein. Doch Boris reagierte nicht mehr und wankte davon.

Keine fünf Sekunden später ertönte ein dumpfer Knall. Die Hebamme streckte den Kopf aus der Tür: »Ohnmächtiger Vater in Kreißsaal zwei!«

Sofort kam eine Krankenschwester herbeigelaufen. »Immer das Gleiche: Je größer die Kerle, desto schneller machen sie schlapp«, schimpfte sie. »Hallo Sie dahinten, können Sie mal helfen, den rauszuholen?« Damit meinte sie Sebastian, Martin und Olli, die fast schon durch die Tür waren. Widerwillig machten sie kehrt.

»Auf ein Neues!«, sagte Martin, woraufhin ihn die Schwester fragend anschaute. Wortlos zogen sie Boris an den Füßen aus dem Kreißsaal.

»Langsam geht mir der Kerl echt auf den Rücken«, erklärte Olli.

»Sebastian?«, rief eine Stimme aus dem Kreißsaal. Tina.

»Ja! Hi! Na, wie geht's?« Blöde Frage, die Frau bekam gerade ein Kind.

Tina antwortete mit ohrenbetäubendem Gebrüll.

»Alles klar, wir wollen dann auch gar nicht weiter stören«, druckste Sebastian.

»Gib mir deine Hand!«, befahl Tina.

»Ich weiß nicht, ob das so eine gute …«

»Hand!«, brüllte sie so laut, dass Sebastian einen Sprung machte. Jetzt war wohl nicht der richtige Zeitpunkt, sich zu sträuben.

Er lief in einem weiten Bogen zum Bett, so dass er von den Geschehnissen unterhalb der Gürtellinie nichts mitbekam.

Tina griff seine Hand und quetschte sie. Dann brüllte sie wieder, noch lauter als zuvor. Martin und Olli hatten Boris inzwischen bis auf den Flur geschleift. Die Krankenschwester schloss von außen die Tür. Jetzt saß er in der Falle.

»Wir haben es bald geschafft«, erklärte die Hebamme. Sebastian war sich nicht sicher, ob sie damit ihn oder Tina beruhigen wollte. Wahrscheinlich sie beide.

Zweieinhalb Stunden später war das Kind immer noch nicht da. Sebastian war mittlerweile klitschnass geschwitzt. Er hatte Pullover und Schuhe längst ausgezogen und kniete nun mit vollem Körpereinsatz hinter Tina auf dem Entbindungsbett. Er hielt sie von hinten am Becken, um sie während der Wehen zu unterstützen. Das ist mal eine ganz neue Art, am Arsch zu sein, dachte er. Seine Hände waren nur noch lose Ansammlungen verstauchter Knochen. Zwischenzeitlich war Tina dazu übergangen, ihn mit beiden Händen hinterm Hals zu packen und zuzudrücken. Das tat weh, zumal Boris dort in den letzten Tagen schon einige Vorarbeit geleistet hatte.

Außer der Hebamme war inzwischen auch eine Ärztin

im Raum. Das hier war anscheinend eine Geburt von der komplizierteren Sorte. Immer, wenn er dachte, jetzt müsste es doch eigentlich bald geschafft sein, machte die Hebamme eine deprimierende Bemerkung wie »Er will einfach nicht« oder »Ich hab Zeit«.

»Meinen Sie nicht, der Kindsvater könnte jetzt übernehmen?«, tastete er sich zwischenzeitlich vor. Boris musste doch mittlerweile längst wieder auf den Beinen sein.

»Nein. Alte Regel: Wer einmal umkippt, kippt auch zweimal um«, erklärte die Hebamme. »Schon aus Sicherheitsgründen schließen wir kollabierte Väter für den Rest der Geburt aus.«

Schöne Scheiße. Er konnte ihr ja schlecht sagen, dass der Zusammenbruch womöglich auch auf eine ordentliche Dosis Pferde-Betäubungsmittel zurückzuführen war – oder auf den saftigen Elektroschock, den Sebastian Boris verpasst hatte.

Nach einer halben Ewigkeit kam endlich Bewegung in die Sache.

»Jetzt aber!«, sagte die Hebamme in einem Tonfall, der so beruhigend war, dass es schon wieder nervte.

Tina brüllte ein letztes Mal und zerquetschte ihm den letzten Rest, der von seinen Händen noch übrig war – dann endlich ertönte ein dünner Schrei. Die Hebamme hielt ein blutiges Etwas in ihren Händen. Kurz fühlte sich Sebastian an seine Arbeit bei Bohnenkämper erinnert. Aber Abflammen war jetzt wohl nicht angesagt, auch wenn der Kleine – ja, es war ganz eindeutig ein Junge – ziemlich viele Haare auf dem Kopf hatte. Wahnsinn, wie da einfach so ein neuer Mensch auf die Welt gekommen war! Wenngleich es »einfach so« nicht ganz traf.

»Wie soll er denn heißen?«, wollte die Hebamme wissen.

»Rocco Marvin«, antwortete Tina, die völlig erschöpft und zugleich überglücklich zu sein schien.

»Das sind aber schöne Namen«, lächelte die Hebamme. Falsche Schlange.

»Willst du dir auch einen Namen überlegen?«, fragte Tina. »Weil du mir so geholfen hast.«

Wow. Jetzt bloß nicht heulen, ermahnte er sich. Da kamen ihm schon die Tränen. Wie peinlich. Es war aber auch alles ein bisschen viel gewesen heute – und überhaupt in letzter Zeit. Er dachte einen Moment lang nach. Dann wusste er es. »Wie wär's mit Ulf?«

»Ulf ist ein schöner Name«, sagte die Hebamme.

»Ja, Ulf«, bestätigte Tina.

»Wenn Sie möchten, dürfen Sie jetzt auch die Nabelschnur durchschneiden, Herr …«

»Niehoff.«

»Herr Niehoff.«

»Soll ich?«, fragte er Tina.

Sie nickte.

Er folgte den Anweisungen der Hebamme und trennte Rocco Marvin Ulf Krötz von seiner Mutter. Ein bisschen kam er sich dabei wie ein Bürgermeister vor, der den neuen Teilabschnitt einer Autobahn feierlich eröffnete. Anschließend durfte Sebastian den Kleinen sogar mal kurz halten, während die Ärztin irgendwas bei Tina machte, was Sebastian gar nicht so genau wissen wollte. Die Hebamme meinte, jetzt könne man auch langsam den Kindsvater wieder ins Geschehen einbeziehen, und bat Boris herein, der offenbar die ganze Zeit im Flur gewartet hatte.

Kleinlaut, fast andächtig betrat der große dicke Mann den Kreißsaal. Auf der Suche nach dem Baby irrten seine Augen durch den Raum und blitzten auf, als er es in Sebastians Armen entdeckte.

»Mein Rocco!«, flüsterte er überwältigt und trat näher. Dann wendete er sich an Sebastian: »Erst nimmst du mir mein Geld weg und jetzt auch noch meinen Sohn!«

Erschrocken wollte Sebastian widersprechen, doch dann grinste Boris übers ganze Gesicht. »War doch nur Spaß! Mir ist schon seit Wochen schlecht geworden, wenn ich nur an die Geburt gedacht habe. Danke.«

Sebastian fiel ein Stein vom Herzen. »War mir eine Ehre«, erklärte er feierlich.

»Jaja, nun werd mal nicht gefühlsduselig«, würgte Boris ihn ab. »Jetzt gib den mal her.« Mit seinen riesigen Pranken griff er nach dem Kleinen, hantierte unbeholfen mit ihm herum und trug ihn zu Tina.

Sebastian merkte, dass er hier nicht mehr gebraucht wurde.

»Danke«, rief ihm die ebenso erschöpfte wie überglückliche Tina zu, als er schon in der Tür stand.

»Alles Gute!«, antwortete Sebastian.

Die drei anderen saßen im Flur vor der Station.

»Basti!« Miriam sprang auf und umarmte ihn.

Olli und Martin lehnten aneinander und schliefen.

»Hebel! Hebel!«, rief Sebastian. Die beiden rissen die Augen auf und schreckten orientierungslos hoch. Sebastian bekam sich vor Lachen kaum noch ein. Das mochte aber auch daran liegen, dass er völlig übermüdet war.

Gemeinsam verließen sie das Krankenhaus. Es war

schon wieder hell draußen. Sebastian überließ Miriam das Steuer des Vans.

»Danke, Leute!«, sagte er während der Fahrt. Doch Olli und Martin waren auf der Rückbank schon wieder eingeschlafen. Sie fuhren die beiden nach Hause. Selbst beim Aussteigen bekamen sie kaum ihre Augen auf und schmatzten nur etwas, das so ähnlich wie »Gute Nacht« klang.

»Und, wie war das so?«, fragte Miriam, als sie eine Weile allein gefahren waren.

»Hm?« Sebastian wollte nur noch ins Bett.

»Wie war das? Da im Kreißsaal.«

»Ach so. Krass irgendwie. Aber auch schön. Als das Baby dann da war. Wahnsinn.« Sie bogen in ihre Straße ein. »Und anstrengend. Sehr anstrengend. Also, vor allem für Tina natürlich. Aber für mich schon auch.«

Er spürte einen Kuss auf der Wange. »Du hattest recht: Wenn es wirklich drauf ankommt, bist du ein Held.«

War er das? Seltsam, dabei hatte er sich dieses Mal gar nicht darum bemüht. Er hatte einfach nur das getan, was zu tun war.

Endlich waren sie zu Hause.

PS

Huy Sujaritpinij, Lagerarbeiter in Bangkok, fand zu seiner Freude einen Umschlag mit 20 000 Euro sowie diverse nützliche Dinge in einem Karton, der eigentlich Schweinekoteletts enthalten sollte.

MICHA-EL GOEHRE
Jungsmusik
Roman
298 Seiten
ISBN 978-3-7466-2912-4

Das rockt!

Es gibt Tage, da wünscht man sich, alle hätten denselben Filmriss wie man selbst.
Torben feiert gern und in jeder Hinsicht ausufernd und »arbeitet« als Metal-DJ, wobei er sich wie alle DJs immer wieder über undankbares und nicht fachkundiges Publikum wundern muss. Irgendwann kann er nicht länger leugnen, dass er sich in seine beste Freundin Lucy verliebt hat. Dumm gelaufen für Torben, denn sie sieht in ihm nur den Kumpel, und er schafft es nicht, ihr seine Gefühle zu beichten. Als er dann das Angebot bekommt, eine Kolumne in einem Musikmagazin zu schreiben, die Pärchenbildung in seinem Freundeskreis um sich greift und sich der Plan, in der Stammkneipe ein Konzert zu organisieren, als Kamikazeprojekt erweist, führt kein Weg mehr am Thema Erwachsenwerden vorbei.

»Ich will nicht darüber reden!«, sage ich. Meine Freunde nicken verständnisvoll. Dann reden sie darüber.

»Ein Coming-of-Age-Roman der etwas anderen Art: Härter. Metallischer. Und komischer.« FluxFM

»Wirklich witzig – und strotzt nur so von Situationskomik.« Truetrash.com

Mehr Informationen erhalten Sie unter www.aufbau-verlag.de oder in Ihrer Buchhandlung.

atb aufbau taschenbuch

SEBASTIAN LEHMANN
Genau mein Beutelschema
Roman
240 Seiten
ISBN 978-3-7466-2940-7
Auch als E-Book erhältlich

Nicht ohne meinen Stoffbeutel

Mark, Anfang 30, hat's nicht leicht: Alterwerden an sich ist schon nichts Schönes, und spätestens wenn man mit Begriffen wie Postironie nichts mehr anfangen kann, weiß man, dass jung die anderen sind. Dann trifft er Christina, eine Frau, die ihm in jeder Hinsicht voraus ist – außer beim Alter. Ihr Werdegang ist schon mit Anfang 20 beeindruckender als Marks typische Berliner Bohème-Karriere, und er muss sich ins Zeug legen, um mit ihr mitzuhalten. Als er einem merkwürdigen Hipster-Schwund in Neukölln auf die Spur kommt, wird endgültig klar, wie hart das Dasein zwischen Nachtleben und Tagträumen sein kann. Schon bald muss er sich entscheiden – zwischen Musikertraum, Brotjob und Frau mit Stoffbeutel.

»Wahnsinnig und witzig, magisch und real, albern und ernst und dabei eingängig wie ein Hit aus den 90ern.« Marc-Uwe Kling

Mehr Informationen erhalten Sie unter www.aufbau-verlag.de oder in Ihrer Buchhandlung.

atb aufbau taschenbuch